ザ・ベストミステリーズ

推理小説年鑑

日本推理作家協会 編

The Best Mysteries 2021

講談社

目次

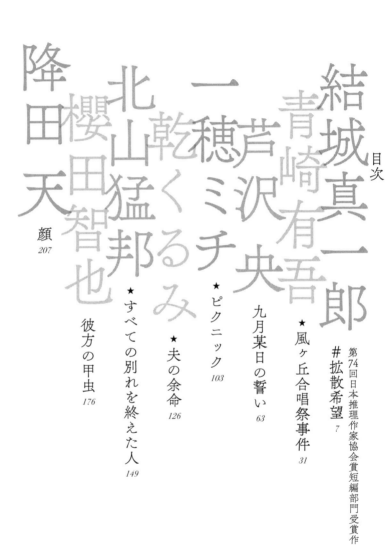

★は第74回日本推理作家協会賞短編部門最終候補作

装幀　next door design

序

日本推理作家協会代表理事
京極夏彦

まずは、本書を手に取っていただいたことに感謝いたします。

昨年――2020年は、二十一世紀を生きる私たちがいまだかつて経験したことのない、世界規模の疫禍という災厄に見舞われた年でした。

感染拡大防止の観点から様々な局面での行動が抑制され、私たちの日常生活は否応なく変容してしまいました。外出は制限され、不要不急とされる活動は中止せざるを得ませんでした。他者との接触を最低限にまで減らさなければいけない暮らしぶりは不自由極まりないものです。それでなくとも目に見えない脅威にさらされ続けるという生活は、それだけでストレス以外の何ものでもありません。

そうした閉塞した社会環境は、この序文を書いている現在も続いています。状況は改善に向かっているとはいうものの、果たしていつ終熄するのか、先行きは不透明としかいいようがありません。

社会も、肉体も、精神も逼迫しているといっていいでしょう。

そんな中。

家から一歩も出ず居ながらにしていろいろな場所に移動し、誰と会うこともなく多くの他者と出会い、それでも畏怖や不安を感ずることなく、咎められることもなく、心ゆくまで不要不急の事件《イヴェント》を愉しむことが出来る魔法――それが読書です。

中でも小説は、〝何かのために読む〟ものではありません。役に立つものでもないでしょう。小説は〝読みたいから読む〟ものです。読みたい時に、読みたいだけ読めばいいのです。まさに不要不急の権化といえるでしょう。

しかし、世人がものごとに効率を求める本来の理由は、人生の中にいかに多くの不要不急な在り方を配することが出来るか――であったということを忘れてはいけません。人は不要不急こそを求めるものなのです。不要で不急な在り方は、人にとって欠かせない、生きる糧であるはずです。

本書は、異った作者による短編小説を集めた精華集です。一作一作、異った物語、世界、人生が凝縮されています。そのうえ、本書に収録されているのは昨年発表された短編の中から日本推理作家協会が選りすぐった名作ミステリばかりです。それぞれ趣の異る技巧が凝らされた、脅威ならぬ驚異に満ちた小説であることは間違いありません。

それでは珠玉の不要不急を心ゆくまでお愉しみください。

＃拡散希望

結城真一郎《ゆうきしんいちろう》

第74回（令和３年度）
日本推理作家協会賞短編部門
受賞作

1991年神奈川県生まれ。東京大学法学部卒業。2018年に『名もなき星の哀歌』で第5回新潮ミステリー大賞を受賞し、小説家デビュー。失われた記憶をめぐるファンタジックな青春群像劇は、選考委員の一人である伊坂幸太郎から激賞された。受賞後第一作『プロジェクト・インソムニア』（2020年）は、〝共有された夢の世界〟で起こる殺人事件を描いた特殊設定ミステリーで好評を呼ぶ。本作「＃拡散希望」は、子供に人気の職業ランキングの上位にYouTuberが食い込んでくる今の時代を反映した、異色の〈恐るべき子供たち《アンファンテリブル》〉物だ。（K）

0:00

どんよりと曇った夜空を見上げ、僕は唇を噛んだ。

言われてみればすべてがおかしかったじゃないか。家族も、友人も、島での暮らしそのものも。それなのに僕は気付かなかった。気付きようがなかった。僕が知っている「世界」はこの島だけだったから。

海鳴りが聞こえる。ゴロゴロと水平線の果てが震えるかのように。

――違う。

震えているのは僕の両拳だ。

どこにぶつければいい？　この怒り、憎しみ、衝動を。わからない。見当もつかない。どうしたらいいのか。どうすべきなのか。だけど不思議と迷いはなかった。もう後戻りはできないし、する気もない。これはある種の「宣戦布告」なのだから。

海鳴りが止んだ。

それを合図に「撮影」を開始する。

「やあどうも、ごきげんよう。皆さんご存知、渡辺《わたなべ》珠《ちょ》穆《も》朗《らん》瑪《ま》です。今から僕は、ある殺人事件の『真実』を白日の下に晒そうと思っています。でも、その前に――」

例の「事件」に触れないわけにはいかないだろう。

今から三年前、小学三年生の夏休み。全てはあの日から始まったのだ。

1:07

その日、夕食を終えた僕はソファに埋まりながら流行りのアニメを観ていた。

「そろそろ三十分経つんじゃない？」

「あと三分あるよ」

背後を盗み見ると、エプロン姿の母親と目が合う。しょうがないわね、と呆れつつもおおらかな視線――ルールでは「テレビは一日三十分」のはずだったが、なんだかんだ数分の延長は黙認してもらえる。

「いつもそう言って十分くらい観てるでしょ」

「今日は本当に三分だから」

「どうかしら、見物《みもの》ね」

僕の両親は控えめに言ってもかなり教育熱心だった。テレビの他にも、ゲームは一切禁止、スマホや携帯の所持など言語道断――でも、それを窮屈だと思ったことはない。そもそも暮らしの中で困る場面はなかったし、鷹揚な両親から「押しつけ」を感じたこともなかったから。

――パパもママも、都会の忙《せわ》しない生活にちょっぴり疲れちゃってね。

――だから「子育ては絶対に田舎で」って決めてたの。

そんな両親がここ匁島《もんめじま》に移住を決めたのは、僕が生まれてすぐのことだったという。

――まさにうってつけの環境だったのよ。

ウェブ系のデザイナーだかクリエイターだか、詳しくは知らなかったけれど、とにかくそんな類いの仕事をしていたので、パソコン一つあれば暮らす場所はどこでもよかったらしい。稼ぎは割とあったようだが特に贅沢するでもなく、むしろ重きを置くのは金で買えない「経験」――つくづくおかしな両親だ。まあ、世界一の子に育って欲しいという理由で「チョモランマ」と名付ける時点でお察しではあるが。

《続いてニュースです。今日午後七時過ぎ、長崎駅前の路上で二十代の男性が腹部を刺され死亡した事件で、警察は現場近くに住む無職の男を現行犯逮捕しました。調べに対し男は『誰かがやらなきゃならなかった』などと供述し――》

「えっ」思わず声を上げてしまう。映し出された被害者の顔写真には、間違いなく見覚えがあった。「この人、今日会ったよ」

なんですって、と眉を顰める母親の視線が画面へと向く。

《調べによると田所《たどころ》容疑者は、被害者が動画共有サービスYouTubeでライブ配信した動画の内容に腹を立てたとのことで、犯行当時強い殺意を――》

そこで映像は途切れた。

「ねえ、まだ観てるのに！」

「あと三分って約束でしょ」

「知ってる人が殺されたんだよ？」

「たまたま似てただけじゃないの？」

そんなバカな。あの特徴的な風体――見間違えるはずがない。そう思ったけれど、それ以上文句は言わないでおく。リモコンを構える母親の表情にそこはかとない怯えを垣間見た気がしたからだ。

「でも、どうして殺されちゃったんだろう」

「余計なこと考える暇があったら宿題でもしなさい。『報告の時間』を始めるわよ」

報告の時間――それは、母親へ向けた「一日の振り返り」だった。

――あなたがどんな素敵な一日を過ごしたかを訊くのが、毎日一番の楽しみなの。

毎晩、決まってリビングで行われる我が家の奇妙な「習わし」――初めのうちこそ「めんどくせー」と思っていたが、さすがにもう慣れてしまった。

エプロンを外した母親が隣に座り、「さあ」と目顔で促してくる。

「えーっと、まず――」

僕は天井を見上げると、一日の顛末を思い出し始めた。


「ねえ、一緒にYouTuberにならない?」

立花凜子《たちばなりんこ》がそんなことを言い出したのは、昼下がりのことだった。小麦色の肌に長い手足、ぎょろりと大きな瞳。僕らの中で彼女だけが純粋な島生まれ島育ちだったので、言われた瞬間、初めて聞く「島言葉」の類いだと思ってしまった。

「え、何? ちゅーば?」

大きな身体を揺すりながら間抜けな声を漏らすのは桑島《くわじま》砂鉄《さてつ》――僕の言えたことではないが変な名前だ。白のタンクトップに青の短パン、ゴムの伸びきった麦わら帽子。今でこそ島の景色に馴染む彼だが、僕やルーと同じく東京生まれの「余所者《よそもの》」――つまり僕らが移住してこなければ凜子は「島で唯一の小学生」になるところだったわけだ。その甲斐あってか、島の人たちはずいぶんと僕ら四人を可愛がってくれた。柴田《しばた》のおっちゃんは道で会うと採れたての野菜を山ほどお裾分けしてくれるし、駄菓子屋の「鶴《つる》ばあ」から「ママに内緒だかんな」とアイスやガムをもらったのは一度や二度ではない。友達が増えて嬉しいね、凜ちゃん。子供は多いのがええ、島の宝さ。それが島の人たちの口癖だ。

「これ、見て」差し出されたのはiPhone7だった。メタリックに輝く黒のボディ、色鮮やかなアイコンが並ぶ画面。何世代か前の機種ではあるが、スマホも携帯も持っていなかった当時の僕らにとって、それは日常に紛れ込んできた突然の「未来」だった。

「すっげえ!」うやうやしく受け取った砂鉄が溜息を漏らす。「かっちょいいなあ」

「実は先月買ってもらってたんだけどさ、パパもママも

『壊すといけないから』って、なかなか持ち出すのを許してくれなくて」

　僕らは島南端の断崖絶壁に並んで腰をおろしていた。閉鎖された灯台のすぐ近く、駐車場に向かって右手奥の茂みの一角。そこを抜けると辿りつける秘密の場所。高さ三十メートルはあろうかという崖の上からは東シナ海が一望できた。

「ほら、チョモも見てみろよ」砂鉄の手から「未来」が回ってくる。持ってみると意外にずっしりくるが、重いわけではない。聞くところによれば、電話が出来たり、写真を撮れたり、映画だって観ることができるらしい。こんな薄っぺらくて小さいのに？　ありえない！　僕は必死にこの「未来」と自分の接点を見つけようと試みたが、馴染みがあるのは画面に表示されている「デジタル時計」だけだった。

「時間は自分で合わせるの？」

「は、そんなわけないじゃん」

　ぷっと凜子が吹き出す。「自分でも変えられるけど、電波で勝手に合うんだよ」

　そりゃそうか。いまどき手動でしか合わせられない時計なんて、僕の部屋の旧式目覚まし時計くらいだろう。あまりに時代遅れな質問を恥じつつ、僕の手元を覗き込む砂鉄が「電卓っぽいマークもあるね」と指摘するのを耳にして安心する。よかった、こいつのレベルも自分とそう大差なさそうだ。

　あのさあ、と凜子が苦笑する。最先端の機器を前にして時計や電卓の話ばかりなのに耐え切れなかったのだろう。彼女はその恐るべき機能を誇らしげに教えてくれた。ほら、カメラだよ。すげえ！　Siriっていうのがあってね。尻？　それから——

　中でも男子二人の心を摑んで離さなかったのは「指紋認証」だった。事前登録しておけば、表面にある丸いボタンに指を触れるだけで端末を起動できるという。

「僕の指紋も登録してよ」

「え、なんで？」

「やってみたい」

　難色を示した彼女だったが、懇願に懇願を重ねた結果、しぶしぶ承諾してくれた。

　すごいな、スパイみたい。でしょ？　もう一回やらせて。別にいいけど——そんなやり取りを繰り返しているうちに、ふと左が気になった。いつもお喋りなルーがまったく会話に入ってこないからだ。iPhone7を砂鉄に押し付け、「ねえ」と声をかけてみる。

「なに？」水平線の先を睨む彼女は、こちらも見ずにぶっきらぼうな返事を寄越しただけだった。高い鼻にシャープな顎、陶器のような白い肌。つんと澄ました横顔は不機嫌そのもの。おそらく主役の座を凜子に奪われたのが気に食わないのだ。

ルーの愛称で親しまれる彼女は安西《あんざい》口紅——こう書いて「ルージュ」と読む。聞くところによると家は相当なお金持ちとのことだが、彼女もそれを鼻にかけていたので本当だろう。事実、城と見紛う自宅のガレージにはいつだってスポーツカーが並んでいた。それも一台や二台じゃない。島で乗る機会があるかは甚だ疑問だが、わざわざ本土から輸送したのだとか。それなのにルー本人は僕や砂鉄と同じくスマホ・携帯の類いを持っていないのが面白い。甘やかされてそうで、意外と教育方針は我が家と似ているのだろうか。

そんな貴族なのか庶民なのかわからない彼女だが、その立ち振る舞いにはいつもどこか気取ったところがあった。演じているというか、外からの目を意識しているというか。上手く言えないけどそんな感じ。中でも目に余るのは、頻繁に行われる「撮影会」だ。本人曰く「島での私を一秒でも長く記録しておきたいんだって」とのことだったが、その言葉通り、彼女は常に両親からGoProを持たされていた。「あれだよ、金持ちのドーラクってやつ」と毎回したり顔で呟く砂鉄——彼自身の語彙とは思えないので親が言っているのだろう。ただ、その「ドーラク」とやらに付き合わされるこちらとしては堪ったもんじゃない。何をするかって？　彼女の望むように撮ってやるのだ。特に、ここぞという場面ではことさら「かわいく撮って」と甘えてきた。それこそ今日の午前中もそうだ。外海に繰り出すべく僕らが「イカダ造り」に勤しむ間、彼女は日陰からその様子を撮っていただけなのに、完成と見るや「それと私のツーショットをお願い」とはしゃぎ出したのだ。

「あんまり変な動画ばっかり観てるとバカになるんだよ」

午前中のはしゃぎようが嘘のように、ルーが嫌悪感丸出しで吐き捨てる。

「えー、面白いのに」凜子は何やら画面に触れると、横向きにして僕らの方へ向けた。

流れ始めたのは、同い年くらいの少年が最新のおもちゃを開封する動画だった。みんな見て、すごくない？　わー、どうやって操縦するんだろ。これが説明書かな？　というわけで、公園にやってきました——

「面白い動画で視聴者を楽しませる人たち。それがYouTuberなの」

箱の中から現れるラジコン（ドローンって言うらしい）、ポップで愉快なBGMとアニメチックな映像エフェクト、そしてドローンからの空撮によるエンディングシーン――あっという間に魅せられてしまった。

「なにこれ、すごい――」

その後も凜子は嬉々として教えてくれた。ソロだけじゃなく、グループの場合もあること。先程の少年は「ぼくちゃんTV」と言って、三十万人程のファンがいる中堅どころだということ。動画のジャンルも色々で、絶妙な掛け合いによるゲームの実況プレイが魅力の「脱力ブラザーズ」や、法令違反ギリギリの迷惑行為を繰り返す「無礼野郎《ブレーメン》」が彼女のお気に入りだということ。そんな数多のYouTuberのトップに君臨する結成十年目の六人組「ふるはうす☆デイズ」にもなると、二千万人もの視聴者が「チャンネル登録」しており、広告収入だけで年間数億円になること。

説明を終えた凜子は、企みに満ちた笑顔を寄越した。

「島育ちの男女四人組なんて、ウケそうじゃない？」


僕らの住む匁島は、長崎市の西の沖合八十キロに位置する小さな島だった。一周巡っても十キロ程度。やや起伏はあるものの、自転車で一時間あれば回れてしまう広さだ。南北に細長い卵形をしており、北端に港が一つ。そこを中心に形成された集落には、島民が百五十人ほど。そのほとんどが漁業か山間地での農業で生計を立てていた。島に一つだけの小学校は全校生徒四人。無論、僕らだ。島には「後輩」もおらず、卒業したら廃校となってしまうだろう。テレビもねぇ、ラジオもねぇ、ということはないけれど、車はほぼ走ってないし、暇そうな巡査は「巡回」を名目に島民と雑談するだけ。なるほど凜子の言う通り、都会の人たちにとっては島の生活そのものが一大コンテンツだろう。

「――で、その『ふるはうす☆デイズ』の動画は、やっぱめっちゃ面白いの？」

頬を撫でる汐風、時折キィと軋む自転車。トコトコ走るトラクターを抜き去り、遠くの飛行機雲を追いかける。午後四時過ぎ、帰路につく僕ら。額の汗を拭いながら、僕は先頭を行く凜子の背に問いかける。島の南端から集落のある北端まで飛ばすと三十分、ゆっくりこいでも四十分強なので、門限の五時には余裕で間に合うだろう。

「それがさ、年齢制限のせいで観られないんだよね」

「エッチなやつだからかな?」すかさず口を挟むのは砂鉄だ。

「知らないよ」

「エッチで思い出したけど」砂鉄がこちらを向く。「結局、あの部屋はなんだったの?」

どんなきっかけで思い出してくれてんだと、僕は苦笑する。

彼が言っているのは「報告の時間」と並ぶ、我が家の奇妙な「掟」のことだった。

——危ないから、この部屋には入っちゃダメよ。

二階の廊下の奥、向かって右手側にある閉ざされた扉。物心ついたときからそこは立ち入ってはならない場所だったが、先日、夜中に目を醒ました僕はついに好奇心を抑えきれなくなってしまった。抜き足で忍び寄り、息を殺して取手を捻る。開く気配はない。耳を澄ますと両親の気配——もぞもぞと動き、何かを囁き合っている。そうこうしているうちに扉が開き、寝間着姿の母親が顔を覗かせたのだ。

——何してるの! さっさと寝なさい!

顔を真っ赤に上気させ、見たこともない剣幕だった。瞬時に部屋の中へ視線を走らせてみたものの、暗くてよく見えなかった。

翌日この話をすると、意味ありげに顔を見合わせる女子二人——だがそれも束の間、すぐに凜子が訊いてきた。

——最近、パパかママに弟か妹が欲しいって言った?

意味が分からず首を傾げていると、すぐに砂鉄が解説してくれた。

——なあ、コウノトリが赤ちゃんを運んでくるってのは嘘らしいぜ。

「そんなことより、次は成功させたいね」

居心地の悪さとむず痒さを振り払うべく、僕は話題を変えた。

「そうだね」背後から同意してくれたのはルーだ。「次こそは、ね」

失敗に終わった「イカダ造り」の件だった。重さに耐えかねたのか、波に打ち負けたのか、僕らの夢を載せたイカダは出航後十秒も経たないうちに崩解してしまったのだ。

「次こそはってルーは見てただけだろ」とすかさず文句を垂れる砂鉄。

「女の子に力仕事なんかさせないでよ」

「でた、それ逆差別って言うらしいぜ」

いつも通りのやりとりを繰り返しながら、まもなく集落に入ろうかというときだった。

「ねえ、君たち！　ちょっと、ちょっと！」

反対側からやって来た男が、興奮気味に声をかけてきた。痩せ型で、モヒカンの髪をピンクに染めている。一目見て島外の人間だとわかった。「やった、ついに見つけた！」

まともじゃない。直感的にそう思ったが、男の異様な熱量に圧倒され、知らず知らずのうちにブレーキをかけてしまう。

「ねえ、よかったら一緒に映らない？」

男は手にしたスマホをインカメモードにすると顔の前に掲げた。「記念にさ！」

僕は、さしあたり隣の砂鉄と顔を見合わせる。

「――まあ、いいよな」

一瞬戸惑いはあったようだが、そう言うと砂鉄は男の脇に並び、ピースサインをカメラに向ける。なんだか知らないけど、まあいいか。危険があるわけでもなさそうだし。思い直して、僕も画面に映り込もうとした時だった。

「みんな、ダメ！」突如としてルーが叫ぶ。「逃げよう！」

言うなり彼女は自転車を急発進させた。「待って」とすぐさま凛子が後を追う。

あっけにとられて再び砂鉄と顔を見合わせるが、ただならぬ気配を感じ取ったのはお互い様だったようで、「そんじゃ」と言い残しそそくさと立ち去ることにする。

「おい、コラ。待てって――」

男の気配をいつまでも背後に感じながら、僕は必死でペダルをこぎ続けた――

「――で、ニュース番組にその人が映ったんだ。絶対、別人なんかじゃないよ。あのピンク髪とモヒカンを見間違えるわけないもん」

そう「報告の時間」を締め括る。エッチの件は意図的に省いたが、問題ないだろう。

聞き終えても、何故か眉間に皺を寄せ黙りこんだままの母親――悩んでいる、という風ではない。むしろ言うべきことは決まっていて、それをどう言葉にするか吟味しているだけといった感じ。どうしたんだろう。不安だけが募る。

やがて沈黙を破った母親の口から飛び出したのは、思いも寄らない一言だった。

「凜子ちゃんと仲良くするのは、考え直した方が良いと思うな」

「え、なんで」

「ママもルーちゃんと同じ意見だから。せっかくこの島に来たのに、くだらない動画なんて見せられたら台無しなのよね。凜子ちゃんのママにも言っておこうかしら」

　何かがおかしいと思った。今までただの一度もこんなふうに言われたことはない。どんなときも友達は大切にしなさいね、島での仲間は一生モノだから。それが母親の口癖だったはず。それなのに、たかがYouTubeを流しただけでこの変わり様——

　だが、もっとおかしなことはその先に待ち受けていた。

　この日を境に島の人たちが揃いも揃って僕らによそよそしくなったのだ。いつも野菜をくれた柴田のおっちゃんも、駄菓子屋の「鶴ばあ」も。蔑みの目で見られるわけでも、罵声を浴びせられるわけでもない。だけど明らかに変わってしまった。それだけは幼心にも察知できた。普段通りを装いつつ、腹の底では「この子たちに関わっちゃいけない」と思っているのが見え見えだったから。ただ何より信じられなかったのは、その中に凜子も含まれていたこと——島民たちと同じく、彼女もまた僕らから離れていってしまったのだ。

　すべて、この日からだった。

　何かの歯車が狂い、僕らの日常が変調をきたし始めたのは。

6:46

「とにかく、その日から変わっちゃったんだ。不思議でしょ？」

　僕はカメラに向かって語り続ける。

　あの日、長崎駅前で殺された男は「キンダンショウジョウ」という名前で炎上系のネタ動画を投稿するそれなりに名の知れたYouTuberだった。事件は午後七時過ぎ——匁島から長崎港への最終便は午後五時なので、僕らと遭遇した後すぐ市内へとんぼ返りし、そこで刺殺されたことになる。

「それにしても、YouTuberってのは困った人種だよね」

　殺人事件にまで発展するのは稀有な例だが、器物損壊や名誉毀損で訴えられた者は数知れず。法に触れないまでも「不適切な言動」による炎上は日常茶飯事だし、ガチのドッキリを銘打ちながらヤラセが発覚、そのまま人気失墜なんてこともよくある。

それでも、僕は彼らのことが大好きだった。

――ねえ、一緒にYouTuberにならない？

あの日、彼女が見せてくれた動画の数々――自分なら思いつきもしないし、思いついたとしてもとても実行になんか移せない、そんな無茶をしてくれる彼らがかっこよくて堪らなかった。母親が聞いたら発狂しそうだが、なれるものならYouTuberになってみたかった。自分も彼らのように、画面の向こうの視聴者を笑顔にさせてみたかった。

「だけど、その夢を叶える前にあいつは――」

8:18

小学六年生の三月。卒業を控え、砂鉄とルーは携帯電話を持つようになった。とはいえ機能は最低限――電話とメールができるだけで、ネットは見られない仕様のやつだ。あくまで隣の佃島《つくだじま》へ船通学が始まる中学生活を見越した備えなので、それだけあれば事は足りるという判断だろう。凜子も同じスマホ――iPhone7を使い続けており、いよいよ何も持っていないのは僕だけになってしまったが、文句を言っても無駄だ。みんなが持ってるとか関係ないでしょ。うちはうち、よそはよそ。そう返ってくるのは目に見えている。

凜子とは相変わらずぎくしゃくしたままだった。険悪な仲になったわけじゃない。互いに無視することもない。学校にいる間も放課後も、基本的には以前と変わらず行動を共にしていた。だけど、ふとしたときに感じてしまうのだ。距離を、垣根を。何故かあの日以来、僕らの前ではiPhoneを弄らなくなったし、自分から発言することも減った。時折思いつめたように口をつぐみ、訴えかけるように大きな瞳で見つめてくるばかり。

――俺らが「余所者」だからだよ。

砂鉄がぼやくのを耳にする度、彼のランドセルに揺れるストラップへと目を向けてしまう。去年だったか、凜子がくれたのだ。僕が緑、砂鉄が青、ルーが赤で、凜子は黄。色は異なっているものの、形はお揃いの星形だった。

僕は知っていた。凜子が今もスマホカバーに「黄色の星」をぶら下げていることを。それだけが拠り所だった。僕らは決してバラバラになったわけじゃないと信じるための。

でも、残念ながらそれはとんだ間違いだったんだ。

「――お邪魔しまーす」

今から十日前、ルーが僕の家にやって来た。陽も暮れかけた夕方のことだった。

「何だよ、こんな時間に」

「まあまあ、いいじゃん」

両親は急遽ルーの家にお呼ばれしたとかで留守だったため、このままだと一つ屋根の下に二人きり。幼馴染とはいえ、短いスカートから健康的な太腿を覗かせ、身体のラインも女性らしくなってきた少女を前に意識するなというのも無理な話だろう。自室に案内するが、目のやり場に困って「適当にかけろよ」と勉強机に向かう。

「ねえ、お茶くらい出したら?」

「あ、そうか」

気を回せなかったことを反省しつつ、気になることが二つあった。一つは、彼女が一瞬僕の手首を凝視していたこと。もう一つは、訪問の目的――小学校低学年の頃は頻繁に互いの家を行き来していたけれど、最近はそうでもない。何か裏がある気がした。

麦茶のグラスを両手に部屋へ戻ると、彼女は大胆にもベッドに俯せの体勢で寝そべっていた。腰まである長い黒髪、無防備に投げ出された両脚。ただ、それ以上に僕の目を引いたのは彼女の手に握られていたスマホの端末だった。

「じゃーん、見て。ママのをこっそり持ち出してきたの」

銀色に光るiPhone8――思わず「おお」と唸ってしまう。「色々試してみようよ」

並んでベッドに腰かける。微かな甘い香りと、息遣い。それらを振り払い、彼女の手元に集中する。見るとホームボタンに親指をあてがい、ちょうど指紋認証によりロックを解除したところだった。

「すごーい、初めて触ったけど、こんな簡単なんだ」

彼女は慣れた手つきで画面に触れては、きゃっきゃっと無邪気に笑う。

「持ち出したのバレたら怒られるんじゃないの」

「大丈夫、大丈夫。え、見て。なにこれウケる」

写真加工アプリだった。そのアプリを使って写真を撮ると宇宙人のように目が大きくなったり、猫耳が生えたりするらしい。「やってみよっか」

それからひとしきり二人で写真を撮った。それ自体は純粋に楽しかった。でも、得体のしれない薄気味悪さがあったのも事実だ。真意が見えない。こんなことをするために彼女はやって来たのだろうか――

しばらくすると彼女はスマホをベッドに放り、居ずまいを正した。

「っていうか、今日、凜子と何を話してたの」

なるほど、それが訊きたかったわけか。

瞬間、凜子に体育館裏へと呼び出された放課後のことを思い出す。

——ごめんね、急に。

行ってみると、既に彼女は待っていた。軽い調子で「よっ」と声をかけるが、ふと考えてしまう。いつぶりだろう、こうして彼女と二人きりになるのは、と。

しばらくたわいのない会話が続いた。中学で入りたい部活に流行りのテレビドラマ、最近のイチオシYouTuber——聞けば、「ふるはうす☆デイズ」はややネタ切れの感もあり失速気味で、次々と新星が台頭しているのだとか。久しぶりに二人で話すのは新鮮で楽しかったが、どれも本題じゃないことはわかった。

——ずっと、悩んでたんだ。言うべきかどうか。

やがて唇を嚙みしめると、彼女は地面に視線を落とした。

——私たち、もうすぐ中学生になるよね。

——その前に、チョモには伝えておきたいことがあるんだ。

告白されるんだと思った。体育館裏に呼び出す用事なんて、それ以外だと決闘くらいしか知らない。

——これを観てもらったほうがいいかな。

彼女が差し出したのはiPhone7——意味が分からず首を傾げる。

——チョモはあの日から、ずっとYouTuberになりたがってたよね？

そう思われても無理はないし、間違ってもない。凜子が僕らと距離を置くようになっても、しばらく「別の動画を見せてよ」と迫り続けたくらいだ。それに対して彼女は困ったように微笑むだけで、頑なに見せてはくれなかったけれど。

——だからこそ、チョモに言っておかないといけないの。

そう言って、彼女がiPhoneのロックを解除しようとしたときだった。

——何してるの？

体育館の陰から現れたのはルーだった。僕らを交互に見やると、何かを察したようにふふっと彼女は笑みを浮かべた。

――え、そういうこと？　ごめん、邪魔しちゃった？

そう言いつつ、彼女は何故かその場を立ち去らない。見張っているようにすら見える。

しばらく口を引き結んで黙っていた凜子は、やがて弱々しく笑った。

――やっぱり今日はいいや、また今度ね。

小走りに駆けていく後ろ姿を、僕はぼんやりと見送ることしかできなかった――

「――別に、何も」

「誤魔化しても、お見通しだからね」

おどけた調子の彼女だったが、向けてくる視線は射るように鋭い。

「本当だって。ルーが来たから、結局何も聞けてない」

「え、私のせい？　だって、二人が体育館裏に行くのが見えたから――」

瞬間、ベッドの上のiPhone8が「ブー」と震えだした。

「やばい！　パパからだ」

二人して息を殺していると、すぐに着信のバイブレーションは収まった。

「ってか、もうこんな時間なんだ。そろそろ帰らないと」

「着信1件」という表示の上に、大きく18:12と出ていた。何とはなしに枕もとの目覚まし時計にも目をやるが、確かに短針はほぼ「6」、長針は「2」の少し先にある。

玄関まで見送りに出ると、彼女は「あっ」と何かに気付いた。

「いけない、麦茶のグラス置きっぱなしだ」

「いいよ、別に」

「ダメだよ、私が出せって言ったんだから」

履きかけの靴を脱ぎ、ルーはパタパタと僕の部屋に駆けて行く。こういうところは意外と真面目なんだな、と苦笑していると、しばらくして彼女は二つのグラスを手に戻ってきた。やけに時間がかかると思ったが、グラスの片方が空になっている。律儀に飲み干していたのだろう。その辺に適当に置いておいて、と僕は顎をしゃくる。

「じゃあまた」

「家まで送ってくれないの？　女の子を夜道に放り出すわけ？」

「そっちが勝手に来たんだろうが」

と言いつつ、彼女の言い分もわからないでもない。めんどくせーな、とぼやきながら僕はスニーカーをつっかける。

凜子が死んだという一報を受けたのは、それからしばらくしてのことだった。

「信じてくれよ、俺じゃないんだ」

「じゃあ、何で現場に――」

「気付いたら無くなってたんだって。嘘じゃない！」

　凜子の遺体が見つかった三日後、僕は体育館裏で砂鉄に詰め寄っていた。もちろん告白のためではない。文脈的には決闘に近いだろう。

　遺体が発見されたのは、島南端の断崖絶壁――例の「秘密の場所」から約三十メートル下の岩場へ転落していたという。いつまでも帰宅せず、連絡もつかないことを心配した両親が交番へと駆け込んだのが十八時十五分。遺体発見の一報はその六十分後。灯台近くの駐車場に停められていた彼女の自転車が決め手だった。

　死因は転落による頭部の損傷で、死亡推定時刻は十七時五十二分から十九時十五分までの間。やけに「始点」が詳細なのは、携帯の通話記録が十七時五十二分まで残っていたからだ。相手は安西口紅――つまり、彼女は僕の家に来る前まで凜子と電話で話していたことになる。目撃情報は一件のみで、集落を自転車で走る姿を見た者がいた。十七時二十分のことだ。集落から現場までは自転車でも最短三十分はかかるため、死亡推定時刻との計算も合う。現場に争った形跡はなく、事件と断定する根拠はなし。自殺の可能性もあるが遺書の類いは見つかっておらず、唯一崖の上に残されていた遺留品と思しき物は星形をした青色のストラップだけ。もちろん、それがその日の「落とし物」かどうかはわからないため、このままいけば事故として処理されるだろう――

「お前のストラップがあったんだってな？」

「俺のことばっかり疑うけど、ルーに電話の件は訊いたのかよ？」

「当たり前だろ！」

　――「チョモに告白するつもりだったの？」って訊きたくて。

　警察にも同じ説明をしたという。もはや「死人に口なし」だが、その後僕の家に来て同じことを尋ねられたことを勘案すると、いちおうの一貫性はある。そして何より――

「ルーにはアリバイがある」

　彼女が内緒で持ち出した母親のiPhoneに父親から着信があったのは「18:12」――これは、僕も一緒に確認している。彼女が家に来た時刻を正確には把握していないが、少なくともあの時点で到着から十五分は経っていただろう。だが、現場となった島の南端から僕らの住む集落まではどう急いでも自転車で三十分。凜子の死亡時刻が十七時五十二分だったと仮定しても、彼女を崖下に突き落としたルーがあの時間までに僕の家に辿り着くことは不可能なのだ。

反論を聴き終えた砂鉄は、力なく肩を落とした。

「じゃあ、自殺だよ」

すぐさま放課後の体育館裏が脳裏をよぎる。

――言葉で説明するより、これを観てもらったほうがいいかな。

彼女が僕に差し出したiPhone7――その後ルーが現れ、会話は宙ぶらりんになった。

――やっぱり今日はいいや、また今度ね。

自殺ではない気がする。何故なら、彼女は僕に「何か」を伝えるべく「別の機会」を望んでいたから。では、その「何か」とは？　答えはきっと、iPhone7に隠されている。彼女がずっと使い続けていたiPhone7に――

瞬間、戦慄が背中を駆け抜けた。

――わかるかもしれない。

一縷の望みながら、それには賭けてみる価値が十二分にあった。

「今すぐ凜子の家に行こう」

「え、どうしたんだよ急に」

「確かめてみたいことがあるんだ」

14:45

「――で、結果的に読みは当たった」

僕は、凜子の形見であるiPhone7のインカメラに向かって言い放つ。

砂鉄を伴って凜子の家に急行し事情を説明したところ、彼女の両親は快諾してくれた。

――それなら、凜子もきっと浮かばれるわ。

そこで譲り受けたのが、このiPhone7だった。

「じゃあどうして、僕が彼女のiPhoneを操作できるのか？」

それは、この端末に僕の指紋も登録されているからだ。

――僕の指紋も登録してよ。

――え、なんで？

――やってみたい。

あの日から機種変更をしていないなら、登録が残っているかも知れない。その可能性に賭け、僕は見事に勝ったのだ。すぐに端末を起動し、砂鉄と二人で画面を覗き込む。逸る気持ちを抑えながら、震える指で彼女の iPhone を漁ってみると――

「ついに知っちゃったんだよね」

　僕は自嘲気味に笑う。

「『ふるはうす☆デイズ』が僕らの両親だったってことを」

　YouTube 界の頂点に君臨する彼らは六人組――観る限りそれは僕、砂鉄、ルーの両親に間違いなかった。ジャンルは「リアルガチ」を謳った視聴者参加型「子育て観察ドキュメンタリー」とでも言えようか。各動画のタイトルを見た瞬間、僕は全てを理解した。

【神回】ついに決定！　子供の名付け親選手権結果発表【キラキラネーム】

【どこ】投票により、移住先は匁島に決まりました【離島】

【検証】スマホ無しゲーム禁止だと、本当に良い子に育つのか【結果は十年後】

【納車】離島でスポーツカーを乗り回してみた！

【祝】おかげさまで、チビたちも小学生になりました！

【人気企画】僕らの島遊び　～イカダでGO～

【毎日配信】チョモの一日　vol.56【反抗期？】――

　ネットの評判も上々だった。「こいつら体張りすぎｗｗｗ」「最強 YouTuber 爆誕」「『チョモランマ』はさすがにネタ過ぎる」「グレないといいなｗｗ」――

　すべては再生回数を稼ぐためのネタであり「チャンネル登録者」の数を増やすための戦略――僕らの変わった名前も、現代社会から隔絶された離島への移住も、何もかも「視聴者投票」によって決められたことだったのだ。思い返すと三年前のあの日、凜子から「ふるはうす☆デイズ」は結成十年目と聞かされた。当時は気に留めるはずもないが、確かにある意味では僕らと同い年だ。

「まさか凜子が思いついた『島暮らし』ネタを既にやってるグループがいたとはね。いいアイデアだと思ったんだけどなあ」

　そりゃ面白いに決まっている。まともな神経をしていれば、こんな「無茶」を思いついても、実行になんて移せやしないから。

「でも、おかげで我が家の奇妙なルールの意味もわかったよ！」

　画角から逆算してリビングを調べると、サイドボードの上の鉢植えから隠しカメラが見つかった。毎日の「報告の時間」は「チョモの一日」という「視聴者みんなで僕の成長を見守る企画」であり、だからこそ必ずカメラのあるリビングで行う必要があったのだ。怒りのままに椅子を投げつけて「秘密の部屋」の扉を破ると、こちらも納得がいった。奥の壁に掛けられたクロマキー合成用のグリーンバック、床に並んだ撮影用の機材——なるほど、立ち入り禁止なわけだ。

「スマホも携帯も禁止だったのは企画のためで、僕らが『真実』に辿りつかないための防御線。教育方針でも何でもなかったんだね。いや、他にも——」

——凜子ちゃんと仲良くするのは、考え直した方が良いと思うな。

「だから彼女を遠ざけようとしたんだ」

動画に年齢制限を設けてはいたものの、アカウントの年齢設定を変えてしまえば突破は容易い。いずれこの抜け道に気付いた凜子が「真実」を知り、僕らにネタバラシすることを母親は恐れたのだ。事実、三年前は観られなかったはずの「ふるはうす☆デイズ」の動画が、今は凜子のスマホで視聴できるようになっている。ということは、当然彼女も動画を観ており、「真実」を知っていたと考えるべきだろう。

そう、みんな知っていたのだ。凜子も、島民も、僕らが顔も知らない全国の視聴者たちも。知っていながら、誰一人として教えてくれなかったのだ。もちろん、高齢者中心の匁島の住民はもともと知らなかった可能性もあるが、本土に住む親族などから聞かされた者がいて、噂が広まったに違いない。島に住む小学生に関わっちゃ危ないよ、と。

「じゃあ、質問。関わったら危ないのはどうしてか」

ここで関係してくるのがあの事件だ。

「YouTuber の『キンダンショウジョウ』が視聴者に殺されたからでしょ？」

——ねえ、よかったら一緒に映らない？

炎上系動画の投稿に定評のある彼は「日本で最も有名な小学生」を訪ね、その姿をライブ配信するという暴挙に出た。それは一歩間違えると僕らに「真実」がばれかねない危険な行為——カルト的と揶揄されることもある「ふるはうす☆デイズ」ファンの間で、島への上陸だけは絶対に犯してはならない禁忌とされていたという。

「だけど彼はそのタブーを破り、視聴者の逆鱗に触れちゃった」

だからこそファンの一人だった田所は、二千万人を超える「同朋」の想いを背負って殺害に踏み切った。こんな

「蛮行」を野放しにしてはおけない。今世紀最高の「ネタ」が水泡に帰す前に、そして、不届きな追随者がこれから先出てこないようにするために、見せしめとして誰かがやらなきゃならなかったのだ。

「あの日からなんだよね。島の人たち、そして凜子の態度が変わったのは」

下手すると日本中を敵に回し、熱狂的なファンに殺されるかもしれない。優しかった島民たちが態度を変え、凜子が壁を築いたのはそんな恐怖によるものだったに違いない。

「僕らが『余所者』だったからじゃない。自らの不用意な言動で僕らが真実を知ってしまい、その責任追及の矛先が向けられることを恐れたからだよ」

だから凜子は僕らの前でスマホに触れなくなり、発言を控えるようになったのだ。間違いない。すべての違和感に説明が付く。ついに暴かれた真相、これにて一件落着——

「——とは、当然いかないわけだよ」

僕はインカメの向きを変え、崖際に立たされた安西口紅の姿を映し出す。怨嗟、怒り、怯え——それらが綯交ぜになった軽蔑の視線。だが、うかつな行動をとるべきでないことは彼女も承知しているはず。両手を縛り上げられているうえ、隣に立つ砂鉄の一押しで凜子と同じ末路を辿ることになるからだ。

「ここからの話は、あくまで僕の『推測』なんだけど」

同時にメインテーマでもあった。たっぷり間を取ってから、不敵に笑ってみせる。

「このチャンネルにはヤラセがあると思うんだ」

画面の向こうで視聴者たちが怒り狂う姿を想像する。

「僕らの誕生」から今日に至るまでの、実に十二年もの間YouTube界のトップの座を守り続けてきた「ふるはうす☆デイズ」——史上最高のエンタメとも呼び声高い「神企画」に隠された真実。

「君はすべて知ってたんだろ?」

画面の中でこちらを睨み続けるルーに問いかける。

「適当なこと言わないで!」

「適当じゃないさ。そう思う根拠を説明するよ」

まず、彼女がかつてよく持ち歩いていたGoPro——「ふるはうす☆デイズ」の人気企画の一つに「僕らの島遊び」というものがある。さすがに凜子の顔にはモザイク処理が施されてはいたものの、大自然の中で僕らが創意工夫して遊ぶ姿を捉えたその映像は、どう見ても彼女のGoProが出処だった。

「もちろん、親に言われてただ僕らの姿を撮っていただけかも知れない」

だが、彼女はここぞという場面でいつも「私を撮って」と甘えてきた。演じているというか、外からの目を意識しているというか、とにかくそんな感じで。

「自分の姿がYouTubeで流れるって知ってたからでしょ？」

「違うもん！」

「それだけじゃない。あれは、凜子が初めてiPhone7を持って来た日のこと」

凜子の話に大興奮だった僕らに、ルーはこう水を差した。

「『あんまり変な動画ばっかり観てるとバカになる』ってね。じゃあ訊くけど、君はどうしてそれが動画配信サービスだってことを知ってたの？」

あの日、間違いなく彼女は「動画」と断言した。当時スマホも携帯も持っていなかった僕は「YouTuber」を聞き取れず、「島言葉」と勘違いしたくらいだったのに。

「僕らを撮影する『キンダンショウジョウ』から逃げろと言ったのも君だった。映っちゃまずいって知ってたのはどうして？」

「言いがかりだよ。そんなの何の証拠にも――」

「極め付きは」反論を無視して、最後のカードを切る。

「凜子が死んだ日のこと」

瞬間、彼女の顔が青ざめる。

「あの日、君はお母さんのiPhone8をこっそり持ち出してきたと言っていた」

ベッドに並んで腰掛けると、彼女は慣れた手つきで端末を起動させた。

――すごーい、初めて触ったけど、こんな簡単なんだ。

どうやって？　指紋認証によってだ。

「初めて触ったっていうのは、明らかに嘘だよね。だって、指紋認証でロックを解除するには事前に指紋を登録しておく必要があるんだから」

「それは――」

「家では普通にスマホを扱ってたんだろ？　何ならあれは母親のじゃなく君の持ち物だったんじゃないか？」

「だったら、なに？」

「君のアリバイは成立しないんだよ。事前にあのiPhoneを弄ることができたんなら、僕の家に来る前に時刻設定を変えておくこともできたってことだろ？」

――時計の時間は自分で合わせるの？

　――自分でも変えられるけど、電波で勝手に合うんだよ。

「電波で勝手に合う」以上、画面に表示されているのは正しい時刻だと無意識に思い込みがちだが、自分の手で表示時刻を変えることだって当然できる。

「例えば、本来の時間より三十分遅らせるとか？」

　一緒に画面で確認した「18:12」――実際は「18:42」だったのでは？

「でも」言いかけて口をつぐむ彼女を前にして、僕は確信を強める。

「部屋にもともとあった目覚まし時計も同じ時刻だったって言いたいんだろ？」

　あのとき僕は自分の時計にも目を向けたし、その時刻は彼女のiPhoneが示すものと同一だった。「簡単だよ。僕がいない間に細工することはできたはず」

　――ねえ、お茶くらい出したら？

　あの発言は僕を部屋から追い出すためで、僕の手首に向けられた不可解な視線は「腕時計がない」のを確かめるためだろう。すべては僕がいない隙に「部屋にもともとあった時計」の針を動かすための策略だ。

「ただ、部屋の時計を細工済みのスマホの時刻に合わせたまでは良いけど、そのままにしたらいつか時間が違うことに気付かれるよね」

　――いけない、麦茶のグラス置きっぱなしだ。

だから元の時刻へと戻しておくべく、独りで再び部屋へと向かった。その後「家まで送れ」と言ってきたのは、すぐに僕が部屋へ戻って「急に時間が進んだ時計」に気付いてしまうリスクを減らすためと考えれば筋が通る。

「凜子が体育館裏で僕に何かを伝えようとしているのを見て――いや、もしかして彼女の言葉が聞こえたのかな？　いずれにせよ、君は焦った」

　――チョモはあの日から、ずっとYouTuberになりたがってたよね？

　――だからこそ、チョモに言っておかないといけないの。

　きっと、凜子は良心の呵責に苛まれ続けてきたのだろう。秘密を知った自分、それを黙っている自分――だけどあの日、腹を括った。全ての真実を白日の下に晒すために。

「もしもネタがばらされたら、リアルガチ『子育て観察ドキュメンタリー』は成立しなくなる。人気は失墜し、莫大な広告収入がなくなるかも知れない。それどころか、日本中から『失笑』を買う可能性だってあるよね。それはまずい！　何か手を打たないと！」

　資産家であることを彼女は常々鼻にかけていた。豪華絢爛な自宅、ガレージに並ぶスポーツカーの数々。それはひとえにリアルガチを謳った「企画」のおかげだ。それが島の同級生に「ネタバラシ」を食らうなどという幕切れでは視聴者が納得しないだろうし、その多くがチャンネルから離反するのは目に見えている。

「だから、口封じのために殺すことにしたのさ。いや、それだけじゃない。例の『キンダンショウジョウ殺し』が起きてしまったせいで、それ以降『ふるはうす☆デイズ』は穏当で無難なコンテンツに終始することになったんだってね。謹慎みたいなもんかな？　でもその結果として、マンネリに陥ってしまった」

　あの日の体育館裏で凜子は言っていた。ネタ切れの感もある「ふるはうす☆デイズ」はやや失速気味で、次々と新星が台頭している、と。それは、あの事件が起きたことで世間の風当たりが強まったためだった。

「だから『同級生の死』という涙を誘う新ネタで起死回生を狙ったんだろ？」

【ご冥福をお祈りします】同級生が亡くなりました【追悼】――ラインナップにこのタイトルを見つけた瞬間、絶句するしかなかった。たった二日で視聴回数は五百万回超。動画の内容について視聴者は賛否両論のようだったが、それも含め最近のスランプを撥ねのける会心の一撃。再生してみると、予想通り大袈裟に泣きじゃくるルーが大写し――

「許せない、絶対に」

　最後まで気丈に振る舞う予定だったが、堪らず涙が溢れてくる。

「こんなことのために凜子は殺されたって？　ふざけんなよ！」

　とは言え、狭くて小さい、生活動線も限られる離島において人知れず殺害するのは容易ではない。そこで思いついたのが、例の「秘密の場所」から突き落とすことだった。転落死なら事故や自殺の可能性も排除出来ない。腕力も、特別な装置の類いも不要。あとはどうやってその場に連れ出すかだけ。

「でも、気の利いた策は思いつかなくて、電話で呼び出すしかなかったんだ」

　その際、どんなやり取りがあったのかは不明だが、幼馴染からの誘いとあっては特段断る理由もなかったのだろう。何も知らない凜子はかつてみんなで遊んだ「秘密の場所」へと呼び出され、そのまま突き落とされてしまった。

　残る問題は「直前の通話記録」――だからこそ先のアリバイ工作を施し、砂鉄のランドセルから外したストラップを現場に残すことにした。こうしておけば、万が一「殺人事件」として捜査がなされたとしても逃げ切れると踏んだのだ。

「ただ、全部君一人で考えたとは思えない。どうせ『入れ知恵』があったんだろ？」

　誰の？　決まってる。彼女の両親だ。

　あの日、僕の両親は急遽彼女の両親に呼ばれて家を空けていた。そのタイミングを狙って彼女は僕の家を訪れたのではないか。何故か？　いじるべき時計の数を最小限に抑えるためだ。他にも人がいる中で先のトリックを成立させるには、家中の時計に細工しておくべきだが、さすがにそんなの現実的ではない。

「違う！　信じて！　私は殺してないし、ヤラセもない！」

「残念ながら、それを決めるのは僕じゃない」

　吐き捨てると、画面の向こうに居るはずの二千万人へ向けて宣言する。

「決めるのは、この配信を観ている『ふるはうす☆デイズ』の視聴者だ。今回だって委ねようじゃないか。人の人生をおもちゃにするのは慣れてるはずだし」

――悪かった、だから落ち着いてくれないか。

――お願い、あなたはそんなことする子じゃないでしょ。

　先程、キッチンから持ち出した包丁を突き付けた際の両親を思い出す。動画の中で見せる快活さは見るも無残に失われ、ただただ繰り返されるのは哀願と謝罪のみ。

――何が望みだ、言ってごらん？

「ふるはうす☆デイズ」アカウントのログインＩＤとパスワードはこの流れで聞き出した。その足で島の南端へ向かい、ルーを呼び出した砂鉄と合流。同じように包丁を突き付け、彼女の両手を拘束したところでこのライブ配信を始めたのだ。

　真相がわかってから一週間で、YouTubeアプリの操作方法や機能は一通りマスターした。聞き出したＩＤとパスワードで「ふるはうす☆デイズ」のアカウントにも入れている。万事、計画通り。配信を観ているはずの二千万人の視聴者を思うと笑いが止まらない。

　――ねえ、一緒にYouTuberにならない？

君の無念は、今日この場で僕が晴らしてみせる。

「ここまでの僕の推理が正しいと思う人は『高評価』を、間違っていると思う人は『低評価』を押してください。この配信自体が話題性を狙ったヤラセだと思うのなら、それもそれで結構です。そういう人も『低評価』ボタンをどうぞ」

また、海鳴りが聞こえる。

あるいは、海の向こうでこの配信を観た人たちの阿鼻叫喚だろうか。

「五分後、僕を支持する声が多かったら彼女をここから突き落とします」

ここは島の最南端——五分以内に辿りつける者はいないだろう。家族も、島民も、警察も、視聴者も、ただ息を飲んで結末を見届けるしかないのだ。

さあ、選べ。これぞ、視聴者参加型エンタメの完成形。

あなたはどっちだと思う？　それとも怖くて押せやしない？

颪ヶ丘合唱祭事件

青崎有吾《あおさきゆうご》

1991年神奈川県生まれ。明治大学文学部卒業。学生時代はミステリ研究会に所属、また在学中の2012年、『体育館の殺人』で第22回鮎川哲也賞を受賞してデビュー。トリックや意外性以上にロジカルな推理を重視する姿勢によって、日本のクイーンとも評される。デビュー作から『水族館の殺人』『図書館の殺人』へと続く〈裏染天馬シリーズ〉に本編「颪ヶ丘合唱祭事件」も連なるが、著者の出身校・神奈川県立希望ヶ丘高校がモデルとおぼしい颪ヶ丘高校が同じく舞台でも、他の生徒が探偵役を務める短編もある。他の著書に『早朝始発の殺風景』など。（S）

1

十月、日々の色彩が変わる。

白から青へ。夏の色から秋の色へ。風《かぜ》ヶ丘《おか》高校のブレザーは一般的なネイビーよりやや明るく、八月に行った水族館を思い出すような、深い海の色をしている。銀ボタンの輝きは四月よりもくすんだだろうか。きつさを感じぬ腰回りにほっとする一方で、夏の間一歩も成長しなかった身体に微妙な虚《むな》しさを覚える。ブラウスの上に着た上着は朝の気温にぴったりだが、昼には暑くて脱いでしまう気もした。今日はたぶん、あちこち走り回るから。

秋晴れの下、イチョウに囲まれた広場は生徒のざわめきに満ちている。出欠を取る声や友達を呼ぶ声やゲリラ練習（規則違反）の声。ブロンズ像が指さす建物は通い慣れた校舎ではなく、一日貸し切りの市民ホールだ。二階から下がった垂れ幕は数字部分だけ新しい模造紙を貼りつけてあり、どうにも安っぽく見えた。

〈第63回　風ヶ丘高校合唱祭〉

「すいませーん、ＧＵＮ《ガン》の人？」

袴田《はかまだ》柚乃《ゆの》は振り返り、左腕の腕章を見せた。

「はいＧＵＮです。誘導班です」

「３Ｆです」ダンボール箱を抱えた女子が、二十人ほどの仲間を率いていた。「衣装届いたんですけど、うちら試着までで。朝のうちにしときたいんだけど」

「あ、はい。更衣室こっちです」

「はーいちょっと通してくださいねごめんなさいね」

柚乃は手を上げて先導し、同じく腕章をつけた早苗《さなえ》が深海をかき分ける。

正面玄関から中に入り、一夜漬けで覚えた館内図を思い出しつつ、左側へ。エントランスホールも出欠確認を終えたクラスで混み合っている。

「あっＧＵＮの人。俺ら発表最初なんだけどリハってまだ大丈夫ですか」

「えーと開会式始まってからでいいです。席には座んないでここにいてください」

「ＧＵＮの人すみませんトイレってどこ」

「奥行って右です」

「おはよう袴田さん」

「あっ梶原《かじわら》さんどうも」

「照明手伝えって言われてさあ、調光室どこかわかる？」

「ああ二階ですねたぶん。早苗連れてったげて」

「はーいこちらになりまーす」

「ねえGUNの人バッグはどこに置けば」

「客室の自分の席で。貴重品はクラスでまとめて先生に渡してください」

「GUNの人トイレって」

「奥行って右です」

たかだか三十メートル移動する間にこんなに人から話しかけられるのは初めてだった。

GUNとは合唱祭運営委員の略称である。ちなみに文化祭運営委員はBUN《ブン》。先輩たちのネーミングセンスを疑う。四月の委員決めの際、早苗に誘われてなんとなく選んだのがここだった。合唱祭は年に一度だしほかの委員より楽かもと思っていたが、見通しは甘かったようだ。

3F女子のみなさんを連れホール西側の廊下に入る。腕章をつけた生徒たちが小走りで行き来している。女子更衣室は、ええと三番目？　いや四番目か。

ドアを開ける。まだ朝の九時過ぎだが、部屋の窓にはカーテンが引かれていた。本来はダンスの練習室か何からしく、更衣室というよりは広めの着替えスペースといったほうが正しい。各学級の運び込んだ大小さまざまなダンボール箱が中央にまとめられ、複数のクラスが衣装合わせ中だった。3F女子も空きスペースに陣取り箱を開ける。おおっと感動の声が上がる。

「衣装もここで保管するのでそのまま置いといてくださいね。あと箱に自分のクラス名を……」

先輩たちは試着に夢中で、指示が届いた様子はなかった。衣替えしたばかりのブレザーが、おまえはもう用済みとばかりばっさばっさ脱ぎ散らかされる。

「……大丈夫かな」

「だいじょぶっしょ三年だし」

壁際から声。パイプ椅子に、腕章をつけた女子が座っていた。

「あ、窓辺《まどべ》さん。おはようございます」

おは、と短く返された。窓辺遙《はるか》。柚乃が所属する女子卓球部の副部長だ。のたくる前髪とくまのついた目がちょっとダウナーな印象で、煙草とか似合いそうといつも思ってしまう。

「先輩も誘導班でしたっけ」

「いや集計。朝だけ誘導手伝えだって」

「じゃあ手伝ってくださいよ……」

「見張りだよ見張り。ここ鍵かからんし。覗きとかこわいし」

しれっと言う遙。やる気なげなこの人が、真面目な佐川《さがわ》部長と組むといいコンビに化けるのだから不思議だ。

「しかしみんな気合入ってんね」

「ですねえ」

背中のホックをかけ合ったり鏡で全身チェックしたりスマホに向かってピースしたり、女子たちは朝から大盛り上がりだ。合唱祭というより舞踏会の楽屋めいた有様だった。

風ヶ丘高校の合唱祭では一〜三年の二十一クラスが一曲ずつ発表し、教師陣の採点を集計してベスト10を決める。曲のチョイスやアレンジは自由で、衣装も自由。一年生の衣装は例年おとなしめだが、二、三年に上がると校風に慣れるのかタガが外れるのか早めのハロウィンと勘違いするのか、ほとんどのクラスが凝った衣装を用意する。

タキシード、ドレス、ケープ、ポンチョ、法被《はっぴ》とダボシャツ、尻尾とケモ耳、修道服、サリー、チマチョゴリ等々。手作りの場合は事前に学校で衣装合わせできるが、業者にレンタルする場合は当日衣装が届くことが多く、こうして朝から試着会が行われるのだった。

「窓辺さんのクラスも何か着るんですか」

「ドイツの民族衣装みたいなやつ。まだ届いてないんだけど。袴田は？」

「制服に星つけるくらいですね。『二十億光年の孤独』歌うので」

「あー二十億。アンドロメダを西南に〜だ」

「いやそれは違う歌です」

「奈緒《なお》のクラスはドレス着るよ。肩出しで胸開いてて。ちょっとエロかった」

「なぜそれを私に？」

「知りたがるかと思って」

「……まあ、佐川さんが優勝したら嬉しいですね」

「優勝はどうかねえ。三年すごいし。二年の中でも、ほら」遙は衣装合わせ中のあるクラスを指さし、「あそこが大本命」

同時に、そこから歓声が上がった。

彼女たちが着ていたのは、船員や騎兵隊を思わせるダブルボタンの制服を、キュートにアレンジした衣装だった。

色はパステルブルー。肩にはフリンジ、パンツは膝丈。外に通した革ベルトが腰回りをきゅっと締め、すっきりしたシルエットに見せている。ブーツは廉価なビニール製だが、高めのヒールがついていて、ステージに上がったとき映えそうだ。詰め襟のカラーにはひとりずつ色の違う蝶ネクタイが結ばれ、いいアクセントになっていた。

「えっヤバいかわいくない？　かわいいよね？」

「アイドルだよこれアイドルが着るやつ」

「沙羅《さら》にしてはセンスいいじゃん」

「でしょ？　いいっしょ？　杏里《あんり》ちゃんどう？」

輪の中心で、ギャルっぽい茶髪の女子がはしゃいでいる。杏里ちゃんと呼ばれた少女が手を伸ばし、彼女のタイの角度を直す。

「ええ、素敵なデザインですね。色も『方舟《はこぶね》』のイメージによく合っています」

「でしょ～？　カタログ調べまくってさ、がんばったんだよわたし。ほめてほめて」

「ありがとう栄藤《えとう》さん」

「なでてなでて」

「なでません恥ずいので」

「くそ～」

くっつくギャルは五歳児のようで、あしらう友人は母親だった。母のほうは最近話題に上ることが多く、柚乃も名前を知っていた。

二年E組、遠山《とおやま》杏里。

ハーフアップでまとめた髪と温かみある目元。姿勢のよさも相まり、泉から出てくる女神様のような女生徒だ。合唱部のエース的存在で、弱小だった部を彼女ひとりで底上げし、去年Nコン本戦まで連れていったのだという。九月の期末テストの成績でも総合六位に入っていた。彼女が率いるクラスなら確かに優勝候補だろう、衣装も本格派だし。

「サイズが合わない人は？　いませんね？　では一度脱ぎましょう。箱に戻すときはしわが寄らないよう気をつけて」はたで聞くだけでも声量と滑舌のよさがわかる。「十一時半にまたここに来て、着替えてからリハです。私たちの出番は二年の部のトップですが、練習どおり歌えば大丈夫。後続を圧倒して優勝狙いましょう」

はーい、とクラスメイトたち。佐川部長とは異なるタイプのリーダーだと思った。佐川さんはきびきびと刻むように指示を飛ばすが、杏里の指示は流れるようで、用意した台本を読んでいるかのようだ。

「はやく終わんないかな今日」遥がパイプ椅子を軋《きし》ませた。「合唱あんま好きじゃなくてさ。ほらピンポンは個人プレーだけど合唱って団体戦じゃん？」

黒目がちな目が二年E組を見つめる。

「あの中にもいやいや歌ってる子いるんだろうな」

副流煙のように煙たく、抗《あらが》いようのないぼやきだった。

柚乃も人前で歌うのが苦手なので、気持ちは少しわかってしまう。否定の代わりに「じろじろ見ないほうが」とだけ言う。杏里たちは着替え中なのでこの忠告は妥当だった。

たたまれた服がダンボール箱に戻されていく。二年E組の用意した箱はひとつだけで、二十人分が収まっていた割にはサイズもさほど大きくない。側面には業者の凝ったロゴ。プロ仕様はいろいろ違うなあ、とぼんやり考える。

「誰かハサミ持ってない？」

茶髪の女子が言った。衣装の糸がほつれていたらしい。備品が置かれた長机を見ると、ガムテープの横にハサミが用意されていた。柚乃が渡しにいくと、「ありがとう」と杏里が受け取り、友人の服のほつれを丁寧に切った。やっぱりお母さんっぽい。

副部長のもとへ戻ると、好奇の目を向けられた。

「袴田は働き者《もん》だねえ」

「先輩も働いてくださいよ」

へっへっへ、と笑う遥。かく言う柚乃も無駄話につき合ってしまったことに気づく。

部屋を出ようとしたとき、また声をかけられた。

「ごめんなさい、医務室ってどこですか？　この子ちょっと風邪気味で」

具合の悪そうな女子が、友達に体を支えられている。柚乃は遥とアイコンタクトを取り、すぐに結論を出した。

「……じゃ、私が連れていきます」

「いってら」

副部長が手を振った。

医務室は確か角の奥だったはず。急病人に肩を貸し、行き交うGUNの邪魔にならぬよう廊下の端を歩く。三年生のようだが背丈は柚乃と同じくらいだ。

「大丈夫ですか」

「だめかも」風邪のせいでガラガラ声だった。「わたし指揮者なんだよね」

「それは……残念ですね。でも体のほうが大事ですし」

「わたし歌下手で。指揮者なら歌わなくてもすむかなって……天罰かなあ」

角を曲がると人通りが減った。抱いた肩に力を込める。

「その程度でくだっちゃうなら、私の知ってる先輩なんて天罰くだりまくりですよ。もうほんとすっごい駄目人間で。授業サボりまくりだし昼間ほぼ寝てるし部室からほとんど出ないし。その部屋もめっちゃ散らかってて足の踏み場ないし生活費全部アニメと漫画に使うし」

「何それ。更衣室座ってた人？」

「いや、あの人なんてまだまだです。本物とは比べものにならないですね」

　あはは、と見知らぬ先輩は笑う。それで多少元気が出たのか、ダウンする前に医務室に辿り着けた。


　出迎えたのは風高の保健医だった。「あらあら」が口癖の中年女性である。事情を話すとやっぱり「あらあら」と言い、背後を見やった。

「困ったわね、いまベッド埋まっちゃってて」

　小さな医務室なのでベッドはひとつしかない。カーテンの隙間から寝ている生徒の姿が見えた。細身の色白な男子——

　あれ？

　一歩横にずれ、顔を確認する。

「……大丈夫です先輩、横になれますよ」

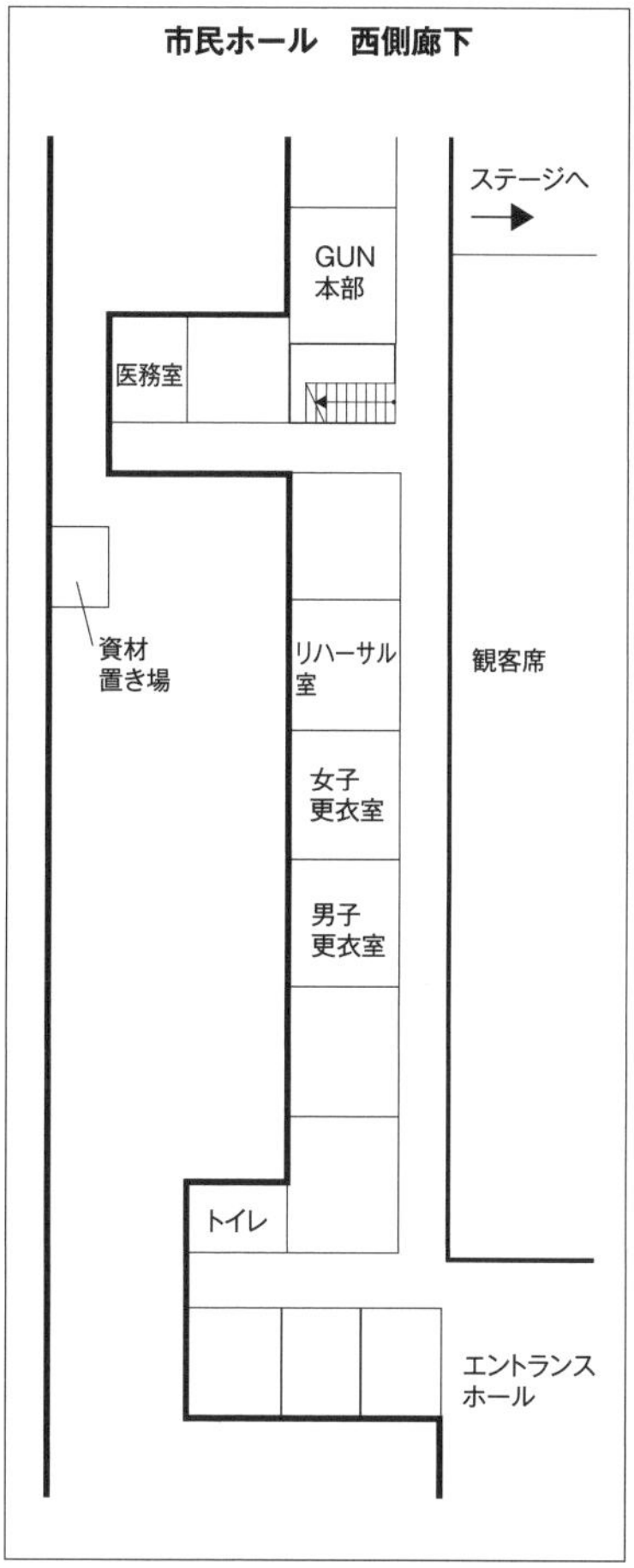

「え。でも人が」

「ちょっと待っててください」柚乃はカーテンを開けた。

「いま天罰くだすので」

ベッドの上で、裏染天馬《うらぞめてんま》が寝返りを打った。

伸びた前髪の隙間から端正な眉が覗いている。

寝ているとちょっとクールに見えるが、活動時の気だるげな動きと真っ黒な瞳の不吉さを柚乃は知っている。毛布をはいでやるとまぶたが薄く開き、その瞳が見えた。柚乃に気づくと、逃げるようにまた閉じた。

「さみゅい」

ベッド脇には脱いだブレザーがたたまれていて、几帳面さが腹立たしかった。

「こんなとこまで来てなに寝てんですか」

「ここ来るまでに体力使い果たしたんだ。朝の電車があんなに混むとは……」

「普通の人は毎朝あれで登校するんです」

この男の住所は校内の部室棟の空き部屋である。

「病人が寝るのでどいてください」

「わかった」裏染はベッドの片側に身を寄せて、「どうぞ」

「セイ！」


キックという名の天罰によってその姿がベッドから消えた。あらあら、と保健医が言う。

「だめよ乱暴しちゃ」

「この人仮病で看護は必要ないですから」

「いま必要になるかと思ったよ」

ふらつきながら立つ裏染。ブレザーを取り、寝床を明け渡す。風邪気味の先輩は「じゃあ失礼します……」と律義に言い、ベッドに座って靴を脱ぐ。

「ごゆっくり。指揮、できるといいですね」

裏染はカーテンを閉じた。上着に袖を通す動作はやはり気だるげだった。

「いまの先輩、お知り合いですか？」

「初めて会った」

「じゃ、なんで指揮者だって」

「朝起きてあんな嗄《か》れ声なら合唱祭なんて休むだろ。ここまで来たのは今日歌う予定がないから、歌わないのは指揮者か伴奏者、ピアノを弾くなら発表前は爪を切る。伸びてたから指揮者だ。これもらっていいすか」

ボタンをかける片手間のように解説し、デスクにあった飲みかけの缶コーヒーを手に取る。保健医の許可を待たずに口をつけ、副部長と同じ愚痴を一言。

「早く終わんねえかな今日」

「発表はサボんないでくださいよ」

「おまえに関係ないだろ」

「ありますよ私ＧＵＮだし。……そういえば裏染さんて、どこの委員会入ってるんですか。全員どっか入る決まりですよね」

「美化委員」

「なんて？」

「美化委員」

「……まずは自分の部屋から美化すべきですね」

「ごちそうさまです」

「あら全部飲んだの」

「次からは微糖を買っておいてください」

　コン、とスチール缶の鈍い音が鳴った。続いて聞こえたのはノック音だった。ドアが開き、ヘアピンと眼鏡を赤でそろえた少女が顔を出す。

「すみませーん天馬いますよね？　あやっぱりいた開会式始まるよ客席行こ。おっ柚乃ちゃんおはよ！」

　裏染の同級生、向坂《さきさか》香織《かおり》だ。「いますか」ではなく「いますよね」なところに手慣れ感があった。

　時計を見ると開会式まで十分を切っていた。ここでしゃべり続けるのも迷惑だ、柚乃は裏染の襟を引き医務室を出る。ブレザー姿だとひっぱりやすいので便利だ。

　香織と三人で廊下を戻る。

「柚乃ちゃんのクラスは何歌うの？　二十億光年？　あー谷川《たにかわ》俊《しゅん》太郎《たろう》だ。いいねえ。２Ａは『やさしい風』歌うの。知らない？　名曲なんだよほんと。グッチ裕三《ゆうぞう》作曲で」

「俺は『鳥の詩《うた》』にしようと言ったんだが却下された」

　裏染がボソリといらない情報をつけ加える。

「楽しみですけど聴けないかもです。たぶん半分くらい裏方いるので」

「あ〜ＧＵＮだとそうなっちゃうよね。じゃあ終わったら天馬と歌ったげるよ」

「なんで俺を巻き込むんだよ」

　エントランスホールで二人と別れた。客席へ続くドアの前には深海色の渋滞ができている。左右のドアも空いておりまーす、と駅員めいたＧＵＮメンバーの声。

　柚乃はソファーに座り、ひと息つく。

　裏染ではないが、朝からだいぶ疲れてしまった。でも合唱祭はこれからだ。柚乃たちの発表順は事前にくじで決まっていて、一年の部の二番目。なので、開会式が終わったら急いでリハ室に移動しなければならない。そこで声出しと最終チェックを済ませ、すぐ本番だ。いまのうちに気合を——

「GUNの人トイレって」

「奥行って右です」

気合を入れる暇もない。

2

発表はあっという間だった。

ステージ上は意外と狭くて、立ち位置が難しくて、照明がまぶしくて、そんなことを気にしているうちに指揮が始まり、歌って、終わった。二週間の練習はなんだったのかと思うほどあっけなかった。出来映えに関しては早苗の一言に集約された。

「どうだったかな」

「まあまああってとこじゃない？」

ステージからはけたあとは客席に戻らず、二人で離脱した。

——今はまた、西側廊下で誘導班の仕事に就いている。

扉の向こうから拍手が聞こえた。三番手の発表が終わったのだろう。リハ室からは四番手の一年A組が出てくる。

「よし。いくぞてめぇら！」

「はい廊下では騒がないでくださいね」

盛り上がる面々を舞台袖までひっぱっていく早苗。柚乃は入れ替わりでやって来た五番手、一年G組をリハ室に通す。こうして発表を控えたクラスを次々捌《さば》くのが誘導班の仕事だ。観客側から発表側へ、そしてまた観客側へ。合唱祭は回っていく。

G組全員を部屋に入れると少し暇になった。早苗がスマホをいじりながら戻ってくる。

「写真でも撮るか」

「なんで」

「なんだろ。合唱記念？」

ぐいと肩を組まれる。触れ合った頰はほんのり熱く、ステージで浴びたライトを思い出した。こいつ体温高いなと最近よく思う。活発だからちょうどいいのかもしれない。

シャッター音が鳴り、先週機種変した柚乃のスマホにもすぐ画像がシェアされた。にっこり笑った早苗ときょとんとした柚乃。発表後すぐここに来たので、ブレザーにはまだ五センチ大の黄色い星が散っている。朝の試着室は舞踏会だったが、これじゃまるでお遊戯《ゆうぎ》会だ。

「……来年はもう少しまともな格好したいね」

「来年のことより来週よ来週。準備とかした？」

女子卓球部の合宿の話である。秋休みを丸々つぶして箱《はこ》根《ね》に泊まり込むのだとか。

「準備ってなんかいるっけ」

「ほら部屋着とかさ」

「普通に家で着てる服でよくない？」

「もしや柚乃は家でもまともな服を着ている？」

「わかんないけどとりあえず星は散ってないな」

「普通の服でいいよみんな適当だし」

振り向くと、窓辺遙がいた。脇に小ぶりなダンボール箱を持っている。

「これうちらのスカート。遅れて届いてさ、置いとけだって。入っていい？」

「どうぞどうぞ……あ、逆です！」

隣の男子更衣室のドアを開けようとしたので、柚乃は慌ててつけ加えた。遙は女子のほうに入り、一分足らずですぐに出てきた。

「間違えちった」

「朝あんなに入り浸ってたじゃないですか」

「表示ないんだもん。ドア全部同じだし。ほんじゃね」

ひらひら手を振り戻っていく遙。みんながどうかはともかく、彼女は確かに適当だ。

副部長を見送ってから早苗が言う。

「部屋、貼り紙とかしとく？」

「んー、まあ時間あるし」

女子更衣室に入り、使えそうな備品をチェックする。机の上にあったのは黒の油性ペン二本、未開封のガムテープ、朝使ったハサミに、合唱祭のパンフが一冊。

ハサミでパンフの余白ページを一枚切り、サインペンで〈女子更衣室、男子謹製〉と書く。ガムテープを開封して手ごろな長さでちぎり、ドアの廊下側に貼った。だいぶやっつけだが、これで男女を間違うことはないだろう。

「わたしら有能だね」

「仕事した感がある」

微生物レベルの満足に浸っていると、また客席から拍手が聞こえた。リハ室からは一年G組が出てくる。

「誰よりも高く飛ぶぞ！　エイエイ」

「はい廊下では騒がないで」

オーまでは言わせず、早苗が舞台袖に連れていく。柚乃は六番手の一年D組をリハ室に通す。

全員が部屋に入っても、廊下にはひとり残っていた。

一年生ではなかった。大人びたハーフアップの少女——

遠山杏里だ。

「ごめんなさい。朝、更衣室に楽譜を忘れてしまったみたいで……いま入ってもいい？」

「あ、はい。どうぞ」

柚乃たちを含め、今年の一年はどのクラスも制服をアレンジする程度なので、準備はリハ室で済ませてしまう。二年の部が始まるまで更衣室を使うクラスはない。

杏里は女子更衣室に入り、一分少々で出てきた。かたわらには楽譜を持っていた。

「1B？」と、柚乃の服の星に目をやる。「『二十億光年の孤独』ね。さっき客席で聴きました」

「すみません、拙《つたな》い合唱で……」

「確かにちょっとこぢんまりしてた」笑顔のまま言われた。「あれは矮小《わいしょう》な人類の歌でもあるけど、宇宙史を俯瞰《ふかん》する歌でもあるの。引力や加速膨張への言及もあったでしょう？　そのスケールをもっと意識すべきでした」

「す、すみません」

「謝らなくてもいいけど。でも合唱って、技術と同じくらいイメージも大切なんです。クラスのみんなにも情景を想像するようにアドバイスしてます」

「2Eは……『方舟』でしたっけ。どういう歌なんですか」

「空をわたる船団と、崩壊した地球を想う歌。解釈が分かれますが、私は反戦と郷愁がテーマだと思っています。難曲です。でも、それくらいじゃなきゃ勝てないから」

「やっぱり優勝狙いなんですね」

「私は別に狙っていないけど……みんなが、私がいるなら優勝できると言うので。私はそれに応えないと」

では、と言い杏里は立ち去る。遠ざかる背中はぴんと伸びていて、ステージに立つ歌手を思わせた。彼女はいつもそういう気持ちで生きているのかもしれない。

柚乃は背後の壁に頭をくっつけた。両面テープで留めたバッジが急に恥ずかしくなり、むしるように外していく。重ねた五枚の星に向けて、ため息を吐いた。

「なんで合唱祭なんてあるんだろ」

「どしたん急に」

戻ってきた早苗に聞かれていた。柚乃は「別に」と雑にごまかす。

通学して勉強して部活して委員会して友達と話して流行りのドラマや動画を見て食事と睡眠をとって服や髪を人並みに気にして進路のことなんかも考えて、そして合唱の練習をして。成長するたびやることが増えていく。たぶんこの先も、どんどん。膨張する宇宙みたいに。

それはごく当たり前のことで、当たり前ゆえに気が重かった。いまの時点でも手いっぱいなのに、そんなにいろいろ抱え込めるだろうか。次々器用に捌けるだろうか。自分はあの曲に出てくる人類と同じようにちっぽけで、遠ざかる星を眺めることしかできそうにない。

「まあもうすぐ交代だし。午後は休めるでしょ」友人の受け取り方は呑気だった。「で服だけどさ、土曜日買い行こうよ」

「えー普通でいいって言われたじゃん」

「いいじゃんラバーも替えときたいし」

単に遊びたいだけらしい。またやることが増えてしまったが、これは別にいやな予定じゃない。

早苗のスマホを覗き込んで買いに行く場所を決めようとしたとき、

「あのう」

また話しかけられた。聞き覚えのある風邪気味の声。

「あ、今朝の」

「金枝《かなえ》っていいます。3Fの。おかげさまでちょっとよくなって。出られそうだから、服のサイズだけ見とこうかなって……更衣室、いい？」

どうぞどうぞ、とまた通す。金枝先輩は女子更衣室に入り、一分半後、柚乃たちが海老名《えびな》のビナウォークに行こうと決めたころに部屋から出てきた。

先輩は閉じたドアをひょいと振り返り、

「字が違うよ。キンセイが」

「え」

「キンセイって謹慎の謹じゃ」

「禁ずるの禁だよ。セイも違う。男子謹製だと、男子を真心こめて作るみたいな意味になっちゃうよ」

「…………」

「ちょっと待ってて」

彼女は一度女子更衣室に戻り、備品のペンを持ってきて、貼り紙を訂正した。

「これでよし」

うなずき、ペンを柚乃に渡す。インクが移ってしまったらしく、先輩は左手を気にしながら去っていった。

柚乃は訂正された貼り紙を見つめ、また壁にもたれた。ますます小ささを自覚してしまう。国語は得意なつもりだったのに……合唱どころか、

「勉強もだめだ」

「なことないって」早苗がポンと肩を叩き、「柚乃は、ま

あまあまあってとこだよ」

ぜんぜん嬉しい励ましじゃなかった。


二十分後、午前十一時半。

一年の部のトリを務めるC組が、早苗の案内で舞台袖に向かっていった。

入れ替わりで二年の部の一番手が、エントランス側からやって来る。

遠山杏里のクラス、二年E組。

他のクラスのようなガツガツした勢いは見て取れず、どっしりと構えたその姿は、確かに巨大な方舟を思わせた。凛々《りり》しい面持ちのクルーたち。優勝候補にふさわしい、確かな自信と静かな緊張。案内する柚乃の声まで、なぜかつられて硬くなった。

「えーと、2Eは更衣室使いますよね。男子手前です。女子は奥です」

「では十分後にリハ室で」

杏里が男子たちに言う。おう、と返し男子たちは更衣室へ。女子たちも動きだした。ドアを開け、杏里を先頭に入室する。

全員入りきる前に、中から声が上がった。「あれ？」「どこ？」「ここにあったよね確か」「そうだよ一番端に」「なんで……」

船体が揺れ、甲板にひびが走る。

不安を覚えた柚乃は部屋に飛び込み、彼女たちの視線を追った。

二年E組の衣装が消えていた。

3

部屋の中央にまとめられた二十ほどのダンボール箱。

各クラスが運び込んだ、衣装や靴の入った箱。

〈2－E〉と書かれた箱はひとつだけで、薄茶色で、側面に業者のロゴがプリントされて、確かにここに置いてあったはずだ。少なくとも今朝までは。

だがいま、どこにも見当たらない。

柚乃は部屋を見回す。あるのは長机がひとつ、パイプ椅子が三脚、小さなゴミ箱と隅の掃除ロッカー。杏里がそのロッカーを開けた。中は箒《ほうき》とチリトリだけだった。

「GUNのあなた」杏里は柚乃を振り返った。「ずっと廊下にいましたか？」

「えっと、私たちは十時くらいから。でもその前も別の人が……」

　自分たちの発表まではほかのメンバーにいてもらい、発表後に交代した。だから西側廊下に人がいなかった時間帯はない——ということを、たどたどしく説明する。

　杏里は悔やむようにうつむく。

「私は十一時前、楽譜を取りにここに来ました。そのとき私たちの衣装があったかは正直覚えていません。箱には注意を払わなかったので……。あなたはどう？　この部屋には入りましたか？」

「遠山さんの前に、一度。でも私も、箱があったかはちょっと……すみません」

　貼り紙を作る際早苗と一緒に入ったが、ほんの一、二分

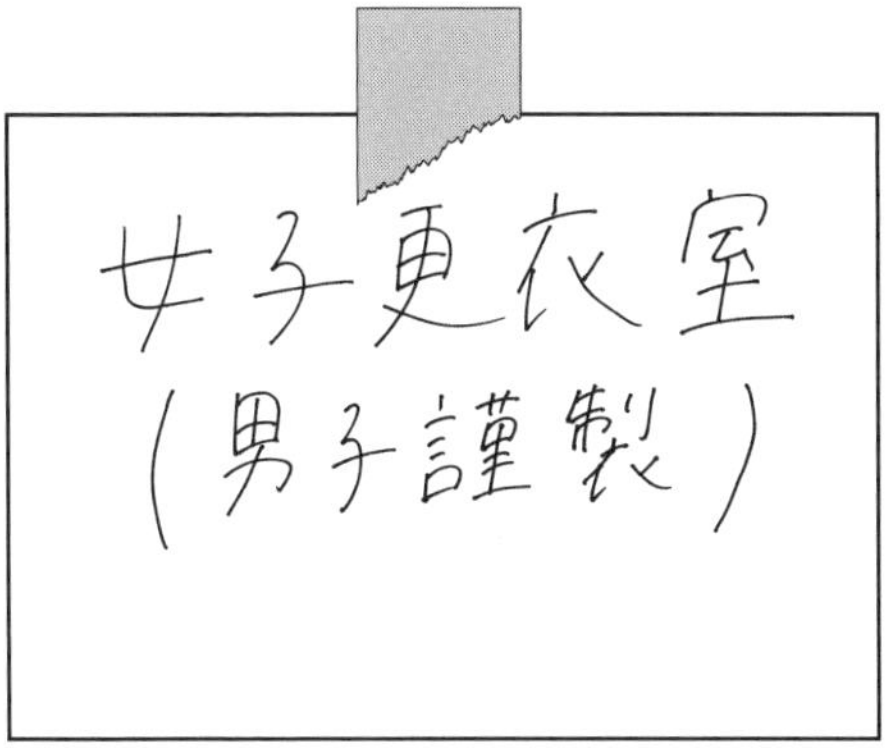

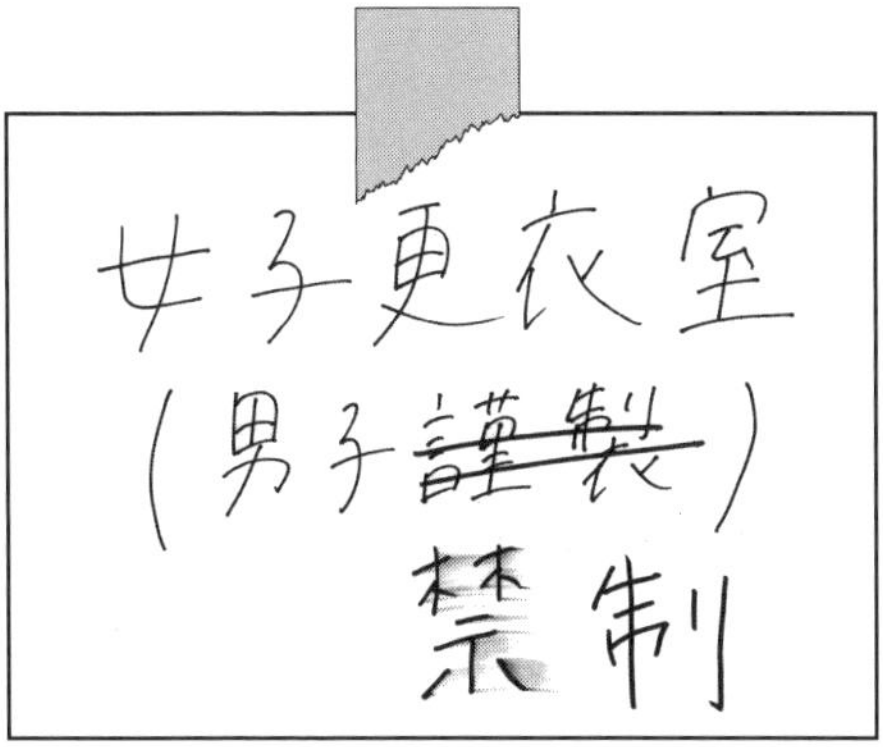

だったし、箱は意識の外だった。

「私とあなたのほかに、部屋に入った人はいますか」

「二年の窓辺さんと、三年の金枝さんって人が……。でも二人ともすぐ出てきたし、そのとき手ぶらだったので」

箱を持ち出せたはずがない。遠山杏里もそうだ。出てきたときは楽譜を一枚持っていただけだ。

「ねえ、これ！」

カーテンを開けた女子が叫んだ。

部屋は西側に四つ窓が並んでいる。よくあるクレセント錠つきのサッシ窓だが、四ヵ所のうち右端の一ヵ所だけ鍵が外れており、窓も二十センチほど開いていた。

「盗まれたんだ」

茶髪の女子がつぶやいた。今朝はしゃぎ回っていた少女。衣装の手配係で、たしか栄藤沙羅という名前だ。沙羅は「盗まれた」と繰り返し、その言葉の意味を遅れて理解したように、急に慌て始めた。

「ど、どうしよう杏里ちゃん。どうしよ」

「おちついて栄藤さん」

杏里は即座に返したが、その先を続けられなかった。台本を読むように淀みなかった彼女の指示に、そこで初めて間《ま》が空いた。

穏やかだった眉が歪み、力んだ唇が色を失う。視線が時計の長針を撫で、壁をのろのろと這い下りて、ダンス用の姿見《すがたみ》で止まった。鏡には自身を責めるような杏里の顔と、心を乱した仲間たちが映っていた。

休符は決して長くなかった。迷いを振り切り、杏里は柚乃へ向き直った。

「二年の部が始まります。捜索はGUNに任せてもよいですか。私たちはリハーサルに入らないと」

「はい……えっ？」

「り、リハって杏里ちゃん、衣装は」

「制服で出るしかありません。どなたか男子にもそう伝えて。彼らだけ正装ではアンバランスです」

舟が再びぐらつく。杏里はよく通る声で舵《かじ》を切る。

「衣装のことは心配しないで。ただのいたずらなら近くで見つかるはずです。もし窃盗などの事件でも、窓を閉め忘れるような犯人です。きっとすぐに捕まります」

「そうじゃなくて。いやそうでもあるけど……が、合唱は？」

「私たちなら大丈夫」杏里は沙羅に手を伸ばし、「練習どおりやりましょう」

そっと彼女の頭に触れた。

髪をかすめるだけの、不慣れでぎこちないなで方だった。だが想いは沙羅に伝わり、そこから全体に波及して、舟はバランスを取り戻した。沙羅はブレザーの裾を握り、杏里にうなずきかけた。追従するようにいくつも覚悟の声が上がった。

隣にも事情が伝えられ、二年E組の男女は制服のまま廊下で合流した。不安がる男子の声も杏里の「大丈夫です」で一掃される。弱さは姿見の中に置き去られていた。

練習時間を惜しむように、彼らは早足でリハ室へ向かった。

舞台袖から早苗が戻る。何が起きたか話すと、すぐGUNの本部へ行き、数人の先輩を連れてきてくれた。先頭の男子は副委員長、小峠一太郎《ことうげいちたろう》だった。二年生だが、三年の委員長が受験で忙しいため、実質的なリーダーをこなしている。

「服、盗まれたって？　困るなぁそら」眼鏡を上げる小峠。西の生まれらしく、ときどき関西弁が出る。「2Eだけ？　ほかは？　一応チェックして」

箱に書かれたクラス名がざっと調べられた。結果、2E以外は二、三年全クラスの箱があり、男子のほうも問題なかった。また、十時まで廊下にいたGUNメンバーに確認したところ、女子更衣室には誰も入らなかったという。

「そしたらやっぱり窓からやね」小峠はカーテンをひょいと持ち上げ、「2Eって朝試着してた？　あ、そう。じゃあ着用済みを狙《ねろ》たんかな」

朝、衣装を試着したクラスの箱はガムテープが開けられているが、試着なしで搬入だけしたクラスの箱はまだ封がされている。〝着用済み〟を選ぶのは簡単だ。

「袴田さんだっけ。廊下おる間なんか気づいた？　物音とか」

「いえ、特には……」

「オッケー。そしたら椙野《すぎの》くん。窓辺さんとあと3Fの金枝？って先輩になんか覚えとらんか聞いてきて。袴田さんたちは誘導の仕事続けて。合唱祭はこのまま回すから。ぼくらはひとまず外探そか」

素早く方針を決め、先輩たちは散っていった。再び廊下に出ると、リハを終えた二年E組を早苗が舞台へ誘導していた。客席からはアナウンスが漏れ聞こえた。二年の部が始まろうとしている。

柚乃の隣に戻ってきてから、早苗は肩の凝りをほぐす。

「なんか大変なことになったねえ」

「うん……」

誰かが2Eの衣装を盗んだ。

窓の鍵にかけ忘れがあり、不審者がそこから入ったのだろうか。でもカーテンは閉じていたので、外から部屋は見えなかったはず。なぜあそこに衣装があるとわかったのだろう？　風高の合唱祭は保護者を招かないし、部外者が部屋割りを知れたとも思えない。女子更衣室に当たったのはたまたま？　それとも学校関係者の中に犯人が？

部屋を出入りした三人のうち誰か、という線はあるだろうか。ドアから持ち出すことはできなくても、窓から一度外に出て、箱をどこかに運べば……いや、馬鹿馬鹿しい。部屋にいた時間は全員一分前後だった。箱を遠くへ運ぶ時間はないし、そもそも盗む理由がない。

わからない。

悔しい。

すぐそばで事件が起きたのに気づけなかったことが。捕らえられたかもしれない犯人を逃してしまったことが。スケールはまったく異なるが、六月、体育館の事件に遭遇したときも同じ悔しさを覚えた。丈を確かめるようにブレザーの袖をいじる。やっぱり自分は、春からまるで成長していない。

ひとつだけ変化があるとすれば――

いまの柚乃は、相談すべき相手を知っている。

「早苗、ここ任せていい？」

早苗は軽くうなずいた。友人がどこへ行くか、すでにわかっているようだった。柚乃は音を立てぬよう気をつけながら、客席へ続くドアを開けた。

さすがに医務室のベッドにはいないはずだ。朝の天罰が効いていれば。

暗い客席に入ると、ちょうど二年E組がステージに上がるところだった。

予想外のブレザー姿にギャラリーはざわついたが、それもすぐに収まった。遠山杏里をはじめ、歌い手の誰もが顔を引きしめていたからだ。彼らは凜々しい船員に戻っていた。伴奏者が鍵盤の蓋を開く。客席に一礼してから、指揮者が台の上に乗る。

静寂。

指揮棒が振り上がると、一斉に足が開いた。

飛び散る水しぶきのような伴奏が始まる。美しいコーラスがそれを追い、方舟の錨《いかり》が上がった。

重力を振り払い、船団が飛び立つ。天井は星座の散った夜空に変わり、観客は夢中で旅路を追った。びりびりと空気が揺れる。反響した音が次の音と混ざり、ハーモニーの中に溶けてゆく。素人の耳でも差がわかる、ほかとは段違いの歌声だった。

柚乃も聴き惚れそうになったが、いまはそれよりも大事なことがあった。客席に目をこらす。2Aの座席は確か一階席の下手《しもて》側、この近くのはず――

いた。

裏染天馬は本来の割り当ての一列後ろ、空席が目立つ教職員席のひとつを勝手に占領していた。そっと近づき、隣に座る。

寝てはいない。が、起きているかも微妙だ。肘かけに頬杖をつき、ぼんやりとステージを眺めている。暗闇の中でもひときわ濃い、瞳の黒。八月の夏祭りを思い出した。あの祭りのあとも裏染はこうして神社を見張り、柚乃は隣で彼を見ていた。彼の視界に映る景色はいまだにわからない。でも間にベビーカステラの袋がない分、あのときよりは距離が近い。

「裏染さん、実は……」

「衣装でも盗まれたか」

かぶせられた。E組の制服姿を見て察しがついたのだろう。

「そ、そうです。それですごい困ってて」

「そりゃ大変だな」

「他人事《ひとごと》ですか」

「他人事だろ」

「わ、私には他人事じゃないんです。私と早苗、誘導班でずっと廊下にいて。このままじゃもしかしたら私たちの責任に……」

「合唱中は静かにしろ」

正論を食らってしまった。

曲はさらに盛り上がり、徐々にリズムを変え始める。スリリングな連弾とともに、夜空の神秘が讃えられる。柚乃は黙ったが、まだ横顔から目を切らなかった。星の光を求めるように、深い夜を見つめ続けた。

連弾パートが終わったとき、裏染は音もなく立ち上がった。

ドアを押し開き、蛍光灯の世界に戻る。早苗が大げさに敬礼した。

「裏染さんおつかれさまです。現場こっちですこっち！」

「見りゃわかるだろ貼り紙あんだか」

ら、と言いかけ動きを止める裏染。〈謹製〉の誤字に気づいたらしい。

「これ作ったのは」

「私ですけど」

「…………」

「言いたいことがあるなら言っていいですよ」

裏染は無言でドアを開けた。何か言われるよりむしろ傷つく。

廊下での出来事や発覚時の様子を手短かに説明する。相《あい》槌《づち》なしで聞き終えると、裏染は右端の窓に近づき、カーテンをくぐった。柚乃もくぐって横に並ぶ。

「開いてたのはここか？」裏染は桟《さん》に溜まった埃をすくい、「普段は開け閉めされてないな」

「でも開いてたんです。こっち側が二十センチくらい」

柚乃は外側のサッシを指さす。裏染はそれを開けようとし、ふと手を止め、反対の内側のサッシを開いた。

外は素敵な景色とはいいがたかった。人通りのないホールの裏側。少し先に屋根つきの資材置き場があり、壊れた機材やたたんだダンボール箱がまとめられている。西側なので日当たりが悪く、昨日降った雨の湿りけがまだ残っている。そばにイチョウの木が一本植えてあり、アスファルトにも壁にも、濡れた落ち葉がへばりついていた。

裏染は外側の桟から何かをつまみ上げる。それもイチョウの葉だった。形は綺麗な扇形だが、雨と埃で黒ずんでいる。

「あれ？」と、背後で声。

振り向くと、ドアから女子の顔が覗いていた。次に更衣室を使う二年C組だろう。

「もしかして……何かお取り込み中だった？」

「あと二分待ってくれ」

裏染が言うと、慌てたようにドアが閉じた。柚乃は彼女の見た光景を想像してみる。カーテンから伸びる男子のスラックスと女子の脚。誰もいない部屋、布地の向こうで、人目を避けるようにくっついていた二人。

「……なんか、ものすごい誤解を受けた気がするんですが」

「備品はあれで全部か？」

裏染の注意は長机に移っていた。

ガムテープを取り上げ、まっすぐな切り口を指先でなぞる。粘着を確かめるようにその指をすり合わせてから、合唱祭のパンフをパラ読みする。最後にハサミを右手で持ち、チョキチョキと二、三度動かした。

「キンセイを直したのは誰だ」

「え？」

「おまえがやらかした誤字だ。誰が直した？」

「金枝さんですけど。例の風邪気味の」

聞くや否や、裏染は長机から離れた。

ダンボール箱の周りを巡り、ひとつずつ指さし確認していく。もう注視すべき場所をわかっているような、迷いのない素振りだった。

彼の足と指が、〈3－A〉と記された箱の前で止まる。

同時に、客席から割れんばかりの拍手が聞こえた。

＊

どんな発表でも拍手はもらえる。遠山杏里はそれを知っている。

けれど鳴りやまぬこの歓声は、どうやら本物のようだった。舞台袖にはけたところで額を拭う。予想よりずっと多く汗をかいた。歌い慣れない生徒たちを率いた分、普段のコンクールより緊張したかもしれない。

でも、やりきった。

難しい四分の五拍子に全員最後までついてきてくれた。課題だった「失いがちに」のハーモニーは今までで一番綺麗に響いた。ピアノに触るのは中二以来と苦笑していた石《いし》井《い》くんもノーミスの伴奏を見せてくれた。コーラスの入りも、中盤のスタッカートも。練習の成果を遺憾なく発揮できた。

杏里の隣では、沙羅が夢から覚めたような顔をしている。全力のあとの爽快な虚脱感。声をかけようと思いその肩に手を伸ばしたとき、

「おつかれ」

ＧＵＮの腕章をつけた男子が寄ってきた。

「小峠くん……何か？」

「衣装、見つかったて」

「え！」沙羅が叫んだ。「マジ？　どこで？」

「外の資材置き場。服も箱も無傷やて。一応、更衣室戻しといたから」

よ、よかったあ。やっぱいたずらだったのかな。すぐ探してりゃ本番間に合ったかも。いやもうそれは言いっこなしでしょ――沙羅をはじめ、仲間たちから安堵の声が上がる。

「ぼくもほっとしたわ、大人に報告せんで済んだし。まあ犯人は引き続き探しとくから。ほいじゃ」

「待って」杏里は小峠を呼び止めた。「伝聞系でしたが

……どなたが見つけてくれたんですか」

「袴田さん——あの誘導班の子と、2Aの裏染くん。会《お》うたらお礼言うとき」

立ち去る副委員長の姿を、杏里は呆然と見つめた。拭ったはずの額にまた汗が浮かぶ。耳には自分たちの歌でも拍手でもなく、いま聞いた名前がこびりついていた。

「裏染くん……」

見つかった。彼が見つけた。外の資材置き場から。

どうして?

だってあの箱は。

私が、ちゃんと隠したのに。

4

放送部の蒔田《まきた》千夏《ちなつ》がステージに上がると、客席からは寝ている友人を起こす声がちらほらと聞こえた。ハンドマイクの音量をテストしてから、彼女はしゃべり始めた。

「さてみなさん、今年の合唱祭はいかがでしたか？　いやーどのクラスも素晴らしい歌声でしたね。先ほどGUNによる点数集計が済んだようです。というわけで最後のプログラム、いってみましょう……結果発表おお！」

杏里の隣からは拍手が鳴らなかった。沙羅はまぶたと唇をぎゅっと閉じ、祈りのポーズを取っている。そこまでしなくてもと笑ってしまいそうになる。後続の発表はすべてチェックしたが、二年の他クラスも三年も、杏里たちほど〝素晴らしい歌声〟ではなかった。優勝はほぼ確定している。

拍手の音にまじって杏里のスマホが震えた。通知を見ると〈八橋千鶴《やつはしちづる》〉からのLINEだった。二つ隣のクラスの女子だが、普段はほとんど話さない。奇妙に思いメッセージを開く。

本文はもっと奇妙だった。

〈来てもらえますか。二階席に
なるべくこっそり
いますぐ。緊急の用件です。

では〉

「……？　栄藤さん、ちょっとお手洗いに行ってきます」

「え、発表これからだよ」

「すぐ戻りますから」

どうせ2Eが呼ばれるのは最後だし。

杏里は席を立った。エントランスに出てから階段を上がり、二階席のドアを開ける。

今年の会場は生徒数に対し広めなので、二階にはどのクラスの席もあてがわれていない。ステージではＧＵＮ委員長と千夏がトークを交わし、何やら笑いを取っている。その盛り上がりが嘘のように空席が連なって——いや。

最前列にひとりだけ、ブレザー姿の風高生が座っていた。

八橋千鶴ではなかった。

「裏染、くん？」

「よお」

少年は気のない挨拶を返した。

「八橋さんに連絡をいただいたんですが」

「俺が頼んで送ってもらった。あいつとは最近なかよしなんだ」

「…………」

スマホのメッセージを見返す。いま気づいたが、縦読みで〈来ないで〉という暗号が隠されていた。なかよしは、たぶん嘘だ。

裏染天馬。

杏里は彼を知っている。去年同じクラスだったから。でもそれだけだ。杏里から見た裏染は、ハ音記号のバリトン譜のような存在だった。ほとんど接する機会のない、いないも同然の生徒。教室ではいつも寝ているか、漫画や携帯を見ているか。合唱祭の練習もサボりがちで、少し疎《うと》ましく思った記憶がある。

舞台ではベスト10発表の準備が進んでいる。ドラムロール担当の吹奏部員がぺこぺこしながら登場し、客席からひやかしを浴びる。杏里はわずかな躊躇《ちゅうちょ》のあと、裏染の隣に座った。つぶやき声が聞こえた。

「なんで合唱祭なんてあるんだろうな」

「……合唱は嫌いですか」

「口を開くこと全般が嫌いなんだ。呼吸と食事とあくび以外で」

「あくびと呼吸は一緒では」

「あんたは合唱が好きそうだな」

「合唱が……というより、ハーモニーが好きなんです。でもそれは、私ひとりじゃ作れないから」

だからみんなの力を借りる。

貸してもらうのは大変だ。大人数をまとめることも、練習を仕切ることも面倒だ。けれどその先にハーモニーがあるなら、苦労の価値はあると思う。

それではいきます！　まず第十位から――千夏の声に合わせてドラムロールが始まる。裏染は退屈そうに舞台を眺めている。呼び出された意図はまだ読めない。

「そういえば、私たちの衣装を見つけてくれたそうですね。ありがとうございました」

「いいよ別に。簡単に見つかったし。まあ即席にしちゃ凝ってたほうだが」

「第十位は――三年G組『怪獣のバラード』！」

控えめな歓声の低音部に、

「やったのはあんただろ」

裏染の声が重なった。

「……なんの話でしょうか」

「資材置き場ってのは嘘だ。衣装は女子更衣室の中から見つかった。〈3‐A〉って書かれた箱の中から」

杏里の反応など織り込み済みのように、彼は話し始めた。

「トリック自体はチープだ。ひと回り大きいダンボール箱を用意して、その中に2Eの箱をしまい、ガムテで封をする。そして別のクラス名を書いておく。他クラスの衣装のひとつに見せかけたわけだ。各クラスの箱は数も大きさもバラバラで、すべて把握してる奴は誰もいない。窓が開いてて箱が消えてりゃ誰でも『外に持ち出された』と考えるしな。出番が終盤のクラス名を書いとけば、数時間は気づかれない」

続きまして、第九位――またドラムロールが鳴る。

「二十人分の衣装が入った箱を外に持ち出すのは重労働だし、人に見られる危険もある。だからあんたは更衣室内で完結する隠し方を考えた。午前十一時ごろ、あんたは一度外に出て、資材置き場から手ごろなサイズのダンボールを選んだ。窓から女子更衣室に入れりゃ理想的だったが、あいにく鍵が。そこでダンボールを窓のそばに立てかけておき、『楽譜を忘れた』って名目でドアから中へ。窓を開けてダンボールを部屋に入れ、組み立てて底をガムテで固定。中に自分たちの箱を隠した。段取りを決めときゃ二分とかからない。発表後はどうするつもりだったんだ？　自分で見つけたふりか？　誰かが気づくまで放置？　まあどっちでもいいか」

「なぜ私がやったと思うんです？」杏里は動じなかった。「窓は開いていたのでしょう？　もともと鍵のかけ忘れがあって、外から誰かが侵入したと考えたほうが妥当ではないですか」

「イチョウの葉だよ」

「……？」

「綺麗な形のまま窓の桟にくっついてた。雨で濡れてたから昨日からあったものだ。もしあの窓が開け閉めされたなら、葉はちぎれるか端に押しつけられるかするはずだ。そうじゃなかったってことはあの窓は今日、二十センチ以上は開けられてない。たたんだダンボールなら余裕だが人間が通るにゃ狭すぎるな。したがって、犯人が出入りしたのはドアからだ」

ステージでは結果発表が進んでいる。第九位は二年D組『蒼鷺《あおさぎ》』、第八位は三年A組『山のいぶき』だった。杏里は肘掛けを握りしめる。

まだ早い。まだ、緊張する時間じゃない。

「私以外にも女子更衣室に入った生徒はいました。窓辺さんと、三年の金枝先輩。それにGUNの……」

「袴田柚乃は違う。野南《のみなみ》って相方とほぼ一緒に行動してたから、偽のダンボールを用意する時間がない」

「……ですが、窓辺さんか金枝先輩という線はあるはずです。私だと決めつけることは」

「できるよ」

裏染は横から一枚の紙を取り上げた。薄暗い中でも〈女子更衣室〉の字が読めた。紙の上部にはガムテープがくっついている。

「袴田柚乃が作った貼り紙だ。ガムテープに注目。あいつはこれを貼るとき、女子更衣室にあった新品のガムテを開封したそうだ。テープの切り口はいびつで、明らかに手でちぎられてる。てことはガムテ本体の切り口も、これと噛み合う形でいびつなはずだな。ところが……」

もうひとつ、備品のガムテープが取り上げられる。裏染はそれをこちらに突き出し、

「本体の切り口はまっすぐだった。ハサミで切らなきゃこんなふうにはならない。とすると袴田柚乃のあと、誰かがガムテープを使用したってことになる。そいつは袴田と違って几帳面なたちらしく、テープを切るのにハサミを使った。部屋にはハサミもあったからそれ自体は不自然じゃない。だが――あの時間帯、あの部屋でガムテを使う必要があったのは、犯人だけだ」

「……確かに、話を聞いた限りだと、犯行時ガムテープを使う必要がありますね。箱の底を留めるときと、封をするときの二回」

「そう。実際偽の箱を調べたら、底を留めてたテープの端と貼り紙に使われたテープの端で切り口が一致した。つまり犯行は、貼り紙が作られたよりもあと。女子更衣室に入

ったのは窓辺、あんた、金枝の順で、袴田が貼り紙を作ったのは窓辺とあんたの間。よって窓辺は除外、あんたか金枝の二択だ。俺のクラスは入賞を逃したみたいだな」

結果発表は第六位まで進んでおり、呼ばれたのは三年B組だった。例年だとベスト10上位はほぼ三年が占めてしまい、二年はなかなか食い込めない。あくまで例年だと。

今年は、杏里たち二年E組がまだ呼ばれていない。

「2Aは、『やさしい風』でしたね。いい選曲ですが、あれはもともと二部合唱なので。アレンジに難がありました」

「だから『鳥の詩』にすりゃよかったんだ」

「鳥の……パブロ・カザルスですか？」

「Liaだよ。どこまで話した？　ああ二択までか。じゃあこの漢字を見てくれ」

裏染が貼り紙を指さす。〈男子謹製〉の誤字が、別の筆跡で〈禁制〉に訂正されている。

「何か気づくことは？」

「袴田さんは漢字の勉強をすべきですね」

「まったく同意だがそこじゃない。正しい〈禁制〉の〈禁〉の字、ちょっとかすれてるだろ。俺はこれを書いた奴は左利きじゃないかと思った。字は横書きだから、書くときの手は左から右に動く。右手で書いた場合、手は常に紙の右側にあるから字とは触れない。左手で書いた場合は、二文字目を書くとき手の側面が一文字目に触れる。で、インクとこすれてこういう跡がつく」

裏染は両手で架空のペンを持ち、順番に動かしてみてから、

「これを書いたのは3Fの金枝だ。本人に確認したら確かに左利きだった。ちなみにあんたは右利きだな？　今朝ハサミを使うとこを袴田柚乃が見てる」

「それがどうかしたんですか？　利き手なんていままでの話と関係……」

いらつきかけた杏里は、しかしそこで気づいた。

ハサミ。

「更衣室にあったハサミは普通の右利き用。左利きじゃ扱いづらいな。想像してみてくれ、犯人がガムテープを切ろうとしたとする。すぐそばにハサミがある。だがそれが利き手と逆の仕様だったら？　ハサミを使って切るか？」

「…………」

「わざわざ使うはずないよな、ガムテは手でも楽にちぎれるんだから。急いで作業する必要があったならなおさらだ。金枝も除外。どうやらひとりに絞れたようだ」

司会の千夏が何か言ったらしく、一階席から笑いが起きた。杏里は唇の隙間から深く息を吸った。練習前のルーティンのように。

「状況証拠です」

「なら警察呼んで指紋でも取るか？　保土ケ谷《ほどや》署に知り合いが」

「私がやるわけありません。だって私には、動機がない。なぜ私が自分のクラスの衣装を隠すんです？　私にはなんの利益もないことです」

「俺の考え方は逆だ」裏染はスマホを取り出し、何かを打ち込む。「あんたがやったとしか思えない以上、動機も利益も必ずある」

「ありません。私はあなたと違って合唱を愛してるんです。この行事が大事です。優勝だって狙っています。自分から妨害行為を働くなんて、そんなこと……」

ヒールの足音が聞こえた。

振り返った先にいたのは、おとなしそうなセミロングの少女。袴田柚乃だ。

だが、服装はブレザーではない。彼女が恥ずかしげに身にまとっていたのは、ダブルボタンに革ベルトを巻いたキュートな制服風の衣装——二年E組のあの衣装だった。

「似合ってるなかわいいぞ」

「せめてこっち見て言ってもらえます？」

「どうだ試着の感想は？」

「まあ言われてみれば……そうですね。確かにちょっと難しいかも」

「これが動機だ。違うか？」

裏染は硬直した杏里へ顔を戻す。やめて。言わないで。踏み込まないで。刹那の祈りは通じなかった。缶コーヒーの成分表示でも読み上げるように、彼は淡々と続けた。

「この衣装じゃ歌えないんだよ」


朝。試着室で箱を開けた瞬間、え、と思った。

実際に着てみて確信に変わった。

デザインは抜群にかわいい。間違いない。でも、首を絞めるようなカラーと蝶ネクタイ。これではどんなにリハーサルしても喉が開くわけがない。きつい腰のベルトもそう。シルエットは綺麗に見えるが、腹式呼吸の妨げになる。最後列まで届くような伸びる声は誰にも出せない。ハイヒールのブーツ。合唱用のヒールは普通もっと低くて平らなつくりだ。これでどうやってバランスを？　ひとつずつの問題は小さくても、積み重なれば効果は大きい。

この衣装では歌えない。

練習の成果がまったく出せない。

けれど、本当のショックはそこじゃなかった。

本当にショックだったのは——女子のみんなが、この衣装を絶賛したこと。

えっヤバいかわいくない？　かわいいよね？　アイドルだよこれアイドルが着るやつ。沙羅にしてはセンスいいじゃん。

誰も合唱のことなど気にしていなかった。誰も本気で臨んでいなかった。

ハーモニーの奉仕者は杏里ひとりだけだった。

「わかってるんです。私のほうが馬鹿なことは」

合唱祭はただの学校行事。気楽に流すほうが賢い。

「でも、私は納得できなくて。それに私たちは、優勝候補で……」

輪の中心で微笑みながら、沙羅のタイを直しながら、杏里の中を満たしたのは溶けた鉄のような感情だった。それは絶望や疎外感ではなく、裏切りに対する怒りだった。

あなたたちが言ったから。

遠山さんがいれば優勝できると言われたから、私はがんばっていたのに。

私たちは、素晴らしい合唱をしないといけないのに。

「だからって隠したりしなくても」袴田柚乃が控えめに言う。「ちゃんと話せば、クラスの人もわかってくれたんじゃないですか？」

「言えるわけ、ないじゃない」

沙羅が選んだ服なのだ。

マイペースな友人が、杏里のために奮起して、彼女なりに迷って悩んで、やっと手配してくれた服なのだ。発声に不向きなので着られませんなどと言えるわけがなかった。あの救われるような笑顔を曇らせたくなかった。

それでも、杏里はハーモニーの奉仕者だから。

隠し場所は安易でもいい。着替えとリハの間だけごまかせば、制服でステージに上がることができる。もしばれたらイタズラで押し通そうと思っていた。それによって白い目で見られてもかまわなかった。沙羅ひとりが傷つくよりは。合唱を汚《けが》すよりは。優勝を逃すよりは、ずっといい。

「というわけで、第三位は三年D組『エトピリカ』でした ー。エトピリカ、さっき画像検索したんですけどね。めっちゃかわいいですね。飼いたいです。だめなのかな？　ワシントン条約的な。どうでもいい？　そうですね。では……いよいよ第二位、準優勝の発表です！」

舞台上では九回目のドラムロールが始まったが、杏里はもう気にしていなかった。体ごと横を向き、深く頭を下げる。

「認めます、裏染くん。犯人は私です。許されないことだったと思います。先生に報告してくれてもいいです。でも、どうか沙羅には」

「言わねーよ誰にも。確認のために呼んだだけだ」

さばさばした態度が逆に不安だった。プリーツの上で両手を握る。

「あの……嘘はついてましたが、さっき言ったことは真実です。私は本当に合唱が大事で。クラスを優勝に導きたくて」

「うん、そうだろうな。あんたの気持ちは俺にも――」

「準優勝は――」

「よくわかるよ」

「二年E組『方舟』です！　おめでとうございまーす！」

拍手と歓声が頬をはたいた。

杏里は呆け顔でステージを見た。自分の耳が信じられなかった。

優勝、じゃない。

二位。

「どうして……だって、私たちの歌が一番……」

「意外な結果だな。集計ミスでもあったか」

その一言で、ある可能性に気づく。

袴田柚乃。彼女は運営委員のメンバーで、点数の集計もGUNが行う。こんな衣装でここに現れたということは、彼女は裏染と〝なかよし〟で、おそらくある程度言うことも聞く。

「裏染くん……あなたまさか」

「なんの話でしょうか」

杏里と同じはぐらかし方をし、少年は立ち上がった。混乱する頭から絞り出せたのは、一言だけだった。

「あなたは卑怯です」

「不思議なことによくそう言われる」

裏染は通路を去っていく。袴田柚乃もちょっと迷う素振りを見せてから、彼の背中を追った。

杏里も立ち上がったが、その場を去りはしなかった。ふらふらと目の前の手すりに近づき、ステージを見つめる。

優勝はEXILEの『道』を歌った三年F組だった。万雷の拍手の中、上位三クラスの代表者がステージに上がる。2Eの代表は沙羅だった。

マイクを向けられた沙羅は、照れくさそうに笑う。

「いやーわたしは代理っていうか、ほんとのリーダーは杏里ちゃんなんです。そうです合唱部の。曲むずかったんですけど杏里ちゃんのおかげでみんな……あ、いた！」

沙羅と目が合った。

「杏里ちゃーん！　やったよー！　二位だよ二位ー！　すごいよわたしたち！」

大きく手を振り、私信を叫びまくる沙羅。客席がどっと沸いた。その笑い声も翻《ひるがえ》るスカートも気にせず、沙羅はぴょんぴょん飛び跳ねる。全身で杏里に、心の底からの感謝と歓喜を伝える。

急に力が抜けて、杏里はその場に膝をついた。

5

生まれて初めて自撮りをしてみた。

女子更衣室の鏡の前でスマホを構える自分。アイドル顔負けな2Eの衣装。カメラのほう、斜め下に向いた視線と緊張したいびつな口元。服のクオリティに生身が追いついてなかった。撮る前は早苗に見せるつもりだったがやめておこう。でも削除するのももったいないので、フォルダの奥に保存しておく。

制服に着替え、エントランスホールに戻る。合唱祭は閉幕し、生徒はすでに帰り始めていた。数ヵ所に溜まって盛り上がっているのは上位入賞したクラスの面々だ。二年E組の集まりもあったが、その中に杏里がいるかどうかは確認できなかった。

裏染はソファーに座り、スマホで何かのアニメを見ていた。馬に乗った女子高生が車の大渋滞を駆け抜けている。

……どういう状況？

片耳からイヤホンを引き抜く。

「あの服、私が着る意味ありました？」

「一応着心地確かめたかったからな。それとも俺に着ろと？」

想像してみる。若干似合いそうでイラッとした。

「にしても衣装が〈3－A〉の箱の中にあるって、よくわかりましたね」

「窓を見た時点でわかった。侵入ルートはドアしかない。だが箱を持ち出した奴はいない。なら箱はまだ部屋の中。ほぼ何もない部屋だからほかの箱ん中って可能性が一番高い。箱ん中に隠すためにはガムテープが必須。ガムテ本体を確認したら案の定おまえがちぎったときと切り口が合ってなかった。だったらおそらく、犯人が使ったテープと貼り紙に使われたテープは端の形状が一致する。だからそういう箱を探した」

「……なるほど」

早すぎてよくわからなかったが、うなずいてみる。ついでにもうひとつ、わかっておきたいことを聞く。

「点数の集計、まさか何かしてないですよね？」

「してねえよ今回は」

「今回は？」

裏染はゴホゴホ咳き込んだ。金枝先輩の風邪が感染《うつ》ったわけでもなかろうに。

「とにかく俺は何もしてない。三年が獲《と》ったのは今年が最後ってバイアスが働いたんだろうな、教師陣に。身内の採点ならそういうこともある」

歌う側も聴く側も、結局誰も真剣じゃない。杏里の言うとおり、合唱祭とはそういうものなのかもしれない。

それでも楽しい行事だったと思う。

自分のクラスは冴えなかったし、午前中ほぼ裏方だったし、そこで衣装消失事件が起きたし、漢字で大恥かいたりもしたけど。秋のスタートにふさわしい風情ある一日だった。二年E組をはじめ、先輩たちの歌声はどのクラスも美しかった。

「そうそう、2Aの『やさしい風』も聴けましたよ。客席で」

「今日一番いいニュースだな。香織とデュエットしなくて済んだ」

「あっそうか！　くそ言わなきゃよかった」

「いや別に聴けてなくても歌わんからな？　だいたいなんで俺がおまえのために……」

「柚乃ちゃんおつかれ～」香織が駆け寄ってきた。「優勝意外だったね。私2Eだと思ってた」

「そうですね……私もそう思ってました」

「まあ3Fも納得だけどね、指揮かっこよかったし。あそうそう天馬、梶ちゃんが打ち上げしようだって。JRのほうのサイゼ。来るでしょ」

「いまこれ見てるから」

「その子最後留学するよ」

「言うなよそれは！」

「ほら行こ行こドリアおごったげるから」

裏染の襟をひっぱっていく香織。あれくらいの強さでもいいのか、今後の参考にしよう。

「あの、裏染さん。ありがとうございました」

遠ざかる背中へ声をかけると、裏染は雑に手をあげた。

六月から何度か繰り返した、謎解き後のいつものやりとり。

「…………」

けれど、いままでと違う部分もある。

裏染天馬は私利私欲で動く。現金だったりエアコンだったり食券だったり焼き鳥だったり、常に謎解きに見返りを求める。学校で起きた幽霊騒ぎを無償で解決したこともあったが、それは彼が校内に住んでいて、たぶん怪異が怖かったから。結局どれも自分のためだ。

でも、今回は？

今日の件は、裏染にとっては他人事だった。わざわざ自分から動く動機も、解決後の利益もなかった。なのに立ち上がってくれたのは、なぜだろう。

――だいたいなんで俺がおまえのために。

自動ドアから吹き込んだ風がセミロングの髪を梳《す》いた。柚乃はホールの窓を見上げる。少し雲が出てきたようだ。先週、図書館の閲覧スペースから見たのと同じいわし雲。空をややもやと塗りつぶす、けれどどこか爽やかな、秋の気配を運ぶ雲だった。

十月、日々の色彩が変わる。

季節が変わったように、制服が変わったように、日常の何かが変わりつつある。わからないことがたくさんあり、わかろうとしたい自分がいる。

これから自分がやるべきこと。

裏染天馬について知ること。

またひとつ、やることが増えた。

でも別にいやな予定ではないなと思うのだった。

九月某日の誓い

芦沢《あしざわ》　央《よう》

1984年、東京都生まれ。千葉大学文学部卒業後、出版社勤務を経て、2012年、第３回野性時代フロンティア文学賞を受賞した『罪の余白』でデビュー。2015年「許されようとは思いません」で第68回日本推理作家協会賞短編部門の最終候補に。同作は2016年度のミステリーランキングに軒並みランクイン、第38回吉川英治文学新人賞の候補作にもなる。デビュー作から「生きづらさがテーマの根幹になっている」と語る彼女の作品は、多くのファンの支持を得ている。（Y）

砂利《じゃり》の鳴る微《かす》かな音に、菜箸《さいばし》を持つ手が止まった。

反射的に時計を振り向く。十一時半。箸の先をにんじんの中心に突き立てながら考えたのは、あと少し、ということだった。

あと少しで火が通る。そうしたら、この粉を溶かしてさらに煮込んで――〈ロンドン土産即席カレー〉と書かれた缶の蓋を開け、竈《かまど》の火を確かめる。

今日の昼食の献立を決めたのは操《みさお》様だった。

以前、旦那様に連れて行かれた洋食店で食べたことがあるというライスカレーを所望された操様、材料を買い揃えた女中の誰か、そしてそれを許した旦那様の気持ちを考えると、胸の奥が小さく痛む。

旦那様は、奥様やご長男の健《けん》様はもちろん、使用人までも引き連れた慰安旅行に、操様だけ置いて出られることに罪悪感を抱いていたのだろう。だが、それでも連れて行くことはできなかった。なぜなら、操様が一緒では使用人たちを慰労することにならないからだ。

操様のお世話のために一人残された私には特別の給金が支払われることになっていたが、それを知っていても他の使用人は家に残ることを選びはしなかっただろう。

誰もが、この家から離れたがっていた。正確には、この家を出ることが許されない身となった操様から。

私は割烹着《かっぽうぎ》の裾で指先を拭い、開いたままの勝手口へと向かう。

目を覚ましたのだろう操様を迎えるために顔を出し――そこで動きを止めた。

一瞬、何が起こっているのかわからなかった。

そこにいるのが、誰なのか。

理解するよりも早く身体が震え始め、落ち着かなければと考えたことで動揺を自覚する。

辺りを見回しかけ、助けを求める相手などどこにもいないことに思い至った。どうして、どうしたら、何を。まとまらない思考が頭の中を掻《か》き乱《みだ》すように渦巻く。

何よりも今考えねばならないのは、どういう行動を取るのが最善なのかということだった。何を最も優先しなければならないのか。

それなのに、否応なく頭が、どうして、と考えてしまう。

どうして、ここにこの男がいるのか。なぜ、よりによって今日なのか。

男の顔を見るのは、十日ぶりだった。十日前、男は旦那様に金の無心をして追い返された。短刀を振り回しながら罵詈雑言《ばりぞうごん》を口にし続ける男に、それでも身の危険を覚えずに済んだのは、門番がいたからだ。私も操様も窓越しにその顔を目にしただけで、自分たちにまで危害が及ぶことはないとわかっていた。

だが、今、門番はいない。

私は拳《こぶし》を握りしめたまま、男の姿を見つめた。

くたびれた着物、顔の下半分を覆う無精髭《ぶしょうひげ》、丸まった背中と荒《すさ》んだ目つきには、疲れた切迫感が滲《にじ》んでいる。

この家の者が不在であると知らずに来た、ということはまず考えられなかった。

なぜなら、閉まっていたはずの門扉《もんぴ》を無断で越え、中に入ってきているからだ。

すぐにでも外へ出てこの家は無人ではないと男に知らせなければならない、と自分に言い聞かせた。そうすれば良からぬ考えは抱きようがない――本当に?

心拍数が急速に上がっていく。

男にとっては私など物の数ではない。私さえいなければ屋敷の物を自由に盗み出せるとなれば、躊躇《ためら》いなく殺《あや》める。

それは想像ではなく予測だった。十日前門番に対して短刀を振り回していた男が、私に対してそうしないとどうして思えるだろう。唯一違うのは、私には男を止められないということだけだ。

私を殺めた男は、屋敷の中へと足を踏み入れる。何か金目の物がないか漁《あさ》り続け――やがて、蔵で眠っている操様が目を覚ます。

『ねえ、久美子《くみこ》さんなら許してくれるでしょう?』

操様の声が蘇る。

旦那様と奥様は、操様が蔵に出入りすることを快く思っていなかった。あまり綺麗な場所ではないのよ、というのは奥様の、誤って骨董品を壊したらどうするんだ、というのは旦那様の言葉だ。

それでも操様は、旦那様と奥様の目を盗んで度々《たびたび》蔵へこもられた。ねえ、久美子さん、長い時間生きているものたちって、何て優しい空気を纏《まと》っているのかしら。実はね、ここで眠ると素敵な夢が見られるのよ。

とっておきの秘密を打ち明けるように目を細め、肺一杯に息を吸い込んでいた操様。起き出した操様は、屋敷へと向かう。何も知らず、私が作るライスカレーを楽しみにして。

操様は、いつ異変に気づくのだろう。男が立てる物音？　いや、それでも私以外の人間がいるとは思うまい。何を騒がしくしているのだろうと訝《いぶか》しく思いながらも足を踏み入れ、私を呼び、そして、男と対面する。

操様に姿を見られた男は、そのまま逃げるわけにはいかない。操様を逃がすわけにもいかない。男が取る手段は一つだ。

——私の血がついた短刀を拭い、操様へ向ける。

私は、口の中に溜まった唾を飲み込んだ。喉の鳴る音が予想以上に大きく響いた気がした瞬間、男が足を止める。

全身が強張った。

鼓動が身体の中心を急かすように打つ。思考が焦りに飲み込まれていく。どうしよう、どうすればいい？

だが、次の瞬間、男は身体の向きを変えた。

え、という声が出そうになる。

男が一歩、足を前へ踏み出した。屋敷ではなく、蔵へ向けて。

どうして、と思うと同時に、一つの疑念が浮かんだ。

なぜ男が現れたのが、よりによって今日なのか。それが、単なる巡り合わせの悪さではない可能性。

——この家の誰かが、男に伝えたのではないか。

今日、この家から門番を含めたほとんどの人間がいなくなること、そして、蔵にはたくさんの骨董品があることを。

足元から悪寒《おかん》が勢いよく這い上がってくる。

ああ、そうだ。そうでなければ、こんなにも最悪の時機に訪れるわけがない。それに何より、たとえ偶然なのだとしたら、屋敷を確かめず真っ直ぐに蔵へ向かうことなどあり得ないのだ。

身体の芯から伝わる震えが大きくなる。

この家の人間であれば、旦那様も奥様も他の使用人たちもいない今日、操様が蔵で過ごすことを予想できないはずがない。だとすれば、その人間は男が操様と鉢合わせすることを望んだのだ。そうなれば何が起こるかを、正確に理解しながら。

わななき始めた唇を、両手が覆う。何てことを、と思う。思おうとする。けれど私は気づいてしまう。

それはまた、私の望みでもあったのだと。

＊

初めて操様と会ったのは、今から四年前、満の十三歳になる年の春のことだった。

当時私は山梨にある親戚の家に居候していて、横浜の三条《さんじょう》家から声がかかったと聞かされたときには驚いたものだ。

だが、理由を聞いてみれば簡単な話だった。

父が生前に働いていた研究所の人が、三条家に紹介してくれたのだ。

化学者として燃料に関する研究をしていた父は、眼病を患って視力が著しく衰え、退職を余儀なくされた。そして、私を連れて郷里へ帰り、半年後に自ら命を絶ったのだった。

その際に使われた毒は、父が研究所の人から譲り受けた材料で作ったもので、だから研究所の人は父の死について何がしかの責任を感じていたのだろう。造船業を営み研究所とも関わりがある三条家が年若い女中を探していると聞いて、それならちょうどいい子どもがいる、と口添えしてくれたらしい。

居候先の伯母は、ふうん、船成金ねえ、人の命を奪う戦争で成り上がっただけの教養のない輩《やから》じゃないの、と蔑《さげす》む言い方をしていたが、それを言うなら、同じく軍隊に協力して戦争に使われるための燃料の研究をしていた父もそうだ。

私は、とにかく奉公先が決まったことに安堵《あんど》したし、そこが海の近くらしいというのも嬉しかった。

海というものがあることは書物によって知っていただけで、これまで一度も目にしたことがなかったからだ。川や湖とはどう違うのだろう。果てが見えない水とは、どういうものなのか。

汽車には数時間乗車していたはずだが、車内での記憶は最後に車窓から見た海の景色に覆われている。

真っ直ぐに横切る水平線の先には何も見えず、小さな窓枠に区切られているからこそ、その途方もない大きさが強調されているようだった。濃く深い青の水面を陽光が白く照らし、空との境界を曖昧にしている。

私は何も知らなかったのだ、と思った。生後間もなく実の両親に捨てられ、育ててくれた母を幼少期に病で失い、父の退職で東京から山梨へと移り住み、さらにその父も亡くして伯母の家に引き取られ、人よりも多くの経験をしているような気がしていたけれど、そんなものは錯覚に過ぎなかったのだと。

自信や期待さえも飲み込まれるような思いで汽車を降り

た私を迎えに来たのは、一目《ひとめ》で質が良いとわかる洋服に身を包んだ初老の男性だった。威厳のある立ち姿から旦那様なのだと判断して用意しておいた口上を述べると、番頭の千藤《せんどう》だと名乗られた。

千藤さんに連れられて歩く道中のすべてが垢抜《あかぬ》けて見えた。たくさんの店や西洋式の建築、行き交う人々の服装や耳慣れない言葉——どれもが初めて触れる勢いと解放感を纏っていた。

思わず足を止めた私の頭上を、白い鳥が飛んでいった。大きな鳥だった。

羽を伸ばせば私の全身を包み込んでしまいそうなほどで、けれど大空を雄大に飛ぶ姿は私に少しも恐怖を与えなかった。鋭い目、ほんの少し笑っているような黄色いくちばし、長く伸ばされた羽の先は風を受けて反り返っていて、そこから伸びる美しい曲線が途方もなく広がる空にたしかな輪郭をもたらしていた。羽の一枚一枚がこれ以上ふさわしい位置はないというように完璧に配置された姿。

その残像は、三条家の屋敷に着いて、使用人用のものだという門扉を抜けるまで脳裏に焼き付いていた。

つまり、屋敷を前にした途端、残像が消えたのだ。

美しく剪定《せんてい》された木々、砂利の敷き詰められた空間に整然と並んだ庭石、城を連想させる白い土塀と重厚な瓦、緑青色《ろくしょういろ》の荘厳な庇《ひさし》を戴いてそびえる玄関。

——ここが、これから私が奉公する家。

お屋敷に奉公するということの意味を自分が本当には理解していなかったのだと思い知らされる。いくら裕福な家だとはいえ、旧上級士族のような名家ではない。そう、どこかで侮《あなど》る思いを抱いていたのだと。

恥じ入る思いは、まず通された旦那様の部屋でさらに大きく膨らんだ。壁を埋め尽くすほどの書物は、父の部屋にあったそれよりも格段に多かった。

次に向かった操様の部屋にもまた、これまでに目にしたことがないような書物が大量に並んでいた。その中心に座る私よりも一つ年下のはずの少女は、作法の手本のような隙のない姿勢で私を出迎えた。

『少女画報』の表紙にでも載っていそうな鮮やかな赤いワンピースに、艶やかに結い上げられた束髪。その強烈な存在感に負けないほど強い力を持った大きな瞳。

竹久夢二《たけひさゆめじ》の絵からそのまま抜け出てきたかのような美しい少女は、予想よりもわずかに高く澄んだ声で、「ごきげんよう」と口にした。

旦那様からは、操様にはご友人がいないのだと聞いたばかりだった。わがままが過ぎて使用人たちも手を焼いている。年が近い君が友人になってやって欲しいのだと。

だが、これは明らかに住む世界が違う。友人、という言葉の空々しさに眩暈《めまい》がして、真っ直ぐな視線から逃れるように顔を伏せながら、三つ指を突いて名乗った。

「久美子さん」

復唱するような静かな声音《こわね》が頭上から降ってくる。

「苦手な食べ物は？」

私が顔を上げるのと、旦那様が、操、と咎《とが》める声を出したのが同時だった。

「まずはおまえも名乗るところだろう。いきなり嫌いな食べ物なんか聞いてどうするつもりだ」

「わたしの名前はもう知っているでしょう？　それにお父様、わたしは嫌いな食べ物なんて言ってないわ。苦手な食べ物って言ったの」

「どちらでも同じことだろう」

「いいえ、嫌いというのは相手を否定して、対話を断つ言葉だわ。わたしは蕗《ふき》の薹《とう》が苦手だけれど、否定したいとは思わない」

操様の切り返しに、旦那様は顔をしかめる。

「否定する気がないならつべこべ言わずに食べなさい」

「そこなのよ」

操様は人さし指を立てた。

「わたしは蕗の薹が存在していてもいいと思っているし、蕗の薹が好きな人は好きなだけ食べたらいいと思うの。でも、苦手なわたしが食べる意味はあるのかしら」

小さな頭を傾《かし》げる。

「身体に良い」

そう言ったのは、旦那様ではなく操様だった。

「みんなそう言うのよ。だけど野菜を食べた方がいいのなら、他の食べ物でもいいでしょう。大根とか茄子《なす》とか」

ああ、里芋もいいわね、と軽やかに続け、「だけどそう言うと、わがままを言うなって叱られるのよ」と肩をすくめる。

「おまえだけのために他の食材を用意するのはお金の無駄遣いだって。でも、嚙まずに無理矢理飲み込んで苦しい思いをすることと比べたら、他の食材を用意することの方がましじゃないかしら？」

「それが無駄だと言っているんだ」

「無駄じゃないわ。苦しまなくていいんだもの。それにお金の問題だというのなら、山菜にこだわるのは理に合わないでしょう。それこそ大根とか茄子の方が安いんだから」

「旬の山菜には滋養があるだろう」

「それならどうしてタラの芽や青ミズではいけないの？　あれならわたしも食べられるのに」

「どうしておまえはそう減らず口をたたくんだ」

旦那様はため息をついた。操様は目をしばたたく。

「あら、だってお父様が納得のいく答えをくださらないから」

頭が痛い、と言い残して旦那様が部屋を出ていかれると、操様は「大丈夫かしら」と本当に心配そうに言いながらその背中を見送った。

私は、唖然《あぜん》としていた。

打てば響く速さで交わされていた会話は、私と父のものを含め、これまでに見聞してきたどの父娘関係とも違う。

わがまま、という旦那様の言葉を自分なりに咀嚼《そしゃく》していたつもりだった。自分勝手、高慢な態度、立場の強さを笠に着た無茶な要求。けれど想像で包んで嚥下《えんげ》したはずのそれが、咀嚼をやり直せと主張してくる。

――これは、わがままというのだろうか？

「それで、久美子さんはどうして蕗の薹を食べないといけないんだと思う？」

操様は私へ矛先を向けた。

このとき、操様に私を試すような意図があったのかはわからない。だが、私はたしかに、試されていると感じた。ここでどう答えるのか。

ひとまず操様に同調して歓心を買ったところで、そんなものはすぐに崩れ去る。食卓に蕗の薹が並び、旦那様が食べろと操様に命じたら、私はそれを止めることなどできないのだから。

「噛まずに飲み込まれるなんて、蕗の薹にとっても不幸なことだと思わない？」

そうですね、と返した私を見る操様の視線が鋭くなった。

「それなら久美子さんがお父様を説得してくれるの？」

今度は明らかに挑戦的な響きがあった。その失望を滲ませた声音に、おそらくこの手の質問を使用人に投げかけるのは初めてではないのだろうと悟る。

これまでも、同じやり取りを繰り返し、そのたびに失望してきたのだろう。それでもまだ訊《き》かずにいられないのだ。納得がいく答えが得られていないから。

「いえ」

私が口にした途端、操様が興醒《きょうざ》めした顔になった。

きっとこの顔のせいなのだろう、と私は思う。なぜ操様にご友人がいないのか。使用人たちが手を焼いているのか。操様と相対していると、そういうものだから、と理解したことにしてやり過ごしているものを炙り出されてしまう。

そうした意味でも、この問いかけは私を測るものだった。操様の意図にかかわらず。

だが、幸いなことに、私は父の郷里に帰ってからの一年間、山で暮らした経験があった。

「タラの芽や青ミズは召し上がれるということは、香りの癖や苦みが苦手ということでしょうか」

「ええ、そうよ」

操様はこくりとうなずく。

「お父様はあの香りや苦みが美味しいんだと言うけれど、わたしはどうしても苦手。もしかして久美子さんも苦手なの？」

「いえ、以前は苦手でしたが、今は食べられます」

「どうして？」

「実験したからです」

私は、正座をしたまま操様を見た。

「どうすれば食べやすくなるのかといろいろ試してみたのです。どういう調理法なら香りの癖や苦みを打ち消してくれるのか。アク抜きの時間を長めに取ってみたり、茹《ゆ》でてみたり、細かく切ってみたり、すり下ろして干してみたり、あとはそうですね、家ではよく蕗味噌が食卓に並んでいたのですが、これが苦手だったので他の調味料を順に合わせていきました。醬油、酢、わさび、塩、砂糖、唐辛子、葱《ねぎ》や茗荷《みょうが》などの薬味と和《あ》えてみたりもしましたね」

「それで？」

操様が身を乗り出す。

「私の場合は、一晩かけてアク抜きをした後、多めのお湯で茹でてから天ぷらにしてかぼすをかけて塩をつけると食べやすく感じました」

「素晴らしいわ！」

操様は目を輝かせた。

「それが対話だわ！　ああ、何てこと、わたしは対話を断ってはならないと言いながら、語りかける努力をしてこなかったんだわ」

「家の近くにいくらでも蕗が自生していたからできただけです。すべてお店で買わないといけないのなら到底できませんでした」

私は、操様のあまりの興奮に慌てて否定した。

けれど操様は、いいえ、と首を振る。

「もし家の近くに蕗が自生していたとしても、わたしはそこまでして試そうとなんてしなかったでしょう。結局、今と同じように別の食べ物がいいと駄々をこねていただけ。でも久美子さんは違った」

「父に手伝ってもらったんです」

私は混じりけのない賛辞を受け続けるのに耐えられなくなり、言葉を挟んだ。

「父が化学の研究者だったので、実験してみたいと相談したら、やり方を教えてくれて」

父と暮らした十一年のうち、父が実験をしているところに立ち会えたのは最後の半年間だけだったが、その間の記憶はそれまでの十年半のものよりも、ずっと濃く、強く私の脳裏に刻まれている。

試験管をつかむ節くれだった手、私に指示を出す低い声——いいか久美子、実験をする際に大事なのは比較する対象を絞ることだ。どの条件を比較するつもりなのか、いつも明確にしておかなければならない。

私が山菜を食べやすくするための実験がしたいと言ったときにも、父は本当に研究をするときと同じように真剣に取り組んでくれた。私がどんな質問をしても、子ども扱いすることなく向き合ってくれた父。

目が見えにくくなったことで、父が苦悩しているのは知っていた。途中で切り上げなければならなかった研究がその後どうなったのかを気にし、家でできるような簡単な実験ですら一人ではままならないことに苛立ち、残された人生の長さを悲観していることも。

だけどそれでも、私は父と過ごせることが嬉しかった。研究所に勤めていた頃よりもさらに深酒をするようになってしまったことは案じていたが、父が研究所を辞めたから、ずっと一緒にいられるようになったのだとさえ思った。

父は、自ら死を望むほどに追い詰められていたというのに。

「素敵なお父様ね」

ふいに聞こえた声に顔を上げると、操様は私に微笑みを向けていた。

「そしてあなたの中には、今もお父様がいるんだわ」

私は、朝は座敷の掃除と操様の支度を、操様が女学校に行かれている間は飯炊きや裁縫をし、操様が帰宅されると遊び相手として過ごすようになった。

操様は、よく「学校なんて行きたくない」と口にした。

「久美子さんと遊んでいる方が何倍も楽しいもの」

「学校ではいろいろなことが学べるんでしょう？」

私は宥《なだ》めるためというよりも、本当に疑問に思って訊いた。新しい知識を与えてくれる場所なんて、知的好奇心が旺盛な操様が喜ばないはずがないと思ったのだ。

操様は、まあね、と肩をすくめた後、ため息をついた。

「でも、もっと知りたいと思っても、誰も教えてくれないの。入り口だけ見せて、その先には入らせてくれないなんて苦行だわ」

目や鼻や口が絶妙な均衡《きんこう》を保って配置された顔を躊躇いなくしかめる。

「先生も教えてくれなくて、同級生に話しても何を言っているのかわからないような顔をされて、そういうときわたしは、ああ、ここに久美子さんがいてくれたらなって思うのよ」

「買いかぶりですよ」

私は苦笑した。謙遜《けんそん》ではなく本心だった。操様は私を高く評価しすぎている。

「そんなことないわ」

操様は頬を赤くして怒った。

「あなたがわたしにとってのあなたの価値を勝手に決めないで」

私は、操様らしい怒り方に笑みを漏らす。何を笑っているのよ、と咎められるだろうと知りながら。

案の定、操様は「何がおかしいの」と不機嫌そうになった。私は今度こそ宥める意図で「女学校ではどんなことを教えてくれるんですか？」と尋ねる。

操様はすかさず身を乗り出した。

「その言葉を待っていたのよ」

操様は学校で教わったことを逐一私に教えてくれるようになった。そして、解消されないままの疑問について二人で考え、書物を使って調べるようになったのだ。

私たちは操様の部屋で語学や歴史学を学び、徒手体操をし、唱歌を口ずさんだ。台所と往復しながら理科の実験をし、互いの姿を写生し、裁縫をした。

造船業を営む三条家には海軍の人間が来ることも多く、そうした際には部屋で静かにしていなければならなかったが、新聞や文学や歴史学、医学の本などを手当たり次第に読んで感想を語り合っていれば、時間はいくらでも過ぎていった。

三条家の製造している軍艦がどう使われているのかを調

べていくうちに軍事学についても学ぶようになったし、私の父が取り組んでいた化学についても本を集めて読み進めた。

　私は徐々に父がしていた研究がどんなものだったかわかるようになっていった。いや、本当のところ具体的な研究内容を理解できたわけではない。だが、世界が様々な原子というもので構成されていて、父が見つめていたのがその目には見えない景色だったと知ったのだ。H、O、C、N――暗号のように並べられる文字が描く鮮やかな光景。

　やがて、私はそれぞれの原子ごとに異なる色の表象が浮かぶことに気づいた。水素は水色、酸素は白、炭素は黄色で、窒素は薄緑色だ。一つ一つの物体は、漫然と視線を向けていれば器や調理器具や窓や紙でしかないのだけれど、意識を集中させていくと塗り重ねられた様々な色が浮かび上がってくる。

　普段は認識することさえない空気にも複数の色が混ざり合っていて、その賑やかで雑多な光景は、なぜかとても温かく、懐かしいもののように思われた。

　私は次第に、父との思い出について操様に話すようになっていった。そして――自分からは誰にも話すことがなかった、その死についても。

　その話を切り出したのがいつのことだったか、私は正確な日付まで記憶している。

　大正九年六月八日。操様が十三歳の誕生日を迎えた年の初夏だった。

　その日、私たちは山へ行楽に出かけていた。旦那様の発案で、三条家の面々で小旅行をすることになったのだ。

　戦争の終結に伴い軍艦の受注隻数が激減し、使用人の数が減らされたばかりの頃だった。海軍の人間が険しい顔で出入りすることも増え、屋敷内には陰鬱《いんうつ》な空気が立ちこめるようになっていた。

　旦那様としては、そんな雰囲気を払う意図があったのだろう。歩きながら歌う操様を旦那様も奥様も窘《たしな》めることはなく、その愛らしく軽やかな声音を行進曲のようにして山道を進んだ。

　数回の休憩を挟んで頂上に辿り着いたのは昼過ぎだった。この日ばかりは共に昼食を摂ることが許され、私は操様の隣で握り飯を頬張った。

　横に並んだ草鞋を見ていると、不思議な高揚感がこみ上げてきた。普段は少しの汚れも許されないような鮮やかなワンピースに身を包んでいる操様は紺色の着物と野袴姿で、私も割烹着を着ていない。銘仙《めいせん》と木綿《もめん》という素材の違いこそあれ、似たような格好をしているということに、まるで本物の友人同士になったかのような錯覚を覚えた。

私は、目の前の光景と似ている、父の郷里について話した。

操様は食べ物を口に運ぶ手を止めて、真剣に聞いてくれる。真っ直ぐに向けられたその目を見ているうちに、私はふいに、操様に伝えたい、と思った。父がどんな風に死んだのか、死後に悪く言われることの多かった父について、操様が素敵な人だと評してくれたことに自分がどれほど救われたのかを。

父が死んだ日の朝、父はこれから大切な人に会うからと、研究所を辞めてからも一着だけ残していた背広に着替えていた。

洋菓子を買ってくるようにとお金を渡され、張り切って出かけたのが正午前、遠くの町に向かうために山を降りる間、預かったお金を決してなくさないよう、懸命に握りしめていたのを覚えている。

小一時間かけて店に着き、ずっと食べてみたかったキャラメルというものに心が動いたものの、結局、東京にいた頃に父が好きだったビスケットを買った。

お客さんとは誰なのだろう、と浮き立つような心持ちで帰途につき、家が見えてきた頃には半ば駆け足になっていたはずだ。

父が気力を取り戻したようなのが嬉しかった。研究所を辞めて以来、実験をするとはいっても限られた材料しか手に入らず、いつもどこか不満そうに作業をしていた父が、数日前に研究所のツテを使って材料を仕入れてから新しい実験を始めているようだったのだ。

この頃にはもう、私は父の実験の手伝いを誤りなくこなせるようになっていたが、父はそれに私を参加させようとはしなかった。一人で、時間をかけて一つ一つの作業を確かめながら、何かを作っていた父の姿は、前に一度だけ、忘れ物を届けるために研究所を訪れた際に目にした姿と同じように見えた。

完成したものを、その来客に見せるつもりなのだろう、と思っていた。それによって父の人生は再び開けるのかもしれない、と。

だが、息を切らせて帰宅した私が目にしたのは、床に倒れている父の姿だった。

傍らには、父が完成させたばかりのはずの液体がこぼれていて、机には、私に謝る言葉が書かれた紙が置かれていた。

父が自ら作った毒を飲んで自殺したのだと理解したのは、数日後の父の葬儀のとき、弔問客の一人から説明されたときだ。研究所で父と親しくしていたというその人は、父に頼まれて薬品を譲ったことを深く後悔しており、涙を流して私に謝っていた。

私は、涙一つ流さなかった。感情が麻痺してしまっているように動かず、ただ静かな思考だけがあった。

――ああ、だから父は私に手伝わせようとしなかったのだ。これから会う大切な人とは、何年も前に死んだ母のことだったのだ。

私を引き取ってくれた伯母は、繰り返し父を詰《なじ》る言葉を口にした。子どもを残して自殺するなんて無責任だ、あの子は昔から根性がなかった、だから研究者になるのなんて反対したのに――父が借金を残して死んだということもあったのだろう。父の話題が出るごとに積み上げられていく言葉は、私の中の父の姿を歪《ゆが》めていくように思えた。

だから私は、自分からは決して父の話をしようとはしなかった。せめて、自分の中の父だけでも守れるように。

そこまで話してふと顔を上げると、操様の目からは涙が溢れていた。

慌てたように涙を拭う操様を見て、私は自分が結局一度も泣いていないのだと思い至る。けれど、もういいのだ、と思った。もう、私は泣く必要がない。

「私はこうして操様の使用人になれて、こんなにも毎日を楽しく過ごさせていただけて、本当に幸せ者だと感じております」

私は、心から言った。

「もっと大変な思いをしている人はいくらでもいるでしょう。これで我が身を哀れもうものなら天罰が下《くだ》りますよ」

けれど、操様は首を振った。

「他にもっと大変な思いをしている人がいくらいたって、久美子さんの悲しさは変わらないわ」

握られた手は、父のものと同じくらい温かかった。私はそう告げるかどうか迷い、結局言わずに口を閉ざした。

口にすれば、余計に操様が泣いてしまいそうだったからだ。

帰り道は、山菜を集めながら戻った。飯炊きを担当している女中が歓声を上げながら山菜に飛びつき、操様は私を振り返る。

「蕗の薹はこの時期はないのよね？」

「ええ、今の季節に採れるのはノビル辺りでしょうか。あ、青ミズも見つかるかもしれませんね」

私は見つけやすい場所や見分け方を解説しながら道を進んだ。

今思えば、浮かれていたのだろう。まるで操様を思い出の場所に案内しているかのような構図に。

気づけば、周囲には操様と私以外の姿が見えなくなっていて、来た道がどちらなのかもわからなくなっていた。

「操様」

私は、未《いま》だ気づくことなく地面に目を凝《こ》らしている操様に呼びかけた。

操様は顔を上げると、「何か見つけた？」と目を輝かせる。私は、いえ、と答えながら自分の愚かさを呪った。私は一体何をしているのか。

「申し訳ありません、はぐれてしまったようです」

「え？」

操様が弾かれたように周囲を見回す。あ、と小さく声を漏らし、私を見た。

「久美子さん」

声を震わせる操様に、私は、大丈夫です、とうなずいてみせる。

「山のことならば私にお任せください」

いつになく大きく出たのは、本当のところ完全に道に迷っていたからだった。

もし途中で日が沈んでしまえば、山を下りることはできなくなってしまう。

まずは旦那様たちと合流しなければならない。そして、操様を怖がらせてはならない。私が不安を見せてしまえば、操様は余計に不安になる。

歌いましょう、と私は提案した。

「歌っていれば、旦那様たちが気づいてくれます。こういうときは動かないのが最上の手なのです」

私たちは声を合わせ、歌った。操様が教えてくれた歌、私が父から教わった歌。すべてを歌い尽くしてしまうと、また一から歌い直した。

早く、と一心に祈った。早く、誰か――それとも、もうかなり離れてしまったのだろうか。

ふいに、操様の歌声が揺れた。そのことに操様自身が動揺したように、声を止める。

「ごめんなさい、どうしよう、久美子さん」

「ご心配には及びません」

本当のところ私の方が謝ってしまいたかったが、今謝るわけにはいかなかった。何も心配はいらないのだという態度を貫かなければならない。無事に帰り着いてから謝ろうと心に決め、しがみついてくる操様の額を撫でた。手を規則的に動かしながら、思考を巡らせる。

合流が難しい以上、とにかく一刻も早く山を下りるべきだ。日暮れまでにできるだけ下って――

「怖くないの？」

操様は泣きじゃくりながら尋ねてきた。

「ええ、怖くはありません」

私は迷いなく答える。

「あそこに沢が見えるでしょう。沢沿いに下流へ行けば、必ず下ることができます」

操様を連れて沢へと進み、下流を見渡した。

「麓《ふもと》までそれほど距離はないはずです。道も険しくはなさそうですし、そうそう、今ならまだコゴミが採れるかもしれません」

「コゴミ？」

「癖のない山菜です。茹でたコゴミをすりごまと醬油と砂糖で和えると美味しいですよ」

操様の表情がほんの少し和《やわ》らぐ。

「たくさん採って帰ったら旦那様たちも驚きますよ」

私は微笑んでみせてから歩き始めた。いくら気分を上向かせるためとはいえ、時間を取られてはならない。

「この辺りにはなさそうですから、まずは先を急ぎましょう」

言いながら比較的歩きやすい道へ操様を促した。操様は気丈にうなずいて歩調を速める。

そのまま、どれほど進んだだろうか。

感覚からするともうじき麓が見えてくるはずだろうという頃、操様の足取りが重くなり始めた。

「操様」

私は足を止めて操様の顔を覗き込む。

「大丈夫」

操様は私が問うよりも先に答えた。

「少し、疲れただけ」

けれど息が切れ、膝頭を両手で押さえている。できれば一度休ませてあげたかった。だが、日が急速に沈み始めている。もし日が暮れてしまったら、ここで夜を越さなければならないことになる。標高はそれほど高くないとはいえ、夜になればひどく冷え込むはずだ。

ここは背負ってでも下りていくべきだろう、と考えて膝をついたときだった。

ふいに、森の中から葉が激しくこすれ合う音が聞こえた。

私は顔を上げて周囲を見回す。

「お父様たちかしら」

「静かに」

声を弾ませた操様を短く遮った。

立ち上がって音の方向へと目を凝らす。姿は見えない。

だが、音の鋭さからして、風によるものではありえない。

何らかの動物――それも、大きな。

猪《いのしし》、熊、野犬。浮かんだ単語は、どれも身を強張《こわば》らせるのに十分だった。どれに襲われたとしても命の危険がある。

どくん、と大きく心臓が跳ねた。

すぐにこの場を離れなければならない。だが、相手はこちらに気づいているのかどうか。

気づいていないのであれば、息を潜めてやり過ごすのが得策だろう。けれどもし、こちらに近づいてきたら。

岩の間に、手頃な大きさの流木を見つける。あれを掲げて身体を大きく見せながらゆっくりと後ずさる。決して悲鳴を上げてはならない。刺激を与えず、視線を外さないまま距離を取る。

考えを巡らせながら操様の耳に口を近づける。

「声を出さず、私の言う通りにしてください」

操様は全身を震わせながら無言でうなずいた。私は森へ目を向けたままそっとしゃがんで流木を拾う。

「音が近づいてきたら、ここを離れます。走らず、後ろ向きで進んでください」

私は流木を握りしめたまま、強く祈った。どうか、こちらに気づきませんように。そのまま行き過ぎてくれますように。

だが、祈りは虚しく黒い影が森の奥から現れる。

視線が合った。

「離れます」

顔を動かさずに低く告げて、静かに伸ばすように流木を掲げる。操様が動くのを視界の端で認めてから私も後ずさり始めた瞬間だった。

あ、という小さな声がした。

私が振り向くのと、操様が後ろに倒れ込むのが同時。

ガサッ、という大きな音が背後で響き、操様の口から悲鳴が飛び出す。私は咄嗟《とっさ》に操様に覆い被さり目をつむった。

来るな、来るな、来るな――それだけを一心に念じ続ける私の耳朶《じだ》を、何かが落ちるような音が打つ。

それが何の音なのかわからなかった。

だが、顔を上げることができない。全身が固まってまぶたさえも動かせない。

え、という声を出したのは操様だった。

「久美子さん」

かすれた声に呼ばれ、金縛りが解けたように首が動く。ぐらぐらと揺れるように動く視界の中心に操様の顔を捉えると、私の肩越しに背後を見ている操様は目を見開いていた。私は何も考えることができないまま、身を起こして背後を振り向く。

大きな野犬が倒れていた。

その黒々とした身体は、ぴくりとも動かない。

「……何が」

唇から声が漏れた。操様が首を細かく振る。

私は時間をかけて立ち上がり、野犬へと近づいた。開かれたままの目、口から力なく垂れている長い舌と唾液、その腹部は上下していない。

――死んでいる。

何が起きたのかわからなかった。

猟銃のような音はしていない。他に獣の姿もない。なぜ、この野犬は突然死んだのか。

視界の端に、転がった流木が映った。先ほどまで私が握りしめていた木の枝だ。ふらつきながら拾い上げ、杖にしようと体重をかけると、他愛もなくぽきりと折れた。

こんなものでは、もし野犬が襲ってきていたら戦うことなどできなかっただろう。

そう考えた瞬間、ぞっと悪寒が這い上がってくる。

操様が堪《こら》えていたものを爆発させるように激しく泣き始めた。

おそらくもうほとんど麓まで下りてきていたのだろう。その声で麓の村の住人に発見され、私たちは無事に家に帰ることができたのだった。


帰宅後、私には厳しい叱責が待っていた。私がついていながら操様を危険に晒《さら》してしまったのだから当然だ。

だが、それでも屋敷を追われることがなかったのは、操様が、久美子さんは野犬が迫ってきたときに覆い被さってかばおうとしてくれたのだと強く主張してくださったからだ。

元はと言えば山へ行こうと言い出したのはお父様で、山菜を採りながら下りる流れを作ったのは植野《うえの》さんでしょう。操様は他の女中の名前まで出して反論し、最終的に旦那様が折れた。

　私は操様と旦那様に深く感謝し、今後一生を懸けて三条家に仕えていこうと心に誓ったのだった。

　だが、今から思えば、このときが運命の分かれ道だったような気がする。

　私はこのとき、屋敷に留まるべきではなかったのだ。操様が言葉を尽くして旦那様を説得されるのを待つことなく、自ら退職を願い出るべきだった。そうすれば、旦那様は他の奉公先を紹介してくださったはずだ。

　そうと知りながらも操様の言葉にすがりついてしまったのは、ただ操様のお側から離れるのが嫌だったからだ。そんな私の個人的なわがままが、今の状況を作ってしまったのだと思うと、心底消え入りたくなる。

　けれど、私がその誤りを認識するのは、それから数ヵ月先のことになる。


　操様の夏季休暇が終わってしばらくした頃、庭で落ち葉を掃いていた私は、操様の鋭い声を聞いて手を止めた。

　もうお帰りになる時間だったか、という焦りと同時に、操様が呼ばれた「植野さん」という名前に胸のざわつきを覚えた。

「操様」

　私は咄嗟に声を張り上げた。私はここにいるのだと、操様に、そして植野さんに知らせなければならない――そうはっきりと言葉にして考えていたわけではない。けれど予感のような本能的なものが、何かをしなければならないと告げていた。

　植野さんは、数日前に屋敷を解雇されたばかりの女中だった。

　理由は窃盗、蔵の中の骨董品を密かに売りさばいていたのだ。

　最初に気づいたのは操様で、けれど操様はすぐには旦那様には伝えなかった。直に植野さんに忠告したのだ。

　操様としては、それで植野さんが止めていればそのまま不問に付すつもりだったのだろう。だが、植野さんは止めなかった。

　彼女が一体何を考えてそんなことをしていたのか、私にはわからなかった。お給金は前より減っていたとはいえ十分にもらっていたし、何より、再び盗みを働けば操様に気づかれないはずがないのだから。

　そして、今度ばかりは操様も看過するわけにはいかなかった。操様は健様に相談し、健様が旦那様に報告して、植野さんは即刻解雇されることになった。どう考えても当然の帰結だ。

けれど、その後すぐに植野さんは操様の部屋まで来て、ものすごい形相《ぎょうそう》で操様を睨みつけたのだ。

『あんたはその子しかかばう気はないんだね』

その子、というのが自分のことだと理解するのに数秒かかった。かばう——あの野犬の一件のことだ、とわかるのに、さらに数秒かかる。

『ああ、やっぱりそうだった。知っていたんだよあたしは』

勝ち誇るかのような笑みを浮かべながらそう言い捨てて踵《きびす》を返した彼女に、操様は一言も声をかけなかった。まるで、そんな人間は目の前に存在していないというかのように。

私の中に一つの想像が浮かんだ。確かめることはできないから、妄想に過ぎないかもしれない。けれど、一度考えてしまったら否定しきることはできなかった。

植野さんは、歳は私の二つ上だったが、小間使としては古株の方だった。操様がまだ八歳の頃に私と同じく操様付きの使用人になるために三条家に呼ばれたのだという。

だが、植野さんは操様とは反りが合わなかった。そして、女中として働くようになり、その仕事を十全にこなせるようになった頃、私が屋敷に現れたのだ。

私は操様が在宅している時間は、女中としての仕事をせずに操様の遊び相手として過ごすことを許されていた。

三条家は他の奉公先に比べてかなり待遇が良いそうだが、それでも、これほどの時間仕事もせずに遊んでばかりいるなど、本来であればあり得ないことだ。

歌を歌い、本を読み、台所を使って理科の実験までして操様と共にはしゃぐ声を上げていた私を、植野さんはどのような思いで見つめていたのだろう。

植野さんが直接私に何かを言ってきたことはない。女中の仕事を尋ねれば丁寧に教えてくれたし、私にとっても彼女は尊敬する女中の一人だった。

けれど、操様が私をかばうために口にした『山菜を採りながら下りる流れを作ったのは植野さんでしょう』という言葉——それは、植野さんの耳にはどう響いたのか。

植野さんが盗んだものが蔵の中の骨董品であるという事実が、想像を裏付けているように思えた。そんなことをすれば操様に気づかれないはずがない。だとすれば、彼女は試したかったのではないか。

――操様が気づいて、それでも自分をかばおうとしてくれるのかどうか。

　そして、操様はかばわなかった。最後は何の言葉もかけず、植野さんは解雇された。事情が事情だから、旦那様が他の奉公先を紹介することもなかっただろう。

　住む場所と仕事を同時に失った植野さんは、その後どうなったのか。

　帰る郷里があったのならば、まだいい。奉公先から解雇されたというのは大きな不名誉だろうが、ひとまず生きるに困ることはないのだから。

　けれど、もしどこにも行く場所がなかったのだとしたら――

　悲鳴のようなものが屋敷の反対側から聞こえてきた。

　私は箒《ほうき》を放り出して走り始める。植野さんを操様に近づけてはならない。操様を傷つける言葉を口にさせてはならない。

　視界が眩暈のようにぐらりと揺れ、足がもつれそうになったのを堪えながら再び速度を上げる。

「操様！」

　大きな声で呼びかけながら屋敷を回り込んだ瞬間だった。

　私は、思いも寄らぬ光景に足を止めた。

　植野さんが、倒れている。

　その前には、呆然と立ち尽くす操様がいた。

　いくつもの叫ぶような声が上がり、何人かが植野さんに駆け寄る。植野さん、どうしたの、大丈夫――

「操様」

　私の呼びかけに、操様はぎこちない動きで首を回した。

　視線が絡んだ途端、その顔がぐしゃりと歪む。

「久美子さん」

　操様の手が、私の手へと伸びた。けれど、触れるより一瞬早く、その手が勢いよく引っ込められる。

　私は思わず操様の顔を見た。問いかける言葉が、その表情の前に詰まる。操様は、自分の手を凝視していた。まるで、恐ろしいものを見るかのように。

　私はとにかく操様をこの場から離すために、操様の背中に手を当てた。そこで操様が震えていることに気づいてハッと顔を向ける。

　操様の手は、今度こそ傍目《はため》からもわかるほどに震えていた。操様、と呼びかけようとした声を、どよめきが掻き消す。

「死んでいる」

たくさんの声の中から、その言葉だけが浮かび上がって響いた。

びくっと大きく、手の中の背中が跳ねる。

その首が、植野さんを振り向きかけて、寸前で止まった。

「操様」

「久美子さん」

操様はうつむいたまま、震える声で私を呼ぶ。

だが、それ以上言葉を続けることはなく、しばらくして私が屋敷の中へ促すと、抗《あらが》うことなく歩を進めた。


操様が、その日の出来事について口にすることはその後もなかった。

だから私が知っているのは、近くに居合わせたという他の女中から聞いた話に過ぎない。

あのとき、操様は一人で植野さんと対峙していた。植野さんは右手に灯油の缶を、左手にマッチを持っていたという。

あんたのせいであたしの人生は滅茶苦茶になった、と白い唾を飛ばす植野さんに、操様は表情を変えることなく、あなたの人生を滅茶苦茶にしたのはあなた自身でしょう、と告げた。

すると植野さんは顔を歪め、灯油の缶の中身を自身と操様にぶちまけた。見ていた女中が悲鳴を上げ、立ち尽くしたままの操様に駆け寄ろうと足を踏み出すのと、植野さんがマッチに火をつけるのが同時だったという。

小さな炎は、操様の足元に落とされたら最後、二人の全身を包んで燃え盛るはずだった。

だが、操様が植野さんに腕を伸ばした瞬間、ふいにマッチの炎は消え、植野さんがその場に昏倒したのだ。

一部始終を目撃していた女中にも、何が起こったのかわからなかったという。

植野さんの死は、表向きは解雇を不当に思っての抗議の服毒自殺として処理されたが、屋敷の人間は誰一人それを真実だとは思っていなかった。

植野さんは明らかに操様を焼き殺そうとしていた。マッチの火が消えてさえいなければ、それは現実となっただろう。

だが、調べてみたところ、灯油の缶に入っていたのは奇妙な匂いはするものの燃焼性はない液体だったのだ。

一体、植野さんは何がしたかったのか。

狂言によって操様の反応が見たかっただけなのだとしたら、死ぬのが早すぎる。第一、誰も植野さんが何かを口に入れるところを目にしていないのだ。

飲んでから効き目が出るまでに時間がかかる毒だったのだ、だから正確な時機を図ることができず、早く回ってしまったのだろう、と番頭の千藤さんは話したが、やはり釈然としないものは残った。

あれは、本当にそんなことだったのだろうか。

その思いを最も強く抱いていたのは、私と操様だったであろう。

なぜなら、植野さんの死に様は、あの野犬のそれとよく似ていたからだ。

外傷はなく、声も出さずに即死する。不可解で唐突な死。

そして、他にもその共通点に気づく者が出てきた。それがどういう形の噂で広がっていったのかはわからないが、どこからか話が漏れたのだと知ったのは、それから半月ほど経った頃だ。

操様の元へ、二人組の佩刀した海軍の人間が会いに来た。

元々、造船業を営む旦那様のところに海軍の人間が来ることは珍しくはなかった。けれど、常ならば部屋で大人しくしているように命じられる操様がこの日に限って呼び出されたのだ。

旦那様の顔にも困惑が滲んでいて、操様の顔も強張っていた。私はせめて操様のお側にいたかったが、さすがに許しもなく同席するわけにはいかなかった。

気を揉みながら操様の部屋で待っていると、小一時間後に戻ってきた。操様は焦点の合わない目を宙に向けていて、心なしか顔が青ざめている。

「大丈夫ですか」

私は思わず訊いていた。そう問えば、たとえ大丈夫ではなくとも大丈夫だと答えてしまうのが操様だと知っていながら、それでも訊かずにいられなかったのだ。

だが、操様は大丈夫だとは口にしなかった。まるで私の言葉など耳に入っていないかのように私の脇を通り過ぎ、そうしてからハッと我に返ったように振り返る。

「久美子さん」

私を見た操様の瞳が揺れた。長いまつげが伏せられ、頬に微かな影を落とす。

「操様」

私は操様に一歩近づいた。

「どのようなお話だったのですか」

本来ならば私のような立場の者が尋ねていいことではないと承知していた。相手が軍人だということは、機密に関わることもあり得る。そうそう使用人に話せることではないだろうし、そうである以上問えば困らせてしまうだけだと。


けれど、ここは踏み込まねばならないのだという気がした。植野さんの一件以来、操様はずっと何らかの思いに沈み込んでいるように見えた。必要最低限の会話しかせず、後は書物を読んでいるか宙を睨んでいる。

時折私の方を見たが、視線を合わせると逸《そ》らされ、私に他の女中の仕事を手伝ってくるように命じることも増えた。操様は、植野さんがいなくなって仕事が回らなくなっているだろうから、と説明したが、無論それだけが理由ではないのは明らかだった。

それでも、操様が一人で考えたいことがあるのならその邪魔はできないと思ってきたのだ。

だが、これほど危うげな様子を見せられてしまえば、これ以上黙って見ていることはできない。

「もちろんお話しになるのが難しいことであれば、お答えにならなくて構いません。ただ、もし私に話すことで操様のお気持ちが少しでも軽くなるのならば、私は喜んでおうかがいいたします」

操様は口を開きかけ、閉じた。躊躇いを露わに視線を泳がせ、唇を嚙む。

私は待った。操様の中で気持ちが揺れているのが見て取れたからだ。揺れているということは、話したい思いがあるということだ。

やがて操様は、「久美子さんならば、私が話さなくてもいつか耳にしてしまうかもしれないわね」と自分に言い聞かせるようにつぶやいてから、さらに「信じがたい話なんだけれど」と前置きを挟んで話し始めた。

それは、たしかにあまりにも荒唐無稽な話だった。

野犬と植野さんの死はどちらも操様のある能力によるものだと思われる、野犬と植野さんの死因はその結果による窒息死だろうというのが、軍の人間の主張だった。他にも同様の能力を持った人たちが何人もいて、彼らは海軍のある部隊に所属しているのだという。

彼らは他の能力者が力を使うとそれを感じ取ることができ、植野さんが死んだ日にこの辺りで力が使われた可能性があると主張している。さらに、灯油缶に入っていた液体を調べたところ、能力によって変質した痕跡があった。

ついては操様のこともその部隊に迎えたいのだという話に、私は言葉を失った。

そんな馬鹿げた話が実在するわけがない。だが、そう一蹴することができなかったのは、現に、説明がどうしてもつかない出来事を目の当たりにしていたからだ。

「お父様は何かの誤解だと主張されたわ。たしかに使用人たちの間には根も葉もない噂が流れているけれど、野犬は別の獣に襲われただけだし、死んだ使用人は服毒自殺を図ったに過ぎないのだと。軍の人たちは納得はしていないようだったけれど、ひとまずは引き下がって帰られた」

操様の言葉に、私はいつの間にか詰めていた息を吐く。

だが、操様は「でも」と続けた。

「他でもないわたしは知っているのよ。あのとき別の獣なんていなかったし、植野さんは何も口にしていない。もし事前に毒を飲んで、それが時間差で効いてきたのだとしたら、苦しまずに突然死ぬなんてあり得ない」

静かな表情を旦那様の部屋の方へと向ける。

「あの人たちが引き下がったのは、お父様の持つ富と権力も関係していたでしょう。いくら軍とはいえ強制的に連行するのは憚《はばか》られた——だけど、あと一度でも同じような事件を起こしてしまったら、もうお父様にも抗うことはできない」

「そんな……」

「能力が発動するのは、殺意を抱かれたとき」

操様は、私を見据えて言った。

「この力を持つ者は、殺意を抱かれたら相手を先に殺してしまうの。反撃しようと考えなくても、本能が危機を察知するだけで自動的に力が発動してしまう。——野犬も、植野さんも、わたしを殺そうとしていた」

考えてみれば無敵よね、と操様は唇を歪める。

「軍隊が欲しがるのも当然かもしれない」

私は呆然と操様の言葉を反芻《はんすう》した。反撃しようと考えなくても、本能が危機を察知するだけで自動的に力が発動してしまう——それはつまり、軍の部隊に所属すれば人を殺め続けるようになるということではないか。

その日から、旦那様は操様が女学校に通うのを禁じ、私に操様を監視するよう命じられた。

私は操様から聞いた話は決して口外しないようにと言い含められ、無論私も決して誰にも話しはしなかった。

だが、なぜ秘密というものは漏れてしまうのだろう。しばらく経つ頃には屋敷内の人間で知らない者はいなくなってしまったのだった。

操様に近づく人間はいなくなった。

誰もが操様の姿を目にすると怯《おび》え、その怯えを操様に悟られないように足早に立ち去るようになった。食卓には操様の苦手な食べ物は並ばなくなり、操様も誰かに対して問いを投げかけることはしなくなった。

殺意さえ抱かなければいい、と考えるのは早計だった。なぜなら、殺意の判断基準がどのようなものなのかわからないのだから。

怒り、嫌悪、恐怖——そのどれもが、殺意だと誤認されない保証はなかった。

そして、操様の能力を恐れるということは、同時に操様自身を忌むことに繋がるのだった。恐ろしい、近づきたくない、できればいなくなって欲しい。それが殺意の一種として誤認されないと誰が断言できるだろう。

害意を封じることはできても、恐れを抑えることはできない。

屋敷を離れたいと願い出る女中はいたが、それを旦那様は許さなかった。三条家から出してしまえば、情報を制御することはできなくなる。

こんなことさえなければ、操様には幸せな将来が約束されていたはずだった。様々なことを学び、豊かな家に嫁ぎ、子を産む。当然つらいこともあるだろうが、その中でも幸福を見つけ、創り出せるのが操様という人だった。

だが、それらがすべて失われた。

操様が再び自由に学べる日は来ない。誰に嫁ぐこともないまま、一生をこの屋敷の中で過ごさねばならない。

やがて、操様は私を詰るようになった。

あのとき、あなたが道を間違えたりしたから野犬に襲われることになってこんな能力が目覚めてしまったのだ、と。

操様は泣き、私に命じた。

「あなたのせいよ。あなたのせいでわたしは一人になったんだから。あなたまでわたしから逃げるなんて許さない」

操様は、私を一時も側から離そうとしなくなった。女中としての仕事へ向かうことも許されず、操様の部屋で一日を過ごす。旦那様も奥様もそれを咎めず、むしろ助かるとばかりに傍観していた。

操様はそれまでのように私と過ごすことを望んだ。徒手体操、唱歌、裁縫、写生。台所を使う理科の実験はできなくなったが、代わりに本の感想を語り合うことが増えた。

それでも時折、操様は怯えるような目線を私に向けた。まるで、私の中の操様への嫌悪感を測ろうとするかのように。

操様は、急速に精神の均衡を崩していった。はしゃいでいると思えば突然塞ぎ込み、苛立ちを露わにした直後に泣いて私に謝った。どうすればいいかわからないという思いは、おそらく誰よりも操様自身が抱いていたのだろう。

私もまた、日を追うごとに失望を膨らませていった。操様へ対するものではない。操様から離れたいと思ってしまう自分に対してだ。

私は、今後一生を懸けて三条家に仕えていこうと心に誓っていたはずだった。それなのに、繋がれた手を振り払ってしまいたいと考えている。

こんな日々がこれから一生続くのかと思うと、気が狂いそうになった。操様は、眠るときも一人になることを許してくれない。隣で眠り、操様の寝息が聞こえてくるまでは安心できない。いや、眠っても心から安堵できるわけではないのだ。力は、操様の意思とは関係なく発動するというのだから。

眠りに落ちるたびに、もう二度と目覚めることはないかもしれないと考えた。この天井が、私が目にする最後の景色になるのかもしれない、と。


死んだ後はどうなるのか、ということも繰り返し考えるようになった。死ぬとは何なのか。生きるとは何なのか。人はなぜ生まれてきて、死ぬのか。

以前ならば、操様と語り合おうとした命題だっただろう。二人で議論を交わせるのならば、そこには楽しさもあったかもしれない。けれど、その操様に殺されるかもしれないという恐怖の中で、操様とその話をする気にはどうしてもなれなかった。

男が現れたのは、そんなある日だったのだ。

旦那様たちは屋敷を離れ、屋敷には私と操様だけが残されていた。そして、操様は旦那様と奥様と他の使用人たちがいない好機を逃さず蔵へ向かい、男もまた、蔵へと足を進めている。

男に情報を与えた人間は、何が起こるのかを容易に予想できたはずだ。

男が操様を殺めようとして操様の能力で殺されれば、操様は今度こそ軍隊へ引き渡されることになるのだと。

操様がこの屋敷からいなくなることは、もはや使用人たちにとっては悲願ですらあった。それを認めなかったのは旦那様と奥様だけ。

私には、情報を与えた人間が考えたであろうことがよく理解できた。

　なぜなら、それは私の望みでもあったからだ。

＊

　男はもう、蔵の門前まで進んでいた。

　私は拳を強く握ったまま、その横顔を見つめる。

あと数歩――それで、すべてが終わる。

　やっと自由になれるのだ、と自分に言い聞かせた。操様から離れ、普通の使用人として生き続けることができる。私自身は何もすることなく、男を殺めた操様が来たら昼食の支度をしていて男の来訪に気づかなかったのだと驚いてみせればいい。

　そう、考えた瞬間だった。

　私はふいに、気づいてしまう。

　自分が真に恐れていたのが、殺されることそのものではなかったのだと。

　私は、操様に能力を使わせることで、私の中の恐怖が殺意として操様に伝わってしまうことが怖かったのだ。

　操様にだけは知られたくなかった。どんなことがあっても、誰が操様から離れても、ただ一人、私だけは操様のことを慕い続けている存在でありたかった。だから、私の中にある裏切りに気づかれてしまう前に、操様から離れたかったのだ。

　愕然と見開いた目に、男の姿が飛び込んでくる。男が一歩前に進む。腕が蔵の扉へと伸ばされる。

　――待って。

　足元から砂利のこすれる音が響いた。けれど男の耳には届いていないのか、男は振り返らない。

　止めなければならない。行かせてはならない。これ以上進ませては――

　その瞬間。

　男の身体が動きを止めた。

　膝が折れ、その勢いに抗うことなく崩れ落ちていく。まるで時の流れの速さを狂わされたかのように、ゆっくりと。

　地面に倒れ込んだ男は、そのまま動かなかった。

　私の足が、見えない何かに引かれるように、交互に男の方へと進んでいく。ぐわん、ぐわん、と眩暈のような脈動が頭を揺さぶっていた。その視界の揺れに、吐き気が込み上げる。

　男の姿が、眼下に収まった。虚ろに開かれたままの目、弛緩《しかん》した唇、呼吸の動きが伝わっていない背中。

――外傷はなく、声も出さずに即死する。不可解で唐突な死。

男は、まだ蔵の中を目にしてはいなかった。操様がいることも知らず、殺意など抱きようもなかった。

だとすれば、これが操様の能力の結果であるはずがない。

操様から聞いた能力についての説明が脳裏に浮かび上がる。

野犬と植野さんの死因は能力の結果による窒息死、同様の能力を持った人たちは海軍のある部隊に所属している、殺意を抱かれたら相手を先に殺してしまう、本能が危機を察知するだけで自動的に力が発動する――

本当のところ、ずっと違和感はあったのだった。

もしそんな能力があるのだとすれば、それを最も発揮できるのは海軍よりも陸軍のはずだ。軍艦同士の戦いになったとしても、相手の軍人は能力者個人を認識し、殺意を向けることはほとんどないのだから。

軍艦に砲弾を当て、沈没させる。そうした意図の結果として殺されることになるだけで、それでは能力を使う機会がない。

私は、震える手を蔵の扉へと伸ばした。軋《きし》む音を立てて、扉が開く。

考えられることは、一つだった。

――能力についての説明に、誤りがある。

操様は、大きな柳行李《やなぎごうり》に寄り添うようにして眠っていた。

長いまつげを下ろし、小さな唇をあどけなく開いた顔。その胸は、柔らかく規則的に上下している。

「操様」

操様のまつげが、ぴくりと震えた。そのまま、ゆっくりと空気を細かく扇《あお》ぐようにしながら上げられる。

操様の双眸《そうぼう》が、私を捉えた。

「久美子さん」

操様は上体を起こし、目をこすりながらあくびをする。

「ライスカレー、できたの?」

私は答えることができなかった。これが演技だとはとても思えない。だとすれば、やはり操様は、この状況を認識していないということになる。

「久美子さん?」

操様は不思議そうに首を傾げ、立ち上がった。どうしたのよそんな怖い顔をして、と微笑みながら私の前まで歩み寄り、そして、私の背後に視線を向けて短く息を呑んだ。

「操様、以前お話しいただいた能力についての説明には、偽りがありますか」

私は、あえて、誤りではなく偽りという表現を用いた。

操様は、固まったままの表情を私へ向ける。

「この男は、この屋敷に操様と私がいることには気づいていませんでした。つまり、殺意を抱けたはずがないのです」

私の声はかすれていた。

「本当は、殺意の有無など関係ないのではないですか」

能力についての説明を口にしたとき、操様は『能力が発動するのは、殺意を抱かれたとき』だと断言していた。

『この力を持つ者は、殺意を抱かれたら相手を先に殺してしまうの。反撃しようと考えなくても、本能が危機を察知するだけで自動的に力が発動してしまう。――野犬も、植野さんも、わたしを殺そうとしていた』

私を見据えて、まるでそれが必須の条件なのだと強調するかのように。

その説明があったから、私は操様が能力者なのだと信じて疑わなかった。野犬のときはともかく、植野さんが殺意を向けていたのは、操様だけだったのだから。

だが、それが操様によって意図的に付け加えられた偽りだとすれば、すべては反転する。

野犬のときも、植野さんのときも、私は相手の存在を認識していた。そして今、この男の存在を認識していたのは、私だけ。

来るな、来るな、来るな――

彼女を操様に近づけてはならない。操様を傷つける言葉を口にさせてはならない。

止めなければならない。行かせてはならない。これ以上進ませては――

どのときも、私は強く念じていた。相手の動きを止めなければならない、と。

「……能力を持っているのは、私の方だった」

操様の顔に浮かんだのは、驚きではなかった。失意、後悔、落胆――そのどれもが、一つの答えを示している。

操様は、知っていた。

知っていて、隠し続けていたのだと。

「どうして」

私の口からは、私のものではないような声が聞こえた。

操様は唇を閉ざしたまま、目だけを伏せる。

「どうして仰《おっしゃ》らなかったんですか」

本当のことを言っていれば、操様がこんな立場に置かれることはなかった。これまで通り女学校へ通うことができ、誰からも避けられることなどなく、開かれたままの将来があった。

「偽る必要なんて――」

「だって」

操様が潤んだ目を上げた。

「能力者が久美子さんの方だと知れば、お父様は躊躇いなく軍に差し出していたでしょう」

全身から力が抜ける。

――そんなことの、ために。

そんなことのために、操様は自分が能力者だと疑われて孤立することを選んだというのか。能力についての説明を偽ってまで――私の側にいれば、いつ私に殺されるかもわからないというのに。

操様は時折、怯えるような目線を私に向けていた。私はそれを、私の中の操様への嫌悪感を測っているのだろうと思っていた。

だが、そうではなかった。

操様は真実、私に怯えていたのだ。

気が狂いそうになるほどの恐怖、常に死の側にいるということ、眠りに落ちたらもう二度と目覚めないのかもしれないと思いながら、意識を手放す日々。私がずっと感じていたように――いや、違う。

操様は、力が発動するのに殺意の有無は関係ないことを知っていた。

それはつまり、自分の意思では防ぎようがないということなのだ。

「どうして」

唇からつぶやきが漏れる。

「それならせめて、私にだけでも本当のことを話してくだされば……」

「話していたら、あなたはどうしていた？」

操様は尋ねるというよりも、つぶやくような声音で言った。

「それは……」

私はうつむく。

私が進める道は一つだけだった。旦那様に名乗り出て、軍へ行く。能力を有しているのが自分だと知りながら、操様に罪を着せ、操様のすべてを奪って、のうのうとお側に居続けられたはずがない。

操様は、ゆっくりと私の脇を通り過ぎた。男の死体の傍らにしゃがみ、その懐に手を差し入れる。

引き抜かれた手には、短刀があった。

「これで刺してしまえば、普通の死だということになるわ」

「操様」

私は操様の手から短刀を奪い取った。

「操様にそんなことをさせるわけにはいきません」

「それ以外に方法がないでしょう？　この男の死が能力によるものだと知られれば、わたしは海軍に行くことになる。けれど、すぐにわたしには能力がないことはわかってしまうでしょう。そうしたら、矛先を向けられるのは久美子さんだわ。植野さんのときにはすぐ近くにいなかったから、ひとまず疑われることはなかったのだろうけど、あなたがあのときすぐに駆けつけてきたことも、野犬に襲われたときにわたしと一緒にいたことも、調べればすぐにわかってしまうんだから。――けれど、わたしが能力ではなくこの短刀で殺したのだと言えば」

伸ばされた操様の手を避けるために私は身を引く。

「それなら私が刺しても同じです」

「同じじゃないわ」

操様は私を見据えて強く言った。

「たとえ正当防衛だとしても、あなたはもうこの屋敷にはいられなくなってしまう」

「私のことなんていいんです。それより操様の将来が……」

「将来なんていいのよ。わたしは久美子さんといられれば」

私を遮って微笑む操様に、言葉を失う。どうすればいいのかわからなかった。どうすれば、操様の意思を変えることができるのか。

私は渇いた唇を舐め、息を吸った。

「操様が罪に問われれば、旦那様のお立場も悪くなります」

もはや、そこに訴えかけるしかないように思えた。操様は、自分のことよりも旦那様がどうなるかの方を気にするはずだ。

だが、操様はあっさりと首を振った。

「仕方ないわね」

「操様！」

「ねえ、久美子さん」

操様が唇の端を上げる。

「今日、どうしてこの男がここに来たんだと思う？」

それは、と答える先が続かなかった。

この家の誰かが、男に伝えた。考えていたことを、そのまま口にできるはずがない。

何も言えずにいる私に向かって、操様が続けた。

「お父様がこの男に情報を流したのよ」

「旦那様が？」

私の声が裏返る。

「何を仰っているんですか。そんなわけがないでしょう。旦那様はあれほど操様をかばっておいでで……」

「だったら久美子さんは、誰が伝えたんだと思うの？」

「それは……使用人の中の誰かが」

「そんなことをして、もし計画が失敗すればすべてが明るみに出るでしょう。そして、成功を確信できるほど、この計画は綿密ではない」

操様は淡々とした口調で言った。

「たとえ実際に男に伝えたのが使用人の誰かだったのだとしても、その人はそれをお父様も望んでいることを知っていたのよ」

「もし旦那様が操様の検査を望んでいたのなら、海軍の人たちが来たときに抗ったりするはずがないじゃありませんか」

「事情が変わったのよ」

操様が、屋敷の方へ目を向ける。

「久美子さんも知っているでしょう？　昨年のワシントン海軍軍縮条約」

無論、知らないわけがなかった。

この三条家に大きな打撃を与えた出来事なのだから。

戦争が終結して軍艦の受注隻数が激減し、いくつもの造船業者が廃業に追い込まれながらも、何とか三条家が造船業を続けてこられたのは、海軍の後ろ盾があったからだ。

だが、大正十一年二月、米英に対して主力艦の保有数を五対三の割合まで制限するというワシントン海軍軍縮条約が採択されてしまった。造船業者にとっては致命的とも言えるような事態だ。

「お父様には、海軍に恩を売る必要が出てきたのよ」

私は短く息を呑んだ。

十日前の出来事はお父様にとっては天啓のようなものだったのでしょうね、と操様は他人事のように続ける。

「強盗相手ならば、犠牲にしても心は痛まない。不運な事故として、お母様にも責められることなくわたしを海軍に差し出すことができる。それでもわたしが一人娘なら、他の方法を模索したかもしれないけれど」

――でも、三条家には、健様がいた。

私は何も言えなかった。

操様は、そんなことまで考えていたのだ。

「もちろんずっと覚悟していたわけではないわ。でも、実際に強盗が今日に限って忍び込んできたのが単なる偶然だなんて、さすがにわたしも思えない」

操様は力ない笑みを浮かべた。その横顔に、胸が強く痛む。

操様を置いていきたくない、と思った。

私がいなくなれば、操様はどうなるのだろう。――いや、そうではない。操様は私のせいでこんな思いをすることになったのだ。

私は奥歯を嚙みしめた。

――なぜ、私にはこんな能力があるのか。

私に能力さえなければ、操様はこんな思いをすることはなかった。能力があったから操様を救えたのだと思うのは誤りだ。そもそも私がいなければ植野さんが操様を恨むこともなく、強盗にだって野犬にだって遭わなかったはずなのだから。

全身の筋肉が骨から剝がされたかのように、腕が、脚が、身体が重くなっていく。

私は、敷地内の光景を虚ろに眺めた。

この位置からは、美しく剪定された木々と整然と並んだ庭石、客座敷しか見えない。だが、まぶたの裏には、城を連想させる白い土塀と重厚な瓦、緑青色の荘厳な庇を戴いてそびえる玄関が――ここでこれから奉公するのだと、衝撃と共に眺めた景色が蘇る。

――旦那様が帰ってきたら、真実を告げる。

そう心に決めると、ほんの少し呼吸が楽になる気がした。ああ、そうだ。操様の意思を変える必要なんてないのだ。操様がいくら私をかばおうと、検査をすればすべてが明らかになるのだから。

「操様」

そう、呼びかけようとしたときだった。

突然、地面が揺れ始めた。

「久美子さん」

私は咄嗟に操様の腕をつかんだ。引き寄せて胸の中に抱え込み、蔵に背を向ける。

――地震？

けれど、こんなにも大きな揺れは経験したことがない。

揺れは跳ねるように大きくなり、背後で何かが崩れるような音が響いた。逃げなければならない。とにかく蔵から離れなければ。だが、あまりに激しい揺れに、歩くことさえままならない。

——せめて操様だけでも守らなければ。

私は腕に力を込め、目をつむった。


揺れが弱まるまで、どのくらいの時間が経ったのか。

腕の中から、久美子さん、という声が聞こえた。

私は腕の力を解いて操様を見下ろす。

「操様、お怪我は」

「わたしは平気、久美子さんは」

大丈夫です、と答えながら背後を振り返り、息を呑んだ。

——蔵が崩れている。

大量の瓦と柱が、私たちの真後ろで積み重なっていた。

——倒れていた男の上に。

「久美子さん！」

操様が悲鳴のような声を上げた。私は操様の視線の先を見やり、目を瞠《みは》る。


屋敷から、火が上がっている。

私は操様から離れ、屋敷へ向かって駆けた。男が来たとき、私は竈で火を使っていた。私は、あの火を消していない——

「久美子さん、待って！」

足がもつれる。夢の中で走るときのように、思うように前に進まない。

それでも何とか屋敷に辿り着いて開いたままの勝手口から駆け込むと、竈は炎に包まれていた。

「久美子さん！」

「操様は外にいてください！」

私は鋭く叫ぶ。早く消さなければ。このままでは、すべてが燃えてしまう。私は盥《たらい》に水を汲み、竈へかけた。だが、火は少しも弱まらない。

「久美子さん」

間近から聞こえた声に、ハッと振り返る。

「操様、外にいてくださいと——」

声が轟音《ごうおん》に掻き消された。

咄嗟に身をすくめて目を閉じる。

一瞬後、開いた目の前には倒れた柱が横たわっていた。その上をすばやく舐めるように火が広がっていく。

――これでは、外に出られない。

勝手口も窓も隣室へと繋がる通路も、すべて炎に閉ざされてしまっている。

私は呆然と立ち尽くし、隣で腰を折って噎《む》せている操様を見る。

――何ということだろう。

視界が暗く狭くなっていくのがわかった。

私はまた、操様を巻き込んでしまった。操様の安全のことを第一に考えるのならば、私は屋敷に飛び込むべきではなかったのだ――

「久美子さん」

操様は目尻の涙を拭いながら私を見上げる。

「あなたの能力を使えば、この火が消せるんじゃないかしら」

「能力を？」

どういう意味なのかわからなかった。

野犬や植野さんや強盗を殺めた能力が、何に使えるというのか。

だが、操様は咳《せ》き込《こ》みながら続けた。

「あなたの能力は、炭素を操る力なの」

たんそ、という響きの意味が、すぐには脳内で変換されない。

それは、あまりにも突拍子もない言葉だった。

これが操様の言葉でなければ、そして、こんな状況下でなければ、まさか、と答えてしまっていたところだろう。そんなことが人間にできるわけがない、と。

だが、操様は「植野さんの死因は窒息死」と早口に言った。

「空気中にたくさんの炭素が集められて酸素と結合してしまえば、呼吸をしても酸素を取り入れることはできなくなる」

頭の中に、操様と共に学んだ化学の知識が蘇る。

世界を構成する様々な原子。H、O、C、N――暗号のように並べられる文字が描く鮮やかな光景。

「そして、火も燃え続けることはできなくなる」

私は、見開いた目を操様へ向けた。

――操様は、これを伝えるためについてきたのだ。

燃え盛る屋敷の中へ、危険も顧みずに。

私は操様の顔から視線を剝がし、炎に対峙した。

どうすれば力が使えるのかはわからない。私は、自分にそんな力があることすら知らずに生きてきたのだから。

だが、私は野犬のときも植野さんのときも強盗のときも、相手の動きを止めなければならないと念じていた。強く、強く、一心に。

私は目をつむり、迫り来る炎を頭の中に思い描く。

――来るな、止まれ、消えろ。

炎に圧力を加えるように、念を全身から外側へ向けて押し広げていく。

決して操様を巻き添えにしてはならない。黄色い煙のようなものが脳裏に浮かぶ。その揺れ動く細かな粒の一つ一つを、私たちから離れた場所へ向けて追いやっていく。

顔面に感じる熱が少しずつ弱まっていくのを感じた。もう少し。額に脂汗が滲む。甲高い耳鳴りが聞こえる。――消えろ、消えろ、消えろ！

パンッ、と弾けるように視界が白くなる。

「久美子さん」

操様のつぶやきは、耳鳴りに掻き消されてほんのわずかしか聞こえなかった。

私は倒れそうに重い頭を腕で支え、肩で息をする。

目の前は、赤かった。

先ほどまでよりは勢いが弱まっているものの、火は消えていない。

――ダメだ。

私の力では、これだけの広い空間に炭素を満たすことなどできない。

頭が痛い。気持ち悪い。堪えきれずにその場で嘔吐《おうと》すると、操様は「久美子さん！」と叫んだ。

「大変、一酸化炭素中毒かもしれないわ」

吐物がついた私を構わず抱きかかえる。違うのだと説明しなければと思った。これはおそらく、能力を使うことによって生じる後遺症のようなものなのだ。

私は、野犬に襲われたときも、植野さんが倒れた後も、視界が揺れるような眩暈を感じていた。

たしかに酸素と炭素の結合具合によっては、一酸化炭素が発生することもあるだろうが、そうであれば操様が無事なことに説明がつかない。空気中に炭素を集めたのはたしかだけれど――そう考えたときだった。

私はふいに、思い至る。

――この炭素は、どこから来たのだろう。

操様は、この能力について、炭素を操る能力だと言っていた。操る――つまり、生み出しているわけではない。

再びまぶたを閉ざし、意識を周囲に集中させる。炭素を知覚する際に表象として浮かぶ黄色――それは周囲の空間の中で、奇妙に偏っている。

ハッと目を開ける。

あのとき、野犬の側に落ちていた流木はひどく脆《もろ》くなっていた。

あのとき、植野さんの手にしていた灯油の缶から検出されたのは、奇妙な匂いはするものの燃焼性はない液体だった。

木は炭素、灯油は炭素と水素でできている——

電流のような何かが、全身を駆け抜けていく。

——つまり、これは、炭素をある場所からある場所へと移動させる力なのだ。

私は野犬に襲われたとき、手に持っていた流木から炭素を抜き、野犬の顔の周囲に集めた。植野さんのときは灯油から炭素を抜き、同じく彼女の周囲にある酸素と結合させた。

——ああ、だから。

だから、海軍だったのだ。

海軍が欲していたのは、人を殺める能力などではなかった。

本当に重要だったのは、炭素を抜く力の方——そんな力があれば、軍艦を動かすための燃料を破壊できる。

そこまで考えたところで、私は急速に思考が曇っていくのを自覚した。これ以上は考えてはならないのだと、何かが告げていた。これ以上考えてしまえば、気づいてしまうのだと。

だが、そう感じた時点で、私はもう理解していたのだろう。

なぜ、操様が能力の説明をする際、炭素という言葉を使わず、偽りを付け加えたのか。

私を軍隊に引き渡させないため以上の——本当の理由を。

私は、膝に手をついて立ち上がる。

「操様」

震える腕を伸ばし、背後に迫った木の壁を指差した。

「ここから脱出しましょう」

「え？」

「この壁は脆くなっているはずです」

腹に力を込め、飛び込むようにして全身で壁に肩を当てる。一回、二回、三回——バキィ、という激しい音と共に、壁が割れた。

その瞬間、背後から爆発するような熱風が吹き付けてきて、一気に外へ弾き飛ばされる。

「久美子さん！」

倒れ込んだ私の腕を、操様が強く引いた。

私は首を捻《ひね》って振り返り、吠えるように燃え盛る火の塊を呆然と見つめる。

「……助かった」

操様のつぶやきが、遠くくぐもって聞こえた。

その中で、私は赤い光に照らされた操様の横顔を眺める。

――操様は、気づいていたのだろう。

私の父は、視力の低下により研究所を辞めた。

父は、研究所に勤めていた頃、深酒をすることが多く、私はそれを案じていた。

あのとき、私はお酒を飲み続ける父を見て、止めたいと願っていたはずだ。強く、念じるように。

飲料用のアルコール、つまりエチルアルコールから炭素を抜けば――失明の原因となるメチルアルコールになる。

おそらく、操様は軍人から能力について説明を受けたときに、その可能性にも気づいたのだろう。だから私に伏せようとした。能力の説明に偽りを付け加えて私が疑念を抱かないようにし、私が一人でいるときに能力を使って気づいてしまわないよう、私を側に居続けさせた。

――私に、父を死に追い込んだのが私自身なのだと気づかせないために。

「久美子さん」

操様が私の手を握った。

私は、操様を向く。

「操様」

呼びかける声が震えた。

「……私は、操様のお側にいたいです」

「そうよ、ずっといて」

間を置かぬ答えに、私はきつく目をつむる。ああ、本当にそうできたら、どれほどいいだろう。

操様と、二人で書物を読み、関心の赴くままに語らい合い、思索に耽《ふけ》る。

未来など存在しない場所で、並んで眠る。

そんな日々が、永遠に続けば。

私はゆっくりと息を吐き、まぶたを上げた。

「けれど、私はまた能力を使ってしまったんです。能力者は、他の能力者が力を使うとそれを感じ取ることができるのでしょう？」

もはや隠し通すことはできないのだ。

そして私は、もう一時でも操様に罪を着せたくはない。

「海軍が来たら、調べてもらいましょう」

「久美子さん！」

操様が慌てた声を出した。

「何を言っているの。そんなことをしたら……」

「大丈夫です」

私は目を閉じて、意識を高めていく。黄色い煙が脳裏に浮かんだ。以前は、認識することはできても意味が理解できなかった、そのあまりに細かな原子の動き。

私はもう、どうすればこの力を使えるのかわかる。

そして——どうすれば、使わずにいられるのかも。

「私は、海軍を欺いてみせます」

操様が息を呑む音が聞こえた。

許されないことなのだろう、と私は思う。私が力なんて使わなければ、父が目を患うことはなかった。私は、いくつもの命を奪った。

おそらく、力が証明されたとしても、現代の法律において罪に問われることはないのだろう。だが、真実を告げた上で免罪されることと、真実を隠すことは違う。

それでも私は、真実を告げない。

操様は、安堵していいのか不安を抱いていいのかわからないような、複雑な表情をした。私も、泣きたくなりながら微笑んでしまう。

——どちらにしても、私が一生操様にお仕えすることはかなわない。

本当は、操様もわかっているのだろう。——だからこそ、こうなってもなお、能力者だという疑いを引き受けようとしているのかもしれない。

疑いが晴れれば、じきに操様には縁談が持ち上がる。そうなれば私だって、いつまでも三条家に奉公し続けるわけにはいかなくなる。

年頃になれば、どこかへ嫁ぐ。

離れた場所で、誰かの妻や母になる。

それは、あまりに当たり前に決められたことだ。

なぜなら、私たちは——女なのだから。

私は、繋がれた手を見下ろした。

ずっと逃れたいと思い、振り払おうとしていた手——操様が望みさえすればすぐにでも離せるにもかかわらず、決してほどこうとはしなかった手。

私は、その手を握り返す。

せめて、引き離される日まで。

ピクニック

一穂《いちほ》ミチ

2007年「小説ディアプラス」ナツ号に「雪よ林檎の香《か》のごとく」が掲載されてデビュー。劇場アニメ化もされた『イエスかノーか半分か』はじめボーイズラブ小説で高い人気を得たのに安住せず、過去から来た従姉との共同生活を描くＳＦ的青春小説『きょうの日はさようなら』などで幅広い世界を展開しつつある。本編を含む短編集『スモールワールズ』は、家族や人間関係における悔いや再生を描いて心ゆさぶる作品群となっている。（Ｓ）

きょうは、待ちに待ったピクニックの日です。母と、娘と、その夫と、夫の両親、それから、半年前に生まれたばかりの、娘夫婦の赤ちゃん。陽当《ひあ》たりのいい芝生《しばふ》の公園はすこし風が強くて、レジャーシートがはためいたり、お茶に葉っぱが浮くかもしれません。でもそれだってきっと楽しい思い出になるはずです。赤ん坊が大きくなったら笑い話として聞かせてあげられるエピソードに。この一家が何を乗り越えてきたかについても、いつかこの子に話すのでしょうか。

母は希和子《きわこ》といい、その娘は瑛里子《えりこ》という名前でした。希和子の夫は早くに亡くなっていましたが、十分な財産を遺してくれたので、瑛里子は特に不自由もなく大学を卒業し、就職先の地方銀行で三歳年上の裕之《ひろゆき》と出会い、五年後、結婚することになります。亡夫の写真とともに出席した披露宴の席で希和子は何度も涙を拭いました。そこには、夫に先立たれてからの四半世紀、女手ひとつで娘を育て上げたという感慨だけでなく寂しさも多分に含まれていましたが、娘夫婦は希和子の家の近所に新居を構えたのでひんぱんに交流を持つことができました。「お義母《かあ》さんがひとりぼっちになったら瑛里子さんも心配でしょうから」と言ってくれた裕之に希和子は深く感謝し、決して出しゃばらず節度を保《たも》ったつき合いを心がけました。一年半後、夫婦の間には娘が生まれました。

産院で初孫を抱かせてもらった希和子は、今度こそ純度百パーセントの喜びの涙を流しました。娘と、優しい娘婿《むすめむこ》と、かわいい孫娘。しっとりと温かな新生児の重みに、生まれたての瑛里子を抱いた時を思い出します。あの瞬間の、爆発的かつ圧倒的ないとおしさとは違う、つま先からひたひた潮《しお》が満ちるような幸福感。この小さな生き物が、確かにわたしの娘、そしてわたしや死んだ夫とつながっている。光り輝く糸を小指に結んでもらった気分でした。どうか切れませんように、できるだけ長く、この糸を握っていられますように。乳首をくわえるのがやっとの小さな唇がむにゃむにゃ動くと、まだ歯も生えていない口腔《こうこう》は滑《なめ》らかな桃色で、ピンクの宇宙を覗き込んだみたい、と思いました。本当に、何てかわいいの。

かわいい、かわいい、と感激する希和子に娘は「そう？」と産後のやつれが痛々しい（それでいてすがしい美しさを漂わせた）笑顔を向けました。

——老《ふ》け顔じゃない？　老人産んだのかなって思っちゃった。

——何言ってるのよ。今は疲れてるのね、これからどんどんかわいくなるわよ。

——口元とか、お父さんに似てない？

瑛里子が、写真でしか知らない父親に言及すると、そんな気もするしそうでもない気もしましたが、娘がそんなふうに言ってくれたことがありがたいと思いました。

——わたし、この子のためならいつでも死ねる。

——お母さんやめてよ、縁起《えんぎ》でもない。

——本当よ。

たとえば今、暴漢が押し入ってきて「赤子を助けたければここから飛び降りろ」と命じたなら、わたしはこの七階の窓からためらいなく身を投げてみせる、いえ、いっそ誰か要求してほしい。この子に対するわたしの愛を身をもって証明させてほしい。希和子は真剣に考えました。無意識の予感めいたものがあったのでしょうか。今、このひとときが幸福の頂点だと。観覧車の、束の間のてっぺんです。着いたと思った瞬間から残りの半周に向かって傾いてしまう、だったらここで自分の時間を止めてしまいたい——ひょっとすると希和子は、そんなふうに願っていたのかもしれません。

赤ん坊は希和子から一文字取って未希《みき》と名づけられました。瑛里子は産後の身体を労りつつ、産院で生まれて初めての子育てに臨みました。ついこの間、膨らみきった腹を撫でながら「大変だろうね」と夫婦で話し合ったばかりで、希和子からも「お産っていうのは、産む時も産んだ後も、本当に何があるか分からないからね」と言い聞かされていました。どんなに医療が進歩しても母親の大変さは変わらない、とも。

瑛里子は楽天家ではありません。しかし、心のどこかに「そうはいっても」という気持ちがあったのは確かです。わたしはこれまでの人生で大きな失敗をした経験がない。受験、就職、結婚、と「普通」のレベルをクリアしてきた。自分がとりわけ恵まれていたとも、頑張ったとも思わない。求められることにその都度「普通」の努力で応えてきたからだ。そういうこれまでの道のりが「出産及び新生児の育児」でもなだらかに続いていくと信じていた節がありました。

育児は大変、そうはいっても、動物の赤子が誰に教わらずとも生まれてすぐ乳を求めて這《は》うように、自分が産んだ子も「本能で」「自動的に」、生きるに最適な道を選ぶだろうと漠然と思い描いていたので、まだ赤剝《あかむ》けた小猿同然の未希をぎこちなく抱き、初乳を含ませようとした瞬間、ふいっと顔を背《そむ》けられて面食らいました。え、ここから？　そんな感じです。瑛里子が想定していたのは夜泣きがひどいとか、断乳やトイレトレーニングがうまくいかないとかであって、長いマラソンのスタートを切った一歩目からこのようにつまずくとは思ってもみませんでした。乳首をあてがう角度や抱き方を何度変えても、未希は唇に触れる異物を生命維持の必需品とはみなさず、まだ据《す》わっていない首をぐりんぐりん背けながらも空腹を訴えて泣くのです。

——あらあら、ちょっと吸いづらいのかもね、カバーつけてみましょうか。

見かねた看護師がシリコンでできたニップルシールドを乳首に装着します。すると未希はようやく吸引を始めてくれました。

——あ、ちゃんと吸えてますねー、よかった。これすごく便利ですよ。授乳してるとどうしても乳首が傷だらけになっちゃうし、保護のためにもね。

わたしも自分の子の時は痛くて泣いてたわー、と朗《ほが》らかに話す看護師の声は半《なか》ばから瑛里子に届いていませんでした。赤子のためだけに、産後の消耗した肉体がオーダーメイドで生産した栄養源を拒まれ、吸い口を、カバーでいわば「矯正」されたのがショックでした。人に話せば、何だそんなことでと笑われるかもしれません。でも瑛里子にとっては、何ヵ月も腹の中で養い、ようやく会えた我が子にいきなり駄目出しをされたように感じられたのです。しかも、乳首の形状など瑛里子の努力でどうにかなる問題ではありません。

その晩、個室のベッドに横たわり、希和子にＬＩＮＥを送りました。『おっぱい、うまく吸ってくれなかった』と。希和子からはすぐに返信がありました。

『最初はみんなそんなもの。目を酷使するのは良くないみたいだから、早く寝なさいね』

未希に拒絶されたと感じたことや乳首にカバーを被《かぶ》せられた時の何とも言えない羞恥と屈辱、そんな本心までは打ち明けられませんでしたが、母の優しい言葉で気が緩み、すこし泣きました。わたしはお母さんになったけど、お母さんの娘であることはやめなくていいんだ、そんな当たり前のことが嬉しかったのでしょう。うちに帰りたい、と思いました。授乳室でよその子と比べてしまったり、看護師にいちいち気を遣うのは疲れる。お母さんに助けてもらいながら自宅で身体を休めたい。早く未希と一緒に帰れますように。消灯後の暗い部屋で両方の目尻からこめかみに流れ落ちる涙を拭い、瑛里子はそう願いました。

出産から一週間後に母子は退院し、いよいよ家庭での子育てが始まりました。タクシーで家に帰り着くと、瑛里子はすでに玄関先にうずくまってしまいたいほど疲れていました。未希は依然、裸の乳首から母乳を飲もうとはしませんでしたし、そもそも乳の出自体が非常に悪く、母乳マッサージという名目で施される処置は拷問《ごうもん》にしか思えないものでした。縫合した会陰がじくじくと疼《うず》く中、細切れの授乳と激痛を伴うマッサージ、沐浴《もくよく》指導やらのカリキュラムで、出産のダメージが癒《い》えたと感じる瞬間は一秒もなく、見舞いに訪れた夫があれこれと話しかけてきても相槌さえままならない状態でした。

そういう状況が、家に帰れたからといって劇的に改善するはずもなく、瑛里子はゾンビのようにうつろな目で未希を抱き、眠気でどろどろになりながら世話をしなければなりませんでした。十回くらい絞ったあとの雑巾《ぞうきん》みたいに供給の乏《とぼ》しいおっぱい（カバー付き）とミルクをどうにかこうにか飲ませれば、ひと息つく間もなくこぽっと吐き出してしまう、げっぷをしない、寝ない……赤ん坊はすべてのストレスを泣き声で表現し、その響きは瑛里子の淀《よど》んだ頭を容赦《ようしゃ》なくかき回してくるのでした。

まだ、この世の仕組みなど何も知らない生き物に、四六時中ジャッジされている気がしました。未希の泣く声が「アウト」の判定です。容姿でも性格や頭脳でもなく、「母親」という漠然とした、しかし根源的な能力について。

希和子は、極力余計なことは言わず、女中のようにそっと控えて家事と瑛里子のケアに努《つと》めました。完母《かんぼ》じゃなきゃ駄目よ、というような、娘を追い詰める口出しはいっさいせず、黙々と主婦の役割を果たします。家にやってきた保健師は、そんな希和子を褒《ほ》め称《たた》えました。

——家の中、きれいに片付いてますね。お母さまが？　よかった、やっぱり実母さんのフォローがあるといいですよね。全然違いますよねえ。

単なる世間話の一環に過ぎません。でも、ざらつき、毛羽立った瑛里子の精神はその言葉をまっすぐに受け止めることができませんでした。あなたは恵まれていていいわね、と言外に匂わされた気がしました。

——わたし、あの人好きじゃない。

——保健師さん？　感じのいい人だったけど……。

——お母さまお母さまって、ありがたく思えみたいな、赤の他人が押しつけがましい。未希の体重が増えてないのだって「う〜ん……」ってわざとらしく小首傾げて。

考えすぎよ、と希和子は娘を宥めました。

——そんなふうに、何でも悪く取るとますます疲れるよ。未希みたいに小食な赤ちゃんなんていくらでもいるんだから、向こうもそれは分かってるでしょ。

——わたしはどうだった？

瑛里子が希和子に尋ねます。

——わたしもなかなかおっぱい飲まなかった？　寝つきが悪かった？

——ううん、瑛里子は全然そんなことなかった。あなたはとても育てやすかった。

希和子が正直に答えると、瑛里子は「何よ」と怒り出しました。

——じゃあ、何を根拠に「いくらでもいる」なんて言うの。お母さんだって知らないんじゃない。

そして、和室に敷きっぱなしのふとんにぐったり横になると、途端に未希が泣き出しました。瑛里子は沼から這い出るような動作で起き上がり、呻きに近い声で「はいはい」とつぶやきます。

——分かってる、分かってるから泣かないでよ……。


聞いたことのない声色に希和子は危ういものを感じ「お母さんがやるから」と言いました。

——ちょっと休みなさい。

——いいの。自分でやるから。ちゃんとやるから。

——瑛里子。

——掃除だって洗濯だってごはんだってお母さんにやってもらってるんだから。わたしは育児に専念させてもらってるんだから、恵まれてるんだから、甘えてばっかりいないで育児くらいちゃんとやらないと駄目でしょ？　そうなんでしょ？

——誰もそんなこと言ってないでしょう。

——でも思ってる！　みんな思ってるんだよ！

みんなって、どこの誰よ。希和子の反論は、瑛里子の涙を前に引っ込みました。今、理屈で説《と》いてみたってこの子はすこしも楽にならない。瑛里子はだらだらと涙を流しながら未希を抱っこし、ミルクを作るため台所に向かいます。疲れ果てて泣いていても、うんざりするほどの反復によって培われた一連の動作は迷いなく、プログラムされたロボットのようでした。

自分の時より大変な気がするわ、と希和子は内心でため息をつきました。わたしは幸いおっぱいがふんだんに出たし、瑛里子もごくごく健やかに飲んで新生児の頃からたっぷり眠ってくれて……もう、昔の話だからだろうか、あまりよく覚えていない。ひょっとすると瑛里子同様にめそめそ泣いていたのに、いいところだけが記憶に残っているのかも。古いアルバムを引っ張り出し、めくってみると、色《いろ》褪《あ》せた写真の中の娘はごきげんな笑顔ばかりを見せてくれています。まあ、泣き喚いてる最中にカメラを構える余裕なんてないから、あてにならないわね。幼い瑛里子は、よくお人形を抱えていました。当時のお気に入りだったのでしょう、長いまつげが植わったまぶたをぱちぱち開閉させる、赤ん坊の人形です。ああ、そうだ、まだまだ赤ちゃんに近い瑛里子が赤ちゃんの人形を抱いて「いいこ、いいこ」「ねんねよ」なんてお母さんぶるのがかわいらしかった。あの人形、どこへやったかしら。

さて、夫の裕之です。温厚で真面目《まじめ》で、周囲の誰に尋ねても悪い評判というのは聞こえてこない人ですが、育児に関しては、多くの男性が陥《おちい》りがちな当事者意識の低さという欠点がありました。手伝えることがあったら言ってね、赤ちゃんが泣くのは当たり前だからうるさがったりしないよ、僕に気兼ねせずどんどんお義母さんに頼ったらいい……両親学級にも参加していたのに万事がそんな調子で、瑛里子が「そういうことじゃないんだけど」と抗議しても「育児疲れで気が立ってるんだね、かわいそうに」と悲しそうな顔をするだけ。栄養も睡眠時間も赤子に吸い取られている状態で頭がうまく働かない瑛里子は、理論立てて反論することができません。まずは自分が元気にならないと、この人の教育どころじゃない。

夫婦の雲行きが怪しくなってきた矢先、裕之に急な異動の辞令が下ります。他県の支店で欠員が出て、早急に補充をしなければ、とのことでした。

——一年くらいで戻ってこられるって。

隣県とはいえ、片道二時間以上はかかります。「しばらく単身赴任になるけど週末には帰るし、こっちの心配はしなくていいから」と平然と話す夫に瑛里子は怒りを爆発させました。

——何で今、あなたが行かなきゃならないの？　何が「こっちの心配」よ、新生児の父親だって自覚ある？

——だから、今ならしばらく離れても、寂しかったって記憶に残らずにすむだろ？　嫁が専業主婦なのに、子どもを理由に断れないよ。

——信じられない。今だって何もしてないくせに、未希をわたしに丸投げする気？

——瑛里だってワンオペじゃないだろ、お義母さんに上げ膳据《ぜんす》え膳してもらって……。

——わたしが優雅に暮らしてるように見えるの⁉

交際時期を含めても初めての大喧嘩に発展し、瑛里子は憤然と母親に訴えました。

——異動なんか、裕之さんじゃなくてもいいはずなの。きっと自分から手を挙げたのよ。僕行きますよって。そういうところがあるの。先回りして過剰にご機嫌取っちゃうの。お母さんの近くに住もうって言い出したのも、未希の名づけだって。

ああ、またこの子は悪いほうに考えてしまっている。希和子は戸惑いつつ「サラリーマンなんだから」と取りなしました。

——上の人に言われたら逆らえないっていうのが普通じゃないの。

——お母さんは働いたことないでしょ。

瑛里子はぴしゃりと撥《は》ねつけます。

——お父さんだって、サラリーマンじゃなかったし。

瑛里子の言うとおり、亡くなった夫は開業医で、短大を出てすぐ見合いで結婚した希和子には社会人経験がありません。娘の気持ちには寄り添ってやりたい、でも一緒になって裕之を非難するのも違う……夫婦の間をうまく取り持てずまごまごしているうちに、裕之はさっさと赴任先に行ってしまいました。

しかし、この程度の不和は「乗り越えてきたこと」ではありません。時間が解決してくれる問題でした。未希の発育が徐々に安定し、ご機嫌な時にはミルクで煮含めたような頬をむっちりと盛り上げ笑う時間が増えると、瑛里子の精神状態も比例して落ち着きを取り戻していきました。もちろん手が離せないことに変わりはないのですが、小さいくせにはちきれそうな指をちょんちょんとつつき、こんなかわいい生き物がこの世にいるのかという感動に浸れるようになると、未希の動画をせっせと裕之に送り、散歩に出かけて同じような月齢の子を抱いた新米ママと情報交換する余裕も出てきました。半死半生だったのはものの数ヵ月、そのさなかにいる時は永遠に明けない夜の底をさまよっている心地でしたが、いざ光が射《さ》してくるととても呆気《あっけ》なく思えました。

——わたし、やばかったよね。

頻度は減ったものの、定期的に通って家事を手伝ってくれる希和子にそう言うと「仕方ないわよ」と笑ってくれました。

——未希が大きくなって子どもを産んだら、今度はあなたがサポートする番だからね。

——そんなの、まだまだ先の話でしょ。

——そう思ってたらね、あっという間にきちゃうのよ。

そうかも、と瑛里子は思いました。かわいい時期も生意気な時期も、後から振り返れば一瞬の出来事に変わるのかもしれない。まだひとりで立つこともできないこの子と過ごせる時間なんて、本当に束の間。そう思うと未希へのいとおしさが迸《ほとばし》るほど激しくこみ上げてきます。何があっても絶対にママが守ってあげる。幸せにしてあげる。自分の血肉で養った子の、ずしりとした重みは瑛里子の幸福そのものでした。

未希が、生後十ヵ月を迎えた頃の話です。

——たまには裕之さんのところに行ってあげたら?

希和子がそんな提案をしました。

——掃除とか洗濯とか、男の人じゃ行き届かない部分もあるでしょ。未希はわたしがこっちに泊まって面倒見るから。

瑛里子はすこしためらいましたが、未希は祖母にあやされるといつもご機嫌でしたし、裕之に打診したところ大喜びで「おいでよ」と言うので、産後初めて、娘と離れひとりで出かけることにしました。子どももマザーズバッグも抱えていない身体は軽く、その身軽さが心地よい反面、ふらふらと風に流されていきそうな心許《こころもと》なさもあります。わたしが未希をつなぎ止めてるんじゃなく、あの子がわたしを地上に留《とど》めてくれてるんだ。大事な臓器を置き去りに出歩いているような不安は、しかし夫のマンションに着き、あれこれ小言を言いながら洗濯機を回し、掃除機をかけているうちに薄れていきました。

——瑛里、ごめん、友達とか大学の先輩にいろいろ話聞いて、自分が全然瑛里にも未希にも向き合えてなかったのが分かった。

——わたしも、話し合う余裕なくて、すぐキレてばっかでごめん。

ふたりきりだと素直に労り合うことができ、未希が生まれてからわだかまっていたしこりが解けていくのを感じて瑛里子はほっとしました。

久しぶりに夫婦水入らずで過ごした翌日、お昼過ぎのことです。

——あ、お母さんから電話。羽伸ばしすぎて、いつ帰ってくるんだって怒ってるのかも。

——お義母さんに限ってそれはないだろ。

軽口を叩きながら「もしもし」と出ると、母親のふるえる声が聞こえました。

——未希が動かないの。


そこから、どんなやり取りをしたのか瑛里子は覚えていません。気づいたら裕之とふたりで地元の病院にいて、子ども用の小さなベッドで未希が眠っていました。床では希和子が泣き崩れています。

——未希ちゃん、未希ちゃん、ごめんね。

この子は眠ってるんじゃない、眠ったように死んでいるんだ。でもどうして？　わたしがひと晩も家を空けてしまったから？　裕くんに優しくできなかったから？　おっぱいの出が悪かったから？　拳を握ると、固い芯《しん》のようなものがありました。菜箸《さいばし》です。裕之のためにおかずの作り置きをしている最中に電話が鳴ったからです。ゆるゆると手を開くと、ひと組の棒切れはかちゃっと床に落ちました。滑《すべ》り止めの溝が入った、夫が百均かどこかで買ったであろうありふれた菜箸、それが足元に転がっているのを見下ろし、瑛里子はこれが紛《まぎ》れもない現実だと認識しました。未希が、わたしの娘が死んでしまって、もう帰ってこない。

声は出ませんでした。手足を引きちぎられたような絶叫は自分の腹の中だけに響き、瑛里子は両手で耳をふさぎ、頭を抱えてしゃがみ込みました。うう、ううう、と洩れる獣《けもの》じみた唸り声が陣痛の時と同じだと思いました。あの時は、未希を産むため。じゃあ今は？　何のために苦しみ、何のために夫はわたしの背中をさすっているの。

混乱がすこしも収まっていないのに、病室のドアが開き、白衣の男が顔を出します。

——お父さんとお母さん、ちょっとこちらに。

父が生きていれば同じくらいの年でしょうか、小児科医だというその医師は「この度は……」というお悔《く》やみもそこそこに、まくし立てるように話し始めました。

——未希ちゃんの死因ですが、急性硬膜下血腫《きゅうせいこうまくかけっしゅ》、要するに頭に衝撃が加わって、内部に出血が起き、血の塊《かたまり》が脳を圧迫したためです。ここに運ばれてきた時にはまだ自発呼吸がありましたが、間もなく息を引き取られました。お祖母《ばあ》さんからは、にわか雨が降ってきて、ベランダに干していた洗濯物を取り込んでいる間に未希ちゃんが転んだ、と説明を受けていますが、ご両親は現場にいなかったんですよね？

「現場」という言葉に眉をひそめながら、裕之が「はい」

と答えます。

——単身赴任中で、きのうから妻はわたしのところに来てくれていました。

今度は医師が眉をひそめます。瑛里子の目には「赤ん坊を置いて泊まりがけで出掛けるなんて、ひどい母親だ」と言いたげに見えました。

——以前にもこういったことはありましたか？

——は？

——ですから、未希ちゃんが不審な怪我《けが》をしていたりだとか……。

——不審って、どういう意味ですか。

裕之が思わず声を荒らげると、医師の目つきはますます厳しいものになります。

——未希ちゃんのケースは虐待の疑いがあります。病院の義務として警察に通報しましたので、いずれご両親からも事情を伺うことになるでしょう。ご遺体は、司法解剖に回されます。

幼い我が子が突然死んだ、その事実さえまだ受け止めきれないでいるのに、次々放たれる二の矢、三の矢は瑛里子の心臓をまっすぐに貫《つらぬ》き、夫の抗議も、病室から洩れ聞こえる母のすすり泣きも、その風穴を通り抜けていくばかりで瑛里子に何の感情も呼び起こしませんでした。

医師の予告どおり、翌日には地元の警察に呼ばれ、育児のこと、家族関係のことをねちっこく尋ねられました。聴取に一番時間がかかったのは、当然というべきか、死んだ子の祖母である希和子です。希和子が娘夫婦に語った説明はこうです。

——未希が朝の五時ごろ目を覚まして、おもちゃで遊び始めたの。とてもはしゃいで、でも公園に連れ出そうかと思った十時ごろにはまた眠たそうにぐずっていたから、和室にふとんを敷いて寝かせた。わたしも側で本を読みながら見ていたんだけど、雨がぱらぱらっと降り出してきて、慌ててベランダの洗濯物を取り込んで部屋に戻ると、未希が仰向けのまま痙攣《けいれん》していた。抱き上げればいいのか、それとも触らないほうがいいのか分からなくて、家にあった子ども用の救急の手引きをめくっているうちに未希が動かなくなったから、動転したまま瑛里子に電話をかけたの。

未希は、つかまり立ちができるようになっていました。希和子がベランダにいる間に目を覚まし、ベビーサークルの柵《さく》に手を掛けて立ち上がったものの、バランスを崩して後ろ向きに転び、頭を強く打った——それが希和子の推測です。その瞬間を見ていないので推測でしかありませんが、希和子には他に考えられませんでした。

けれど、警察は違います。「固い床じゃないんですよ」と執拗に希和子に絡みました。

——畳の上の、さらにふとんの上。そんな柔らかいところで、身長七十センチそこそこの赤ちゃんが転んだからって、死ぬような怪我をすると思いますか？　実際、頭部には目立った外傷はないんですよ。

——そんなの、分かるわけありません。どうしてわたしにそんなことを訊くんですか？

——お祖母さん、ＳＢＳって知ってますか？　ＳＢＳ。えす、びー、えす、と、幼児に嚙んで含めるような物言いが不快でした。まだ還暦にも届かない自分が、赤の他人から「お祖母さん」呼ばわりされるのも。

——知りません。

——乳幼児揺さぶられ症候群、ですよ。読んで字の如《ごと》く、赤ちゃんを強く揺さぶることによって頭蓋《ずがい》内や眼底に出血が生じ、重篤な障害や死亡につながる。今回、未希ちゃんのケースはそれに該当するんじゃないかと懸念して、病院の先生は我々に連絡くださったわけでして。

——わたしが未希に何かしたっていうんですか？　ありえません。


「事情聴取」と「取り調べ」の違いって何だろう。たびたび警察に呼ばれ、同じことを訊かれ、同じことを言わされ、同じ日を繰り返しているかのような錯覚《さっかく》すら覚えながら希和子は考えました。あの日以来、瑛里子とは顔を合わせていません。一週間後に『未希のお葬式終わりました』というＬＩＮＥが届き、まる一日考えて『はい』と返すのが精いっぱいでした。弔《とむら》いに呼ばれもしなかった、でも当たり前だ。瑛里子と裕之さんに謝りたい。何百回でも地べたに額《ひたい》を擦《こす》りつけ、自分の不注意を詫《わ》びたい。わたしが目を離さなければ、「裕之さんのところに行けば」と勧めたりしなければ、こんなことにはならなかった。どうしてわたしの命と引き換えられないの。未希の愛くるしい写真やムービー、『枇杷《びわ》が安かったから買って冷蔵庫に入れてあります』というような日常のやり取り、それらは一日のうちに暗転し、二度と明るくなることはありません。

一方の瑛里子も、現実についていけないまま、ただ過ぎていく日々にぷかぷかと押し流されて暮らしていました。母が目の前にいたら、責める時もあったでしょう。どうしてちゃんと見ていてくれなかったの、と詰《なじ》り、泣いたでしょう。でも、激しい感情の波も、いつかは時間の作用で凪《な》ぎ（何年かかるか分かりませんが）、悲しみと後悔を胸の底にひっそり湛《たた》えて未希のいない生活を営んでいくはずでした。その波を、警察という第三者が現れてばしゃばしゃ乱すものだからどうすればいいのか分かりません。急きょ単身赴任を解かれて戻ってきた裕之とふたり、泣き声も笑い声も絶えた家でほとんど口もきかずに過ごしました。

未希の死から一ヵ月後、五、六人の警察官が朝から瑛里子のマンションに踏み込んできました。家宅捜索、という仰々しい用件を告げられた時、思わず半笑いで「え、何のために？」と訊いてしまいました。家宅捜索って、麻薬とか殺人事件の凶器を探す時にするものでしょう？　こんな、ありふれた一般家庭のどこで何を探すつもり？　瑛里子の困惑をよそに、彼らは未希が使っていたふとんや服、瑛里子の育児日記や母子手帳に至るまで次々に押収していきました。「それは娘の形見です」と夫婦でどんなに懇願しても「捜査が終了したら返却します」と繰り返すばかり。瑛里子はたまらず、希和子に電話をかけました。

——お母さん？　今、うちに警察の人が……。

——うちもなの。

希和子の強張《こわば》った声が聞こえます。

——こっちにある未希の着替えとかおもちゃとか、持っていかれて……瑛里子、お母さん、捕まるの？　何もしてないのに、全然話を聞いてくれないの。

母の縋《すが》りつくような問いに「そんなわけない」と返すのがやっとでした。何をどう調べたところで、未希が虐待を受けたなんて結論にはならない、だってお母さんがそんなことをするはずがないんだから。

その翌日から瑛里子と裕之は、未希と離れていた週末の二日間についてこれまでよりいっそうしつこく聴かれました。わたしも疑われてるんだ、と気づいた時、ぞっとしました。そういえば、「産後うつだったそうですね」と何度も念を押された。未希に暴力を振るって死なせたのはわたしで、口裏を合わせてお母さんが庇《かば》ってると思われている……。幸い、裕之が単身赴任をしていたマンションの管理人が瑛里子の顔を覚えていて、夫婦のアリバイは守られました。そして、疑惑の目はいよいよ未希とふたりきりだった希和子に集中します。希和子の証言以外に未希の状況を裏づけるものはなく、その希和子にしても、決定的な場面を見てはいないと言うのですから。

希和子が過失致死容疑で逮捕されたのは、一日だけ真夏に巻き戻ったような、とても暑い十月の平日でした。悪い予感が的中したわけです。夕方のニュースで「十ヵ月女児死亡で実の祖母を逮捕」というテロップとともに周囲をモザイクでぼかされた実家の映像が流れると、瑛里子はわたしみたいだ、と思いました。何もかもが歪んでぼんやりして、どこに進んでいけばいいのか分からない。いつも助けてくれたお母さんがいない。

取調室では、事情聴取の時と概《おおむ》ね同じような質問が、ずっと高圧的に激しく繰り返されました。警察の主張は、未希が泣きやまなかったとか粗相をしたとか、とにかく希和子をいらいらさせたため、かっとなって頭部に何らかの衝撃を与えた——そのシナリオに沿った供述を求められているのは明白でした。番号で呼ばれること、固いふとんで眠れぬ夜を過ごすこと、四六時中監視の目に晒されることももちろんでしたが、何よりつらかったのは、彼らが「虐待を許さない」という真っ当な怒りでもって希和子を糾弾《きゅうだん》することでした。

——たった十ヵ月で、かわいい盛りに死んでしまって……この子の無念を、絶対に晴らしてやる。

決意を語って涙ぐむ時さえあり、机を挟んで向かい合った希和子は、この刑事さんの目にわたしはどれだけ恐ろしい鬼畜に映っているんだろうと愕然としました。我が子に食事を与えない親や、殴ったり蹴ったりして痛めつける親と同じだと思っている。姉から差し入れられたスウェットのズボンの上でふるえる手を握りしめ、希和子は必死で抗弁しました。

——未希が死んでしまったのは、確かにわたしの過失です。未希と娘夫婦には詫《わ》びても詫び切れません。でも、故意に未希を死なせたなんてことは絶対にありません。認めてしまえば、それこそ未希に顔向けできない。

——いけしゃあしゃあと孫の名前を持ち出すなっ‼

今まで、男性から至近距離で怒鳴られた経験のない希和子にとって、殺気立った密室は恐怖の箱でしかありませんでした。この人たちに何を言っても無駄だ、ならばいっそ、おとなしくお望みどおりの供述をすればいいんだろうか、法廷で裁判官に訴えたほうが話が通じるんじゃないだろうか、でも、一度起訴されてしまえば九十パーセント以上の確率で有罪判決が出ると聞いたことがある……。

葛藤《かっとう》する希和子に、刑事がこう切り出しました。

——あんた、本当はもうひとり娘がいたんだってな。真《ま》希《き》ちゃん、だっけ?

真希。その名前を聞いた瞬間、氷水をぶっかけられたように希和子の全身がかたかたとわななきました。刑事はそれを見て、舌なめずりせんばかりの表情になります。

——瑛里子さんの妹にあたる次女が生後六ヵ月で亡くなってる。未希ちゃんとそう変わらないね。死因は急性心不全、死亡診断書を書いたのはあんたの旦那。とっくに骨になって、司法解剖に回せないのが残念だよ。旦那は死んでるし、真相は藪《やぶ》の中だな。

——どういう意味ですか。

——とぼけるな。あんたの周りで似た月齢の赤ん坊がふたりも急死してる。自分でおかしいと思わないのか？　それに、瑛里子さんは真希ちゃんの存在すら知らなかった。驚いてたよ。仏壇に手を合わせることも、墓参りに行くこともなかったらしいな。

何て母親だよ、と吐き捨てられ、希和子は初めて「違います！」と大声で叫びました。

——真希のことは、つらすぎて話すこともできなかったんです。すやすや眠っていたはずなのにちょっと目を離したら動かなくなっていて、わたしは半狂乱で夫のいる診療所に駆け込んで、蘇生《そせい》処置をしてもらったけれどどうにもならなくて……。

——また、あんたしかいない状況で、寝ていたはずの子どもが勝手に死んでたって言いたいのか？　そんな話を誰が信じると思う？

——でも、本当なんです、本当にそうなんです……。

——怪しいのはそれだけじゃない、真希ちゃんの四十九日が過ぎて間もなく、旦那が急死してるだろう。飲酒運転で電柱に突っ込んだ自損事故……娘の死で自暴自棄になったとも考えられるし、単なる偶然かもしれない。あるいは、妻のために娘の病死を偽装したことへの良心の呵責《かしゃく》……。死人に口なしなのが悔しいね。

——そんな、ひどい……。

希和子は力なく机に突っ伏しました。目の前は真っ暗なのに、刑事が頭上から勝ち誇った視線を浴びせているのは分かりました。翌日、面会にやってきた娘はアクリル板越しにぎこちなく「身体の調子はどう？」「何か欲しいものはある？」などと質問を投げかけたのち、尋ねました。

——わたし、ずっとひとりっ子だと思ってたけど、妹がいたんだね。真希っていうんだってね。

——……ええ、そうよ。

——お母さん、前に言ってたよね。あなた「は」育てやすかったって。真希はそうじゃなかった？

瑛里子の言葉で、長い間蓋《ふた》をしてきた記憶がよみがえってきます。そう、真希は食が細くて神経質で始終ひんひんと泣いていた。未希にそっくりだった。長女の育児で得た経験値や自信が片《かた》っ端《ぱし》から覆《くつがえ》され、毎日必死で、ひと頃の瑛里子みたいに追い詰められていた。でも、半年経ってようやく落ち着いてきた、その矢先だった……。過去に浮遊していた心は、瑛里子の鋭い眼差しで現在に引き戻されます。

——どうして何も教えてくれなかったの？　死んじゃった家族のことずっと黙ってるなんて、おかしいよ。

——ごめんなさい。

——ねえ、どうして？　妹の写真どころか、お母さんから話さえ聞かせてもらったこともないよね。ひた隠しにしてた理由は何？

——思い出したくなかったの。

希和子は細い声を絞り出します。

——まだ全然立ち直れていない時期に、お父さんも交通事故で呆気なく死んでしまって、あなたを育てるのに一生懸命で。あの子のことを思い出してしまえば、また悲しみで身動きが取れなくなる、それが怖かったの。

——だからって……。

瑛里子の目の中に、わずかな疑念が浮かんでいました。少なくとも希和子にはそう見えました。「本当なの」と希和子は透明な板越しに訴えました。

——何もしてない、未希にも、真希にも……お願い瑛里子、お母さんを信じて。

仕切りの向こうで娘は目に涙を溜《た》め「どうして？」と繰り返します。

——疑ってるなんて言ってないのに、どうして「信じて」って言うの。

もういやだ。何が本当で嘘で真実なのか、分からなくなってしまった。この世界に未希がいないことだけが絶対で確実だなんて、耐えられない。面会を終えた瑛里子は、実家に直行しました。掃除や空気の入れ換えのために、伯母が通ってくる日だったからです。

——伯母さんも妹のこと知ってたんでしょ？　どうして黙ってたの？　お母さんに口止めされてたの？

開口一番問い詰めると、伯母は悲しげにかぶりを振りました。

——真希ちゃんが亡くなった後、あなたのお母さんは本当に廃人みたいになっちゃったんだよ。お通夜《つや》に行ったら、何も見えてないし聞こえてない、心がここにない、別人の希和子がいた。うちは子どもに恵まれなかったけど、失うのがこんなにつらいなら、いないほうが楽かもしれないとすら思った。怖かった。瑛里ちゃん、しばらくうちで過ごしたのを覚えてない？

――え？

――瑛里ちゃんはまだ二歳になったばかりだったから、無理もないね。抜け殻《がら》同然の希和子には任せておけなくて預かったのよ。二週間くらいだったかな？　ママに会いたいってあんまり泣くから希和子のところへ連れて行くと、あの子はまだふとんから起き上がれずにぼんやり天井を見上げるばっかりで、瑛里ちゃんの声にも反応しなかった。

でもね、と伯母は声を詰まらせ、目頭を押さえます。

――瑛里ちゃんが枕元に駆け寄って「ママ、いいこ、いいこ」ってにこにこしながら頭を撫でたの。そうしたら、希和子の目にすうっと生気が戻って、泣きながら瑛里ちゃんを抱きしめてた。あなたがいてくれなかったら、希和子は絶望したまま死んでいたかもしれない。それから少しずつ回復してはいったけど、真希ちゃんの話はいっさいしなくなって、またあんなふうになるのが心配で、わたしたちも触れられずにいたの。瑛里ちゃん、ごめんね。びっくりしたでしょう。でもこれだけは忘れないで。警察の人がどんなふうに伝えたのか知らないけど、希和子は真希ちゃんのことも、瑛里ちゃんのことも、本当に大切に思っているよ。


実家をあちこち探しましたが、やはり真希の存在を匂わせるものは写真一枚すらありませんでした。わたしなら、未希が生きていた証《あかし》をひとつ残らず処分するなんてできない。痕跡《こんせき》にさえ耐えられないほどの苦痛ってどんなもの？　裕之から「一卵性母子」とからかわれるくらいに仲がよく、瑛里子自身、自分の一番の理解者は母だと思っていましたが、同じような境遇に陥っても当時の母の心情を察するのは難しく、お母さんのことを何も分かってなかったのかもしれない、と考えずにはいられませんでした。

家に帰り、未希が最後に過ごした和室で座り込んでいると裕之が帰ってきました。真っ暗な家で放心している妻を見て「おいっ」と焦ります。

――あ、おかえりなさい、ちょっとぼーっとしてた。

――心臓に悪いよ。

――ごめんなさい。

あのね、と伯母の話を裕之にも教えようとすると、裕之が先に「あのさ」と口を開きました。

――うちの親が、一度お祓《はら》いしてもらったらどうだって。

――え？

——その、きのうの妹さんの話をしたら、家系でふたりもそういう死に方をする子どもが出るのはよくないねって。

——何言ってるの？

瑛里子の顔がみるみる険《けわ》しくなりました。

——裕くんのおうちの宗教とは関わり合いにならないって約束だったよね。

——そんな大げさなもんじゃなくて、ちょっと厄払い的な。両親も心配してるから。

——安心させるためにお祓い受けなきゃいけないの？　うちが呪《のろ》われてるとか祟《たた》られてるって言いたいの？

絶対にいや、とにべもなく拒絶すると裕之もむっとしたのか「冷たすぎないか」と気色ばみました。

——瑛里がいやがるから、父さんも母さんも極力接触控えてきただろ。未希にだって、数えるほどしか会えてなかったのに……孫が死んで悲しくて、何かしてやりたいって気持ちをちょっとは汲んでくれよ。

——何でこの状況であなたの両親に配慮しなきゃいけないのよ！　どこにそんな余裕があるの⁉　どうせお祓いなんて行ったら大勢待ち受けてて、洗脳みたいにして入信させられるんでしょ！

——そんなことしないって！　いい加減にしろよ。

——いい加減にしてほしいのはこっちよ！　結婚の挨拶に行った時からおかしなパンフ見せてきたじゃない。

——何でそんな昔のことを蒸《む》し返すんだ。済んだ話持ち出す癖《くせ》、ほんとやめてくれよ。

——済んだと思ってるの、あなただけだから！

そこからふたりは、激しい口論になりました。単身赴任の件で言い争った時よりずっとヒートアップし、互いの不満をぶちまけ合いました。パートナーへの攻撃というかたちであれ、自らを奮い立たせる儀式みたいなものが、双方に必要だったのでしょう。その諍いの中で、裕之が言いました。

——瑛里はいつも言いたい放題言うくせに、後から「生理前で気が立ってて」とか弁解するだろ、ずるいんだよ。反撃を考えていた頭が、不意に回転を止めます。そういえば、生理が来ていない。いつからだっけ？　いろんなことがありすぎて気にも留めなかった。いきなり黙りこくった瑛里子を、裕之が訝《いぶか》しげに見つめます。

——瑛里？

——何でもない、そういえば生理止まってるなって気づいただけ。たぶんストレスだと思う。ほら、結婚式の準備で忙しすぎた時もそうだったし。

――もし病気だったら怖いから、病院行きなよ。

口喧嘩はうやむやのまま終わりましたが、ふたりとも、ふしぎと後味の悪さは覚えませんでした。翌日、産婦人科を受診した瑛里子は妊娠を告げられます。

――おめでとうございます。

夫婦が最後に交わったのはいつだったか、考えるまでもありません。裕之のマンションを訪れた夜、未希が死ぬ前夜。わけも分からず奔流に呑《の》まれ、息継ぎさえままならない状態でもがいていた間にも、身体の中では新しい命が育っていた。「おめでとうございます」という言葉の温かな響きが時間差で胸に沁《し》みてくると、瑛里子は診察室で声を上げて泣きました。もう、自分の人生で二度と祝福の言葉など聞けない気がしていました。それを望むことさえ許されないだろうと。でも流れる涙は熱く、心臓も熱く、確かに瑛里子の全身が歓《よろこ》んでいました。

裕之に妊娠を伝えると、裕之も「そうか」と頷き、泣きました。

――そういえば、僕たち、未希の葬式の時にも泣いてないよね。

――そうだね。めまぐるしくて、この先どうなるか不安で、あの子をちゃんと送ってあげられなかった。

我が子を喪《うしな》った悲しみと静かに向き合う夜がようやく訪れました。ふたりは未希の思い出を語り、携帯に残った画像を見返しては涙を流しました。瑛里子にとっては、希和子の献身を振り返る作業でもありました。母がどんなに瑛里子に優しかったか、未希を慈《いつく》しんでくれていたか。涙は後から後から溢《あふ》れてきます。目の奥にきれいな泉が湧き、あらゆる濁りを洗い流してくれているようでした。瑛里子は、自分が最悪の時期を脱しようとしているのを感じていました。わたしにはやらなきゃいけないことがある、とも。

留置場に出向き、妊娠を告げると、希和子は「そう……」と途方に暮れたようにつぶやいたきり、目を伏せてしまいます。どう反応すればいいのか分からない、という迷いが、感情より先んじていました。自分に喜ぶ資格なんてあるのだろうか。

――「おめでとう」って言ってくれないの?

静かな声に顔を上げると、娘のやわらかな微笑がありました。未希を産んだ後と同じ美しさを感じ、希和子ははっとします。一方の瑛里子も、一連の出来事によってやつれた母の姿を、ようやくまともに認識することができました。髪の生え際は真っ白で、化粧っ気のない肌は不健康に青ざめ、大小のしわは顔じゅうに刻まれた無数の傷に見えました。希和子は特に美人ではありませんでしたが、いつも身ぎれいにしていて、外に出ない日も薄化粧をし、宅配の荷物を受け取る時にだってぼさぼさの頭で玄関先に出るようなまねはしませんでした。妙に聞こえるかもしれませんが、その時瑛里子の胸には母性のようなものが湧き上がりました。自分の母親に対して、です。お腹の子と同じく、わたしが守ってあげなきゃ死んでしまうかもしれない。死なせるわけにはいかない。そのためならわたしは、いくらでも強くなれる。

——お母さんは何も悪くない。

瑛里子はきっぱりと言い切りました。

——必ずここから出してあげるから、生まれてくる赤ちゃんを抱っこできるのを楽しみにしてて……わたしを信じて。

瘦《や》せこけてしぼんだ希和子の頰に、涙がすうっと伝い落ちました。それは自分が夫と共に流した涙と同じものだと瑛里子は思いました。アクリル板に隔《へだ》てられ、拭ってやることは叶《かな》わなかったので、片手を上げ、空中で頭を撫でる仕草をして慰めます。

いいこ、いいこ。

それから瑛里子は、夫の手も借りつつ猛然と情報収集を始めました。警察や搬送先の小児科医の言い分は必ずしも正しいとは言えず、乳幼児の事故死で「虐待」のレッテルを貼られてしまった親や保護者が自分たちの他にもいることを知ると、ＳＮＳを通じてあちこちにコンタクトを取りました。彼らは親身に耳を傾け、すぐに同様のケースを扱った経験のある弁護士や脳神経外科医を紹介してくれました。起訴される前にこちらから最大限働きかけたほうがいい、というのが経験者からのアドバイスでした。

——そもそも、ＳＢＳっていう概念自体が疑問符だらけなんですよ。

紹介された医師は、瑛里子に分かりやすく説明してくれました。

——いわゆる「三徴候」っていうのがありまして、硬膜下血腫、眼底出血、脳浮腫《のうふしゅ》、これらが見られる場合はＳＢＳを疑ったほうがいいと。そしてこの三徴候は、三メートルぐらいの高さから落ちない限り生じない、だから、第三者が人為的な力を加えた可能性が高いという基準があるんですが、百パーセントではありません。虐待の結果三徴候を示したからといって、三徴候のすべてが虐待の結果とは言えないわけです。赤ちゃんの頭蓋骨はとてもやわらかいので、畳やプレイマットの上で転倒しても乳幼児型急性硬膜下血腫に陥るケースは十分考えられます。アメリカでは、ＳＢＳ理論を基に虐待とみなされた刑事事件のうち約一割が起訴の取り下げや有罪判決の破棄などに至ったという報道もありますから。

　もちろん、子どもを故意に傷つけるような事件はあってはならないことで、加害者の責任は追及されるべきですし、加害を見逃さない細かな網の目は必要です。でも、その中で無実の人間が絡まり、苦しんでいるとしたら――彼らは保身に長《た》けた嘘つきでしょうか。それとも、無責任な不届き者でしょうか。子どもを育てていく中で、「あの時ああしていればよかった」という後悔が一瞬もない親はいるでしょうか。子どものちょっとした行いであわや、と蒼《そう》白《はく》になった経験のない親は？　子どもの成長というのは「たまたま無事でいてくれた」日々の積み重ねだと感じたことのない親は？

　うちの息子も小さい時はわんぱくで、とベテランの弁護士がしみじみと語りました。

――妻が何度肝を冷やしたか。家庭って、ある意味ブラックボックスですからね。外からは見えないし外に分かってもらうことも難しい。

　そのわんぱくだった息子は無事に成長し、父親と同じく弁護士になったそうです。未希はどんな大人になっただろうと想像するとまた瑛里子の胸は痛みましたが、痛みこそが瑛里子を突き動かす原動力でした。弁護士は希和子に供述の受け答えや被疑者ノートをつける際の注意点を具体的にレクチャーし、医師による二十ページ以上の意見書を検察に提出してくれました。そこには「当該患児は軽微な打《だ》撲《ぼく》によって硬膜下血腫を発症したものであり、虐待の可能性を否定するのが妥当である」と明記されています。

　わたしは、お母さんを「信じる」なんて言わない。瑛里子は自分自身に誓いました。お母さんは何もしていない、信じるまでもない事実だ。もし裁判になっても怖くない、何年かかろうがそれを証明してみせる。波に呑まれ、溺《おぼ》れて沈みかかっていた瑛里子が、今は潮目をじっと見極め、岸まで泳ぎ着こうとしていました。母とまだ見ぬ子、ふたりの命を抱えて。

　二十日の勾留《こうりゅう》期間が満了し、検察が下した判断は「不起訴」でした。「帰っていいですよ」と何の説明もなく、逮捕された時より不親切に、希和子は釈放されました。私物を持って留置場を出ると、瑛里子が待っていました。

——瑛里子、お母さん、もういいの？　もうあれこれ調べられなくていいの？　うちに帰っていいの？

まだ現状を把握できず、きょとんとしている母を、瑛里子がぎゅっと抱きしめます。

——うん、もう大丈夫だからね。

——瑛里ちゃん、ごめんなさい。

希和子の涙が瑛里子のカーディガンを濡らしました。

——お母さんのせいじゃないよ。

——違うの。昔、瑛里ちゃんが大事にしてたお人形を捨ててしまったの。真希だと思って抱き上げたら人形だった、そんな夢ばかり見て、つらくて……。何で今まで忘れてたんだろう、ごめんね。

——そんなこと、どうだっていいよ。

瑛里子はようやく母の涙を拭うことができました。

——おかえり、お母さん。

やがて生まれた赤ん坊は女の子で、真実《まみ》と名づけられました。真実《しんじつ》。いい名前ですね。お弁当を広げて、楽しそうなピクニックは続きます。公園で一番大きな欅《けやき》の枝に座り、わたしはみんなを見下ろしています。わたし——真希です。肉体こそありませんが、母と姉の側でずっとふたりを見守ってきました。容れ物がなくても中身は育つのです。親がなくても子が育つように。子がなくても親は育つのでしょうか？　生きるだけなら、できるみたいですね。母の希和子が何も悪くないことなど、わたしには最初から分かっていました。

あの日の出来事について、お話ししたいと思います。母が蓋をした記憶の、さらに二重底になって封印されている部分。

わたしは、ふとんの上に寝かされていました。急な通り雨に気づいた母が洗濯物を取り込むため、庭に出ます。すると、隣で眠っていた姉の瑛里子がぱちっと目を覚まし、わたしを見てにっこり笑いました。そしてよちよち立ち上がり、いつもお気に入りのお人形にするようにわたしを持ち上げようとしました。抱っこをしたかったんですね。わたしの頭を両手で持ち、すぐその重さに耐えきれず離してしまいます。ぽすん、とわたしの頭は敷きぶとんに落ちます。それが何度か繰り返されると、姉はバランスを崩してわたしの顔の真上に倒れ込みました。やわらかいお腹がわたしの鼻と口を塞《ふさ》ぎ、わたしは苦しさに短い手足をじたばたさせましたが、すぐに何も感じなくなりました。母が戻ってきたのは、それから間もなくです。

髪を振り乱して絶叫する母を父が必死に抑えるところを、わたしは天井の片隅から見ていました。

――お前は悪くない、瑛里子も悪くない。真希は病気だったんだ。病気で、突然心臓が停まってしまった。それだけだ。いいか、誰も、何も悪くない。忘れるんだ。

母の心はしばらく仮死状態に陥りましたが、姉のおかげで息を吹き返し、父が繰り返した言葉を真実と定めて再起動を始めました。残念ながら、父には優しい嘘を言い聞かせてくれる人がいなかったので、持ち重りのする秘密に耐えきれず、自滅のような死を迎えてしまいました。そのせいでしょうか、父の中身が、わたしのように地上に留まることなく遠くへ行ってしまったのは。あれはどこなんでしょうね。お父さんと話がしたかったのに。残された母の心の奥底に、父の声はますます深く強く刻まれました。誰も悪くない、真希は病気だった、忘れなくてはいけない。

そして、もうひとつの「あの日」。よく晴れた暑い夏の終わり、表ではためく洗濯物、突然の雨。和室のふとんで眠る赤ん坊、その上にかけられたベビーケットの色まで、何もかも、似すぎるほどよく似ていました。洗濯物を抱えて室内に戻った母は、突如《とつじょ》、自《みずか》ら封印した記憶に揺さぶられます。あの日のリプレイのようなあの日。

真希？　真希なの？　いいえ、真希はもういない。いつもの悪い夢だ。

母は、目の前の赤ん坊を両手で抱き上げます。未希は眠ったまま反応しません。ほらね、真希にちっとも似てないお人形、ただのおもちゃ。分かってるから、もう泣かないの。あの人形は捨てたはずなの。こんなのいらない。母の手から放り出されたお人形――未希が、頭からふとんに落ちます。そして母は、白昼夢から覚めます。覚めた瞬間に忘れます。

誰も悪くありません。お母さんも、お父さんも、お姉ちゃんも。そうですよね？　――そこの、あなた。わたしが見えていますよね。わたしの代わりに伝えてほしいんです。

真実とお母さんを、絶対にふたりきりにしないで。お母さんの中に眠っているものを二度と起こさないようにして。お願い。わたしを信じて。

早く。

夫の余命

乾《いぬい》くるみ

1963年静岡県生まれ。静岡大学理学部卒。1998年に『Ｊの神話』で第4回メフィスト賞を受賞しデビュー。2004年に刊行された『イニシエーション・ラブ』は、表向きは二部構成の恋愛小説だが、ラストに至ると違う風景が浮かび上がる、緻密な仕掛けが施された作品で評判を呼んだ。他に竹本健治『匣《はこ》の中の失楽』へのオマージュ『匣の中』（1998年）、謎解き専門の探偵事務所の二人が活躍する「カラット探偵事務所」シリーズ、不動産をめぐる謎を描いた『物件探偵』（2017年）などがある。市川尚吾名義で評論活動も行っている。（N）

二〇二〇年七月四日

巻浦《まきうら》市民病院は十二階建ての本館と、八階建ての西館と東館、五階建ての駐車場からなる総合病院で、病床数は巻浦市内で最大の六二〇床を誇っている。医師が約一八〇名、看護師は約七〇〇名。

西館と東館の屋上は一部、入院患者の日向《ひなた》ぼっこ用に開放されていたが、ヘリポートが設けられている本館屋上は基本的に、職員以外の出入が禁止されていた。階段室から外に出るには暗証番号の入力が必要だったし、エレベーターはICUのある十階と直通のものがひとつあるだけで——それでも稀に入院患者や見舞客などがうっかり迷い込むことがあるという話だった。

わたしの場合はうっかりではない。自分の意志で本館の屋上に出たのだ。地上ではさほど感じなかった風が、この高さになるとびゅうびゅうと吹き抜けてゆく。南に五百メートルほど離れた市街地の中心部には、タワーマンションなどの高層建築物がいくつか目に付いたが、近隣ではここがいちばん高い場所だった。

貴士《たかし》さんとの思い出の場所は他にもいくつかあった。最初のデートで訪れた大悟山《だいごやま》公園。初めて一夜を共にした二本松《にほんまつ》通りの彼のマンションの部屋。式を挙げた八郎苑《はちろうえん》。そして新婚生活を始めた谷山《たにやま》町のマンション。二本松通りのマンションは次の入居者がいたら入れなかっただろうが、その他の場所には自由に訪れることができたはず。

でもわたしはこの病院を選んだ。ここが最後の場所だったからだ。

一ヵ月半前——五月十六日、わたしたちの愛は永遠に失われた。

「時原《ときはら》貴士さん。復唱してください。新郎となる私は、新婦となる田ノ本美衣《たのもとみい》を妻とし、富めるときも貧しきときも、病《や》めるときも健《すこ》やかなるときも——」

死が二人を別《わか》つまで——「誓《ちか》いの言葉」のその一節が、わたしたちには重かった。一年前に式を挙げたとき、死がすぐそこまで迫っていることが知らされていたのだ。挙式の時点で余命半年と言われていたが、死がわたしから貴士さんを奪うまで、結果的に十ヵ月以上を要した。だから諦《あきら》めなければ——もうちょっと頑張れば、子供だって授かっていたかもしれない。

貴士さんを失った今――二度と彼と愛し合うことがなくなった今、わたしは虚《むな》しいだけの存在になり果てていた。実体のない追憶だけが、ふらふらと彷徨《さまよ》っているような状態だった。

本館の屋上は床面が二層に分かれていた。中央のヘリポート部分の四囲《しい》を、それより一メートルほど低い回廊状の床が取り巻いていて、その外側を高さ一メートルの鉄柵がぐるりと囲っている。階段とエレベーターの出入口のある建屋だけが一ヵ所高くなっていたが、それ以外の部分の最高点、回廊部分の鉄柵とヘリポートの床面の高さが揃えられている。そうすることでヘリの発着がより安全になるという配慮なのだろう。ヘリポートの床面を高くするほうが一般的だろうが、ストレッチャーを運ぶにはエレベーターまで平らなこの構造のほうが便利なはずだ。

回廊部分の幅は二メートル弱といったところか。わたしは屋上に出てすぐに、五段の短い階段を下った回廊部分に下り立った。ヘリポートの床面からたとえ足を踏み外したとしても、一メートル下のこの回廊に落ちるだけで、鉄柵のフェンスを越えて外に落ちることは絶対にない。そういった意味での安全対策はいちおう講じられている。あと屋上への出入り自体も制限されているせいか、飛び降り自殺対策などは特に考慮されていないようだった。

一メートルというフェンスの高さはちょうど良く、見晴らしは最高だった。南に巻浦の市街地が一望できた。遠くには巻浦漁港が、さらにその先には海が見えている。

最後にこんな素敵な光景を見せてもらえるなんて……。できることなら過去に戻りたい。彼と共に過ごした時間の流れの中に。

わたしは思い切って鉄柵の手すりの上に立ち、そして大空に向かって飛んだ。地上との距離に、みるみる加速がついてゆく。

その瞬間――。

追憶はついに奔流となって――新しいものから古いものへと逆順に――わたしの中を駆け抜けた。

二〇二〇年五月十六日

容態が急変したその日。

緊急事態宣言が解除されて初めての週末ということで、両家の家族がたまたま集まっていた。貴士さんの両親がいる。わたしの母と妹もいる。彼らにとってはそれが幸いした形だったが、わたしはできることなら平日のほうが良かった。最期のお別れは、わたしと貴士さんの二人だけのときにしたかった。

でも仕方がない。一昨日でも昨日でもない、今日が、定められた運命の日だったのだ。

ベッドを囲む四人の隙間《すきま》から、貴士さんの顔がわずかに見えている。目を開けていたが、その瞳《ひとみ》は虚《うつ》ろで、何の感情も読み取れなかった。

看護師の一人が慌てた様子で医師を呼びに走ったので、最期の時が近づいているのがわかった。駆けつけた医師によってベッドの脇のスペースがさらに一人ぶん塞《ふさ》がれる。

この病棟における医師の仕事は、救命ではなく鎮痛、そして今回のように、死亡の確認が主たるものだった。

貴士さんの口がわずかに動いたように、わたしには見えた。この期に及んで、何か大事なことを言おうとしているのではないか。わたしは出来ることなら、彼の口元に耳を寄せてその言葉を聞き取りたいと思ったが、その願いが叶うことはなかった。看護師の一人がわたしの腕をがっちりと摑《つか》んでいる。

誰もが押し黙って最期の時を待っていた。病室内は異様なほど静かで、ドラマなどでよくあるような、心電図モニターの音などもここにはない。

長い時間、脈を取っていた医師が、ようやくその手を離した。人工呼吸や心臓マッサージなどの救命処置をしなくてもいいことを、改めて家族に確認する時間があり、ようやく宣告が下された。

「午後三時五十分、ご臨終《りんじゅう》です」

その瞬間を迎える覚悟は、はるかな昔から出来ていた。そのつもりだった。

でも現実は、幾度《いくど》となく繰り返したシミュレーションとはいささか異なっていた。

金縛りにあったかのようにその場から動けなくなったわたしの代わりに、なぜだかわたしの妹が、貴士さんの身体に縋《すが》り付いて噎《むせ》び泣いていた。

そうか。妹も貴士さんのことが好きだったんだ。

世界から現実味が急激に失われてゆく中で、わたしはぼんやりと、そんなことを考えていた。

二〇二〇年四月九日

知らない間にうたた寝をしていたらしい。

いつもの脳神経外科入院棟の個室である。部屋の中央に据《す》えられた患者用のベッドの他に、付き添い家族用の仮眠ベッドも、一メートルほどの間を空けて設けられていて、この仮眠用のベッドが、簡素な造りなのに、なぜかわたしの身体にはフィットした。実家の布団よりも新居のベッドよりも、この病室の、しかも簡素なほうのベッドの寝心地が何より最適で、わたしを深い眠りへと誘い込む。

目が覚めてすぐにわたしは、自分が病室に一人きりでいることに気づいた。

貴士さんは——どこ？——今は何時？

ベッドサイドに置かれたテレビ台兼用のワゴンで、現在時刻を確認する。夜七時半を少し過ぎていた。

貴士さんは——トイレだろうか？　いや、個室備え付けのバスルームの引戸は開けっ放しで、中は真暗だった。

わたしが焦《あせ》りまくって——それなのに何もできないまま——五分ほどが経過しただろうか。不意に病室のドアが静かに開いて、貴士さんがゆっくりと入ってきた。仮眠用のベッドの上に起き直っているわたしをすぐに見つけて、にこっと微笑《ほほえ》みかける。

「心配させた？　ごめんごめん。寝てるのを起こすのも悪いなと思ったんで、こっそり出て行っちゃった。どうやら小康状態が続くなと思ったんで、今のうちに、緩和ケア病棟の見学を済ませておこうと思って。小島《こじま》さんが今なら大丈夫って言ってくれたんで……。向こうの婦長さんにもご挨拶《あいさつ》してきたよ。近々移りますんでよろしくお願いしますって」

別の病棟の見学には、入院患者の晩御飯の片付けも済んで看護師たちの手が空く、この時間帯が適切だったのだろう。

「どうだった」とわたしが訊ねると、

「うん。想像していたのと違って、全体的に穏やかな印象だったよ。ほとんどが癌《がん》患者だって話だったけど、鎮痛剤が効いているのか、叫んだり唸《うな》り声をあげたりするような患者さんはいなかった。みんなおとなしくベッドで寝ているだけで、あれならここと同じように休めるだろうし——あと、個室もあるって言ってたから」

「個室は見てこなかったの？」

「うん、今はどれも塞がってて。でもすぐ空くだろうとは言ってた」

緩和ケア——いわゆるホスピス病棟である。すぐに空きが出るというのは——そういうことなのだろう。

貴士さんは疲れた様子で、患者用のベッドの隅《すみ》に腰を下ろすと、

「あと、美衣とも前に話し合ったことのある、尊厳死の話

だけど――あの、生命維持装置を繋ぐか繋がないかっていう話ね。あれも向こうに伝えておいたから。前に話し合ったときとは違って、今は新型コロナの治療で人工呼吸器が病院全体で不足しがちだという条件も加わってるけど、それも考えた上で、延命措置は必要ありませんって、夫婦でちゃんと話し合って決めましたって伝えてきた。……あとで正式な書類を持って、向こうの人がここまで来るみたいだから、美衣も自筆で署名してもらうことになると思うけど――それでいいよね？」

改めてそう確認を迫られると、自分たちの決定に不安を覚えてしまう。自発的な呼吸を失ったあと、そして正常な脳波が停止したあとも、生命維持装置に繋いでいる間は患者の死を先延ばしにできる場合がある。肉体は死なず、ときには手足の不随意運動が家族を喜ばせたりもする。しかしその状態を永遠に続けることはできない。いつかは必ず、残された家族の責任において、装置のスイッチを切らなければならない。その期間に得られるものよりは、失うもののほうが多いのではないか。だったら最初からそんな装置には繋がないでほしい。わたしも夫の主張に納得して、そんなふうに割り切れたはずなのに――いや、そんなふうに割り切れること自体が、冷たい性格に由来しているのでは？　普通はそんなふうに簡単には割り切れないものなのではないか？

「うん。さんざん話し合って、決めたんだもんね」

いろいろ考えた末に、わたしがそう言うと、貴士さんが大きな溜息《ためいき》をひとつ吐いて立ち上がった。

わたしには隠しているつもりだろうが、彼が小島さんを意識しているのはバレバレだった。普段の服のままで良いはずなのに、今日はわざわざスーツのズボンを穿《は》いていた。ウエストの部分に自然と目が行ってしまった。ベルトに絞られて、縦皺《たてじわ》がたくさん寄っている。ベルトを外したらそのままストンとズボンが脱げてしまうのではないか。

また一段と痩《や》せたみたいだ。

新しいズボンを買わないと――そう思いつつも、わたしは同時に、どうせ新しいズボンを買っても、それを穿いた彼の姿はもう見られないだろうと、もはや半ば以上諦めていた。

二〇二〇年三月十七日

午前中の早い時間から、何となく、脳神経外科の病棟全体がざわついているような感じがしていた。

大部屋だったらもっと早く情報が届いていたかもしれない。わたしたちは個室に入れさせてもらっていたので、たぶん入院患者の中では最後のほうに知らされた組だったのだろう。

午前の回診に姿を見せたのは、酒匂《さこう》先生ではなく大村《おおむら》先生だった。後ろについている看護師さんは小島さんで、いつもどおり変わらない。

「えー、時原さんにもお知らせしておく必要があるでしょうから言います。本日より、担当医が酒匂部長から私に交替しました。今までも検査のときなどに顔は合わせてきましたし、改めて自己紹介をする必要はないと思いますが、とりあえずよろしくお願いします」

貴士さんは大村先生のことを、ぼんやりとしか憶《おぼ》えていないようだった。わたしのほうがたぶんしっかり憶えている。

「ではいつものように、問診と簡単な検査を行います。ベッドに寝たままで結構です」

「酒匂先生はどうされたのですか?」

やはり貴士さんもその点が気になるようだった。小声で、大村先生ではなく小島さんに聞いている。

小島さんも囁《ささや》き声で答えた。

「それが……。今朝、ご自宅で、亡くなられているのが見つかったんです」

「えっ」と思わず声が出た。すかさず、「小島くん」と大村先生が叱責したあと、しょうがないなあという感じで喋《しゃべ》り出した。

「死因は心不全とのことです。医者の不養生というやつでしょうか。苦しまずに亡くなったみたいだという話だったので、その点は——まあ、そうですね」

最後のほうで言葉を濁したのは、余命わずかの患者が目の前にいることに気づいたからだろうか。

検温や血圧測定などひと通りの検査が終わって、大村先生と小島さんが病室を後にしたところで、わたしは貴士さんに話し掛けた。

「酒匂先生のほうが先に亡くなられるなんて……」

「まだそんな歳じゃなかったよな? 見た感じ、六十代前半ぐらいで」

「わたしたち、どうなるのかしら……」

わたしがそう呟《つぶや》くと、貴士さんは、きょとんとした顔を見せた。

「担当医が変わっても、余命の計算が変わるわけじゃない。毎週ＭＲＩで腫瘍《しゅよう》の大きさは確認してるんだ。もうとっくに限界を超えている。いつ血栓が出来るか、あるいはいつ呼吸中枢が押し潰されるか――毎日毎日がギャンブル状態なんだ。それは大村先生が担当医になっても変わらない」

「そんなふうに言わないで……」

わたしが泣きそうな気持ちでうつむきかけたとき、病室のドアがゆっくり開いて、先ほど大村先生と一緒に立ち去ったはずの小島さんが入ってきた。

「びっくりしました？　ごめんね、ここだけ情報が遅くて」

小島さんはわたしと貴士さんを等分に見て――いや、どちらかというと貴士さんと目が合う時間のほうが長いように思えた。

「次の部長さんは？　さっきの大村先生？」

貴士さんが訊ねると、小島さんは待ってましたという口調で、

「順番的にはそうなるはずなんですけど、大村先生はまだ経験不足という声もあって――その場合にはだから、どこか外部から人を連れてきて部長の椅子に座らせるという選択肢もあるみたいです」

医局内の人間関係について五分以上語ったところで、ようやく満足したらしく、

「それじゃあ、仕事があるんで、また――」

最後は明らかに貴士さんにだけ挨拶をして、小島さんは病室を出て行った。

わたしはワゴンの冷蔵庫から水のペットボトルを取り出すと、ひと口飲んで気を鎮《しず》めた。

二〇二〇年一月二十八日

午後六時過ぎに帰宅した貴士さんが、玄関のドアを閉じてすぐ声を掛けてきた。

「おっ、いい匂い。魚だね」

「今日は和食にしてみたの」

匂いに誘われるようにダイニングキッチンに顔を見せた貴士さんに、わたしは微笑みかける。

「美衣のご飯が食べられるのが一番なのはもちろんだけど、僕は店屋物でもほか弁でもいいんだよ」

「普通の新婚家庭と同じことがしたいの」

最後にブリにもう一度火を通し、みそ汁を仕上げてから、ダイニングテーブルに献立《こんだて》を並べる。

「こうやって、二人だけで普通に過ごす時間が、どれだけ

貴重だったかを、後で思い返す日がきっと来るとわかっているから、一日一日を大切にしたいね」

わたしがそう言うと、貴士さんも深く頷《うなず》いてくれた。

貴士さんの「ごちそうさま」はいつも早い。食べる量が少ないからだ。去年の年末あたりから、ご飯の量をさらに減らしてほしいと言われて、わたしよりも盛る量が少なくなった。もちろんお代わりをすることはない。服のサイズがどんどん替わるので、二ヵ月に一回のペースで数万円ぶんの服を買っている。

わたしも少し遅れて「ごちそうさま」をした。二人でリビングに移動する。

「そういえば、うっかり忘れてたんだけど、ちょうど一週間前かな？　去年の一月二十一日が何の日だったか、美衣は憶えてる？」

何だろう？——と一瞬考えて思い出した。

「余命一年って言われた日！」

「そう。先週がその一年後だった。もう一週間が過ぎている」

「酒匂先生の予言が外れたのね！」

わたしが場を盛り上げようとしてそう言うと、貴士さんは冷静に、

「いや、そういうことじゃないと思うんだ。あの時点では漠然と『一年』という言い方をしたけど、誤差はけっこうあったわけで、それよりもここ最近のMRIの結果から推察されている数字のほうがより重要で正確だからね。そっちはあと二、三ヵ月という言い方をされている。僕は酒匂先生のことは信頼してるんだ」

「わたしも信頼はしてるよ」

わたしの追随に、わかっているよと二度ほど頷くと、

「あの先生はとにかく説明が上手い。三ヵ月ぐらい前にしてくれた脳腫瘍の説明、憶えてる？」

そう前置きして、貴士さんは酒匂先生がかつて話してくれた説明を繰り返した。

脳腫瘍は脳にできる癌である。もともと厄介《やっかい》なのは——胃癌と比べればわかり易いんだけど、胃癌はお腹を開いて胃が見える、癌が見える、癌と正常な細胞の境目がこのへんかなーって円を描いたとき、ギリギリのところを切るんじゃなくて、かなり余裕を見て、大きく切り取ってしまう。そうすると癌細胞は全部切除される。残った胃の両端を縫い合わせて小さな胃ができる。あとは人間の再生能力の出番で、正常な細胞は胃が小さくなっちゃったのを悟って頑張って細胞分裂して、やがて胃は元の大きさに戻る。

癌細胞はひとつも残っていない。これで癌が完治できる。

癌というのは死ななくなった細胞で、細胞分裂を永遠に繰り返す。人間の細胞はもともと細胞分裂を繰り返すように設計されているが、受精卵が胎児になり、赤ちゃんが子供になり、十代が二十代になるまではそれでいいとしても、ずっと細胞分裂を繰り返していたら身長が二メートルになり、四メートルになり、倍々ゲームがそんないつまでも続いては困るので、細胞単位で新陳代謝を繰り返す。細胞がある程度の年数を経て寿命を迎えると、分裂しなくなり、死んで材料だけが残る。その材料を使って近くの若い細胞がまた分裂をして、細胞単位で新陳代謝が行われる。それが正常な細胞の働きなんだけど、癌細胞が一個できると、本当に倍々ゲームが始まってしまう。

癌細胞が集まったのが悪性の腫瘍である。真ん中の癌細胞しかない部分では、細胞分裂の材料が手に入らないので倍々ゲームは止まっている。でも外側では倍々ゲームが続いて輪郭がどんどん大きくなる。このときお団子《だんご》のように綺麗な形のまま膨《ふく》らんでいけば切除も簡単なんだけど、境界上では正常な細胞と入り乱れて輪郭がぼやけてくる。だから切除が難しい。ここまで切れば全部取れただろうと思っていても、切り取り線より向こう側に癌細胞が一個でも残ってしまったら、またそこから倍々ゲームが始まってしまう。これを癌の再発と言う。

胃癌の場合は正常な細胞をごそっと余分に切ることによって、再発を防ぐことができる。ところが脳腫瘍の場合は同じようにはできない。まわりの正常な細胞はそれぞれ何らかの機能を請け負っている。腫瘍を切除するときに再発を防ぐために正常な細胞を余分にごっそり切り取ってしまうと、その正常な細胞が担当していた脳の機能が一緒に失われてしまう。半身不随になるか、失明するか、記憶を失うか――脳腫瘍の場所によって、どんな障害が現れるかは異なるものの、とにかく今まで正常だった脳の機能が何らかの形で損なわれることは必至である。脳の手術をして何らかの障害が残ったら、それは成功とは言えない。障害の発生をなるべく少なくするために、正常な細胞と癌細胞の境目ギリギリを切り取ろうとしたら、今度は再発が必至になる。

だから悪性の脳腫瘍の場合、手術は最初から再発を覚悟の上で、腫瘍の内部を削り取るだけで、正常な細胞は絶対に傷つけないようにするしかない。でも時原さんの場合には、腫瘍が脳の内部にあって表面に接してないので、その手術さえもができない。胃癌だったらお腹の皮を切り開いて胃にアクセスして、このへんが癌だって部分をごっそり切除できるけど、脳の場合は頭皮を剝《は》がし頭蓋骨に穴を開けて、そこに見える大脳皮質の表面に患部が無かったら、もうどうしようもない。脳の表面をメスで数センチ切り開いたその先に腫瘍があるとわかっていても、その数センチは正常な脳の神経線維《せんい》が詰まっている場所だから、切り開いちゃいけない。そこをメスで切ったら大事な配線がブチブチブチッと切れてしまうわけだから、脳の縫合がもし可能だったとしても、それで数千万本の神経線維が元通りに繫がるわけではない。切ったらオシマイなんだから。

だから時原さんの場合は、腫瘍を手術で削ることがそもそも場所的に無理なので、あとは薬と放射線を使って少しでも先延ばしにするしかないんだけど、それさえも承知していただけないのは――。

「残りわずかな人生を、延命治療の痛みや苦しみ、あと髪が抜けたりする副作用を受け入れて、そのぶん少しでも長く生きようとするか、それとも普通の生活を送りたいか――」

「わたしは普通の新婚生活がしたかった」

「僕もそうだった。だから後悔はしてない」

そう言って微笑もうとした貴士さんの表情が、急に怪訝《けげん》なものに変わり――一切の動きが止まった。

まるで電池が切れたロボットのようだった。人間がこんなふうに動作を停止することがあるのか？

おかしい――おかしい――貴士さんがおかしい！

わたしは目の前が真っ暗になった。

その後の記憶は一切ない。誰が一一九番に連絡したのだろう。貴士さん？　それともわたし？

ともあれ、次に憶えている場面は、すでに巻浦市民病院の脳神経外科病棟の個室の中だった。

そしてその個室が、以降の生活の中心の場となり、谷山町のマンションの新居は、ときどき着替えなどを取りに行くだけの場所となった。

食卓で話題にしていた「普通に過ごす時間」を、その日のうちに失ったのだ。

二〇一九年十一月二十八日

何でもない一日。居間でくつろぐ二人。

「ねえ、久しぶりに――しない？」

「いや、体調は――良さそうだけど。でも油断してると――」

「いやなの？」

わたしの声に悲しそうな気持ちが込められていたからだろう。貴士さんはふと真剣な顔になった。

「たとえば僕が、美衣以外の女性としたいと思った場合、どうする？」

「どうするも何も――」

「僕たちは新婚四ヵ月だ。普通だったらそんなことは考えない。結婚生活も三年目に入ったとか、それぐらいになって初めて浮気だ何だというような話になる。普通だったらね。……でも僕たちは普通じゃない」

わたしはその後を引き継いだ。

「なぜなら余命が宣告されているから。結婚式の時点で余命半年と言われて――もうそれから四ヵ月も過ぎてしまったから、今はもうあと二ヵ月で死ぬと言われているから。……だったらその二ヵ月間ぐらい我慢できないの？」

「もちろん我慢できるよ。でもそれでいいの？　僕たちの結婚生活は、もっと時間を圧縮して味わうべきなんじゃないかって、最近思うようになってきて。普通の人が結婚生活の中で経験することを、自分も経験しておかなきゃ損だって思ったりしない？」

「妊娠出産とかは思うけど――」

「でもそれは最初に諦めたよね。だからって他のいろんなことも諦めることはないんじゃないか。僕が浮気して、美衣も僕じゃない誰かと浮気する。ダブル不倫だって、お互い承知の上でするぶんには傷つかないし、死ぬ前に一度は経験しておきたいと思ったっておかしくないだろ？」

貴士さんはそれでちゃんと理屈が通っていると思っているらしい。

やはり結婚は束縛を意味するのだろうか。

わたしは彼に残された時間を一緒に過ごすことで、何かを与えられるものだと思っていた。

実際には逆で、わたしは彼から時間を、自由を奪っていたのだ。

そう、結婚を望んだのもわたしだった。わたしが――わたしだけが、相手を独り占めにしたいと思っていた。

残された時間を二人で一緒に過ごすことが、お互いにとって幸せになる最良の選択だと、少なくともわたしは思い込んでいた。

わたしのほうは、彼以外の男性と寝ることに興味などカケラもない。でも貴士さんはわたし以外の女性にも興味があるみたいだ。

そう、彼が心から望むのであれば、自由にしてあげるのもひとつの手だろう。

ただ「浮気」や「不倫」という形をとるのは許せないという想いが、自分の中にはあった。

「だったら——離婚してからにして」

結婚はわたしのワガママだった。それは常に自覚しておかなければ。

「ごめんよ、変なことを言い出して」

すると貴士さんは、優しくわたしの肩を抱いた。

「もう迷わすようなことは言わない。最期のときを迎えるまで、僕たちはずっと一緒だ。後悔なんてしてないし、これからもしない」

近いうちに必ずこの結婚生活は終わりを迎えるとわかっているからこそ、ときにはワガママな一面を見せたりもするけど、やっぱり貴士さんはわたしにとって、自慢の夫だった。

そしてわたしは、世界一恵まれた妻だった。

二〇一九年七月十四日

わたしは貴士さんと並んで、会場より一段高い高砂席《たかさご》に着いていた。彼の両親の希望で、昔ながらの披露宴《ひろうえん》の形を取っている。

わたしもそれでいいと思っていた。わたしたちの場合、変に奇を衒《てら》った形にはしないほうが良い。

一度は諦めた結婚披露宴が、ついに現実のものとなったのだ。夢のような心地だった。

余命とにらめっこをしつつ、何とかプロポーズの四ヵ月後には開催することができた。すべてが急ピッチで動いてくれた結果だが、それでもわたしたちの結婚生活は、あと半年ほどで終わりを迎えることが定められている。

あと半年——砂時計の砂は、確実に落ち続けている。

会場を見渡すと、出席者は若い人が多かった。両家の家族や親族を除くと、貴士さんの学生時代の男友達と、わたしの会社関係の知人がほとんどを占めている。新郎側の友人知人は、ほぼ全員が貴士さんと同じ二十七、八歳だろう。会社の上司や先輩といった人たちはいない。

貴士さんは結婚を決めたあと、勤めていた会社を辞めてしまったのだ。残りわずかな時間を、仕事などに費やすよりも、わたしと二人きりの時間に使いたいと思って、決断したのだと言っていた。半分でもその言葉に彼の本心が含まれていたのだとしたら、わたしにとっては最高のプレゼントだった。

わたしも今回の件を機に、大学を中退することになった。ただしミミファの仕事は自宅で――二人の新居で、今までどおり続けることができるので、それだけは心底有難かった。ミミファの経営は相変わらずの好調で、地方からの需要も厚く、今年に入ってからも新店舗を二つ、福岡と新潟のデパートに出店している。そんな急成長中の株式会社の重役をしているわたしの収入だけで、二人の新生活が充分に成り立つことは、計算するまでもなく明らかだった。

ミミファは四年前、わたしたちが女子高に在籍中に作った会社なので、スタッフはほぼ全員が女性、しかも同じ女子高の同級生だったり後輩だったりする。だから今日の新婦側の出席者にしても、下は高校在籍中の十六歳のモデルから、上はわたしと同じ二十一歳まで、かなり幅の狭い年齢層に集中していた。

新郎側の友人と新婦側の友人。年齢的にもちょうど釣り合いが取れているし、今日の出席者からカップルが誕生してもおかしくはない。そうなってくれたらいいなと思いつつも、でもそうなったら半年後にきっと訪れるであろう悲報に、そのカップルも巻き込んでしまうだろうから、だったら最初からカップルなど成立しないほうがいいか――などと勝手な妄想が広がる。

貴士さんの友人代表が余興を披露し始めた。屈託のない馬鹿騒ぎを見る限りでは、おそらく脳腫瘍のこと――余命宣告のことは知らされていないのだろう。わたしもミミファの仲間たちには基本的に、まだそのことを告げていない。ただし巴《ともえ》と未唯《みい》にだけは伝えていた。それは会社の経営に関することだから。巴は社長だし、未唯は共同デザイナーの分身だし、何よりわたしの親友だから。

ただの結婚だけなら、デザイン画の質と量が落ちることなど許されない。でもその新婚生活が半年で終わりを迎えると決まっていた場合には――彼との生活を最優先にすることも許されてほしい。

「それではここで、新郎新婦はお色直しのため、いったん中座させていただきます」

貴士さんとわたしが立ち上がる。和装はいろいろ問題が多かったので、わたしたちは最初から洋装で、お色直しも洋装から洋装に着替えることになっていた。貴士さんがいま着ているモーニングは、衣装合わせから一ヵ月間で彼が痩せてしまったので、披露宴開催の一時間前に急遽《きゅうきょ》身体に合うものを用意させたのだった。お色直し後の衣装は代用品が無く、お針子《はりこ》さんが一時間あれば衣装を詰めて間に合わせると言っていた。その作業が何とか間に合ったのだろう。

　わたしが新婦控室のソファに腰を休めたとき、廊下から女性スタッフの話し声が聞こえてきた。

「知ってる？　今日の新郎さん。中川《なかがわ》さんが衣装を詰めた服の人。あの人、実は余命わずかなんだって」

「はえ？　マジで？」

「そうだって。心臓の病気で、あと一ヵ月とか二ヵ月とか」

「あれー。花嫁さんもそれを承知で？」

「そりゃ承知してるでしょ。私が知ってるくらいだもん」

「そりゃそうか。だけどえらい決断だわなそれって。あたしだったらどうするか」

「あんたはそもそも相手がおりゃせん」

「だな。……あっと、お疲れさまです」

　別のスタッフが通りかかったらしく、雑談はそこで終わった。

　式場のスタッフの間で噂《うわさ》が広がっている。どちらかの親族が情報を洩らしたのだろう。

　しかもその情報がいろいろ間違っている。テキトーすぎる。せめて本当の、正しい情報を仕入れた上で、憐《あわ》れむのなら憐れんでほしい。

　怒りよりも悲しみのほうがはるかに強かった。

　いけないいけない。今日はわたしの――そして貴士さんの晴れ舞台。

　最後まで笑顔で乗り切らなくちゃ。

二〇一九年三月十四日

　スプリングコートの中には厚地のセーターとスキニージーンズ。ファッション的にはピンクのマフラーを追加したいところだったが、先週押入に仕舞ったばかりだったのでそれは諦めた。

　外出は約一ヵ月ぶりだった。貴士さんとは電話とメールで連絡を取り合っていたが、彼の言葉には決まって「忙しい」が含まれていた。「今週はちょっと忙しくて」「今までにない忙しさで」「忙しいのは年度末ってだけじゃなくて他にもいろいろあって」――電話はすぐに切られてしまう。そのぶんメールは文字数が多くなったが、わたしが知りたい内容は書かれていなかった。

　わたしたちもう終わりなのかな――でも、だとしたらホワイトデーに最後の約束を入れる？

宙吊りな気分のまま、約束の時刻の十五分前には待ち合わせ場所の、ホテルのロビーに着いていた。ほどよい暖かさの中、ふかふかのソファに身体を預けて人を待てるのはありがたい。

知らない間に少しだけうとうとしていたようだった。身体を揺り動かされてハッと目を覚ますと、目の前に貴士さんの顔があった。

「お待たせ。まさかうたた寝してるとは思わなかったけど」

「あーもう。また変なところを見られちゃった」

「直接顔を合わせるのは久しぶりだね。部屋を取ってあるんだ。行こう」

どうやら別れ話ではないらしい。彼の態度といい準備の良さといい、期待しないほうがおかしいだろう。

エレベーターの中でキスをした。部屋に入ってからは自然とベッドに横並びになって座った。

「実は会社を辞めることにしたんだ。でも辞めますって言ってすぐに辞められるわけじゃなくて、引き継ぎっていうのがあって、それでこの一ヵ月間、ずーっと忙しかったんだ。嘘じゃない」

貴士さんの表情はいつになく真剣だった。それもそうだろう。男の人が、本来なら定年まで勤め上げるはずの会社を辞めたのだ。わたしは事の重大さに息が詰まる思いがした。

彼は続いて鞄の中をごそごそと物色《ぶっしょく》し始めた。

「はい。まずはチョコレートのお返し。中は普通のクッキーのはずだけど。いちおうそういう日だから」

ラッピングされた状態で売られていたものをそのまま買ってきました、というのが一目瞭然の、水色の包装に水色のリボンのかかったプレゼントを手渡された。

「で、本当に渡したいのはこっち」

続いて濃紺のベルベットに覆われた小箱を差し出された。わたしはこういう場合、男性が開けてから手渡すものだと思っていたが、貴士さん的には受け取った女性が開けるのが正解だったらしい。

わたしが開けると、中にはダイヤの指輪が収まっていた。

「僕と結婚してください」

貴士さんのその言葉は、わたしの全身を震え上がらせた。

「わたしでよろしければ」

わたしの返答の声は、たぶん性的に濡れていただろう。

「だけど……どうせプロポーズするなら、もっと早く言ってほしかった。だって今から結婚式場を探して予約しても——その間にも、残り時間がどんどん無くなって行ってるし」

わたしの焦りは貴士さんにも伝わったようで、

「うん。……ごめん。ホワイトデーに拘《こだわ》ったのは、たしかに馬鹿だった。時間が勿体《もったい》なかった。明日からは——いや今日からか。今日からはとにかく急ごう。なるべく早く式を挙げよう」

そう言って、部屋を出て行こうとするので、

「今日はここで泊まっていこうよ。だって……一ヵ月ぶりだよ」

わたしは彼のスーツの腕を摑んで、ベッドに押し倒した。

二〇一九年三月十七日

すぐ近くにオレンジモールができたからか、アルイカム五階のフードコートは以前よりだいぶ空いていた。日曜日の昼過ぎ。家族連れの姿は少なく、そのぶん若いカップルが穴場として利用している感じだった。

わたしと貴士さんも、傍目《はため》にはそういうカップルの一組に見えていただろう。ただし仲睦《なかむつ》まじいようには見えていなかったはず。わたしたちは三日前のあの話題を、改めて蒸し返していたのだから。

「やっぱり残り時間が少ないほうが、ワガママを言ってもいいと思うの。わたしは」

三日かけて考えた結果、わたしはやはりその結論に達した。

「僕もこの三日間、自分なりに考えてみたんだけど、やっぱり意見は変わらなかった。後に残される側の人生を考えると、たとえば結婚とかでより深く結びついたらそのぶん、相手を失った悲しみはより深くなる。大きな喪失感を抱えて生きてゆくのはやっぱり大変だと思うんだ」

「だとしても生き残ったぶんだけマシと思わなきゃ。もう後がない人に全部与えて、与えきったと胸を張って言えるまで尽くすことができたら、喪失感だけじゃなく一種の達成感もあって、それが残りの人生を生きてゆく糧《かて》になるというか——」

「あれ？　タノミーじゃん。すげー久しぶりー。こんにちは初めまして」

マクドのセットを載せたトレイを胸に抱えて現れたの

は、二能巴《にのう》だった。ご丁寧《ていねい》にミミファのパーカーを羽織っている。貴士が「誰？」と目で聞いてきたので、

「わたしの高校時代の後輩で、二能巴ちゃん。あのミミファの女社長」

「二能でーす」

「こちらはわたしのフィアンセ？　になるかならないかを今決めている、わたしの彼氏の、時原貴士さん」

「時原です。ミミファ？　聞いたことがあるな。何だっけ？」

「えーっと、何か大変なときにお邪魔しちゃった？　どうしよう」

「とりあえず座って」

わたしは自分の隣の椅子に巴を座らせた。偶然を装ってくれているが、場所と時間を伝えて彼女に来てほしいと頼んだのはわたしである。

「えーっと、ミミファは、いま人気急上昇中のガールズブランドです」

貴士さんは巴が説明するより先に、自分のスマホで検索したらしい。

「あーっ、このロゴマークか」

彼が見ているのは、正方形の枠線の中に等間隔に三本線が引かれていて、上下の枠線とあわせて五線譜が出来ている中に、四分音符で高いミ、高いミ、低いファの三音が描かれたマークのはず。

「これですね」

巴が自分の着ているパーカーの胸のロゴを指差すと、貴士さんが「そう、それそれ」と首を縦に振る。

「タノミーは――ごめんなさい。田ノ本美衣を略してタノミー。もう一人、坂本《さかもと》未唯って名前の先輩もいて――タノミーからすると同級生か。そっちはサカミーって呼ばせてもらっているけど。それでタノミー先輩は、彼氏さんには言ってなかったんですか？　自分がミミファの経営陣の一人だってこと。私は社長だけど、サカミーとタノミーもデザイナー兼副社長で、会社の株も二割ずつ持ってるってこと」

「うん。言ってなかった」

「……渋谷の１０９にも、あと原宿にも店を出してるんだ」

「それは一号店と二号店。今は全国に八号店までありますす。おっと、じゃあ私はお邪魔虫にはなりませんよっと。二人水入らずでご歓談ください。それではまた」

わたしが前もって頼んでおいたことだけを話すと、すば

やく席を立って行ってしまった。

二〇一九年二月十四日

普段は週末だけに限られているが、こういう特別な日には、無理にでも会いたいと駄々をこねて、ようやく実現したデートの日。

平日の夜なので、会えるのは会社を上がったあとの、わずかな時間だけだった。

「いつもお仕事お疲れさま。はい、プレゼント」

病み上がりの身体で無理して会ってもらって、本当に感謝している。まずは手作りのチョコを手渡すと、

「ああ、うん。ありがとう」

「どうしたの？　嬉しくない？」

「いや、嬉しいんだけどさ。でも……これって、やっぱり言うべきかな？」

「何？」

せっかくのバレンタインデーなのに――何か雲行きが怪しくなってきた。

「僕たち――別れるべきなんじゃないかな」

えっ！　という叫び声は何とか抑えた上で、

「何で？　どうして？」

聞き返しながら何となく悟っていた。このタイミングでこういう話を切り出すのは、やはり余命宣告の一件が絡んでいるのだろう。

「あれから僕なりにいろいろ考えてみたんだ。残りの一年をどうやって過ごすべきなのか。愛する人と一緒に過ごすのが一番だって、普通は思うかもしれないけど、でもそれって、余命わずかと言われた側のワガママでしかないじゃん。その願いに応えた相手はじゃあどうなるのかって考えたら、一年間尽くすだけ尽くして、でも愛情を注いだ相手は一年後には亡くなって、自分一人だけが残される。そのときの喪失感の大きさは、胸に空いた穴の大きさであって、一定サイズ以上の大きな穴が空いたら致命傷にだってなりかねない。でも今すぐに別れたら、別れて一年後に昔付き合っていた相手が亡くなったと聞かされたとき、可哀想だなとは思うものの、胸に空いた穴は小さくて済む。それが後に残された側にとっては最善の結果に繋がるのかなって」

「でもそのために、余命わずかの人のほうが我慢をするっていうのは――」

「美徳を求めすぎかな？　うーん、そうかもね。恰好《かっこう》つけ

すぎ――やせ我慢――いろんな言い方があるけど、そういうのって日本人らしいじゃん。でもまだ悩んではいるんだ。もうちょっと考えてみるよ。ただ僕がいま、そんなことを考えているんだってことだけは、美衣に伝えておきたくって」

まだカップにたくさん残っているカフェラテには口をつけず、貴士さんは忙《せわ》しない動きで店を後にした。

わたしは自分のブレンドコーヒーを飲み終わるまで、席を立たなかった。

二〇一九年一月二十一日

土曜の夜、ラブホテルで貴士さんが昏倒《こんとう》してから、すべてが目まぐるしく推移していた。

深夜零《れい》時過ぎから緊急手術が行われ、四時間以上に及んだ手術の間、外の廊下で彼の両親と初対面の挨拶を交したりもした。怒鳴りつけられるかと思ったが、むしろ謝られた。

わたしが大学の研修で習った応急処置が、どうやら役に立ったらしい。ラブホテルのロビーにAEDがあって、従業員が気を利かせて持ってきてくれたのだ。救急車も電話してから三分ほどで到着した。わたしは全裸にガウンを羽織っただけの恰好で救急車に同乗した。

日曜日の未明に手術は無事終わったが、貴士さんは一日中ずっと寝ていた。わたしはいったん家に戻って服を着替えてから再び病院に戻った。彼のご両親はわたしの付き添いが無くても大丈夫だと、やんわりと断りを入れてきたが、わたしは貴士さんが本当に無事かどうか信じられなかったし、命に別状がないというのが本当だとしても、彼が目を覚ます瞬間にはその場にいたかったので、もう一晩付き添いをさせてほしいと無理を言った。

自分では気づいていなかったが、土曜日の朝に目を覚ましてから日曜の深夜まで、四十時間ほどの間、一睡もしていなかった。食事も最後に摂ってから丸一日以上抜かしていた。

トイレの個室で便座に腰を下ろした瞬間、記憶が途切れ、次に目を覚ましたときには月曜日の午後で、わたしは入院患者用の服を着てベッドで寝ていた。

目を覚ましたわたしに、母と妹が代わる代わる声を掛けてきた。

「大丈夫？　痛いところはない？」

「お姉ちゃん、私のことわかる？　お母さんのことわかる？　今日が何月何日かわかる？」

「うん、大丈夫。ちょっといろいろあって、疲れがピークに達してたんだと思う。トイレで座った途端、気を失ったみたいに寝ちゃったみたい。あなたは田ノ本萌絵《もえ》。今日は一月二十日——じゃなくて二十一日か。半日ぐらい寝てたのかな？」

ベッドサイドのワゴンの時計が二時台を指していた。窓の外が明るいので昼の二時だろう。まさか数日後とかじゃないよねと思って確認すると、

「ああよかった。お姉ちゃん、どこも悪くなさそう。本当に疲れが溜まって寝ちゃっただけなのね？」

「だと思う」

すると母もホッとした表情で、

「もー、心配したんだから。脳神経外科って聞いてビックリしちゃった」

「え？　心臓外科じゃないの？」

そんなことを話している間に、わたしが意識を取り戻したという情報が医局に伝わったのだろう。酒匂先生がそこで病室に姿を見せたのだった。

「こんにちは。田ノ本美衣さん。脳神経外科医の酒匂と申します。あなたが眠っている間に、勝手ながら私たちで脳の検査をさせていただきました。お母さん、妹さん——ご家族はお二人で全員ですか？」

「はい。夫はすでに亡くなっていて、家族は私と娘二人だけです。あ、あと夫の母親とその親族が——美衣たちからすると祖母や伯父さんや従兄弟《いとこ》にあたる人たちですが——遠くに住んでいます」

「親族まではいいでしょう。ご家族がお揃いということで、今この場でお伝えしますが——その前に美衣さん、痛みや手足のしびれや記憶障害など、何かおかしいなと思うことはありませんか？」

「いえ、先ほど母や妹からもいろいろ質問をされましたが、特に何も——」

「そうですか。まあ今のところは大丈夫だろうとは思っていましたが。ですが美衣さん。あなたは脳の中にちょっと厄介なものを抱えています」

「やっ——」

母が何かを言いかけて口を噤《つぐ》んだ。

「ＭＲＩ検査というもので発見されました。あなたの脳には、鶏《にわとり》の卵ぐらいの大きさの腫瘍があります。悪性の腫瘍です。悪性なのでどんどん大きくなっていきます。しかも位置的に、手術で取り除くことができません。根治ができ

ず、ただ進行を遅らすことしかできません」

「手術ができない？　治せない？　だとすると？」

母も妹も揃って何も言葉を発しないので、わたし自身が質問をするしかなかった。

酒匂先生は深刻な表情でひとつ頷くと、

「視神経交差の近くにあるので、発作の兆候として、眼球からの情報が一時的に遮断され、目の前が真っ暗になったり、ごく稀《まれ》にですが、遮断される前に届いた情報が視覚野に残り続けて、パソコンの動画がフリーズしたときのように見えたりすることもあるようです。できる限りの治療は行わせていただきますが、それでもあと一年、生きられるかどうかという、とても厳しい状況です」

貴士さんの救急搬送と手術から一昼夜半が経過し、彼はすでに死の危機から脱したが、今度はわたしが、余命一年という宣告を受けることになったのだった。

ふたたび二〇二〇年七月四日

病院の屋上を囲む鉄柵の手すりから、わたしは大空に向かって飛び立った。

現在から過去に記憶を遡《さかのぼ》るように、貴士さんとの結婚生活が、プロポーズの場面が、そして余命宣告を受けたあの日の情景が、わたしの中を駆け抜けた。

長い時間が経過したようにも思えたが、実際にはほんの一瞬だった。それでも十二階の高さから見ていたときとは違って、地上ははるか遠くに小さくなり——やがて白く霞《かす》んで消え去った。

わたしがいるのははるか上空、ではなく、宇宙でもなく、別の世界だった。数学的にはありえないことだが、地上の風景は地球の裏側まですべて均等に下方に見えていた。

わたしと同じ地平には、地上の肉体から解放された魂《たましい》が、無数に存在していた。わかりやすいように、すべての人が生前の最後の外見を保っている。どの時代のどの国の人かがおおよそ判断できる。人数に直すと何十億人という人の魂が存在していて、そのどれもが均等に、詳細に見て取れる。

見知った人を自然と探していたのだろう。すべての魂と等距離でありながらも、酒匂先生の魂がいちばん近くに感じられた。

「なるほど。今日が亡くなられて四十九日後ということですか」

「はい。現世への執着、煩悩《ぼんのう》から解き放たれました」

「でも私の余命宣告より、四ヵ月ほど長生きされた」

「死んだら最終的にこうなるんですね」

「私も知らなかった。それにしても、私の方が先にここに来るなんてね」

「夫はどうですか？　いつここに来るかわかります？」

「どれどれ。時原貴士さんでしたね。おや、いまは法要中ですか」

わたしも酒匂先生の真似をして地上を見下ろした。どこでも同時に見ることができる。貴士さんの姿はすぐに見つかった。先生の言うように四十九日の法要の真っ最中だった。お経を唱えつつ、ときおりわたしの妹とアイコンタクトを取っている。見る人が見れば、二人の怪しい関係はバレバレだった。左の手首には金色の腕時計が光っていた。ロレックスなど山ほど買ってもびくともしないほどの遺産を、彼はわたしから受け取っているはずだ。

「私が最初にお見かけしたときは、体重が百キロを超えていましたよね？」

「百十二キロでした」

「それが今では七十キロ前後とお見受けします」

「心筋梗塞で死にかけたのがよっぽど怖かったんでしょうね。あれからずっとダイエットを続けてきて、一年半で四十キロ近く落としました」

「うーん。前の体重のままだったら、六十歳まで生きられない可能性がけっこうありましたが、今では痩せてより健康になりましたからねえ。八十代後半まで生きられそうですねえ」

「だとすると夫の余命はあと六十年ほどですか。それを待ちます？」

「いいえ、貴士さんに対する執着が、つい先ほどまではものすごくあったんですが、ここに来てみたらそんなのどうでもよくなってしまいました」

するとと酒匂先生は、それは良かったと言って、カッカッカと豪快に笑った。

すべての別れを終えた人

北山猛邦《きたやまたけくに》

1979年岩手県生まれ。第24回メフィスト賞受賞作「失われたきみ」を改題した『「クロック城」殺人事件』で2002年にデビュー。ファンタジー的な設定など独特の世界観における論理展開や、大胆な物理トリックを多用することでも知られている。『「アリス・ミラー城」殺人事件』（2003年）、「少年検閲官」シリーズの『少年検閲官』（2007年）と『オリゴーリェンヌ』（2014年）、「名探偵音野順の事件簿」シリーズの『密室から黒猫を取り出す方法』（2009年）や『天の川の舟乗り』（2021年）、『人外境ロマンス』（2013年、2016年に『つめたい転校生』と改題文庫化）、『千年図書館』（2019年）などがある。（N）

1

花束を捧げる相手はいつも死人だ。わたしは生きている誰かに花を贈ったことは一度もない。贈る相手もいないし、贈る理由もない。だから花は、わたしにとって別れの色。さよならの後に打つピリオド。そして二度と開くことのないページに挟んだ押し花。

五月の雨の降る日、わたしはクラスメイトに花を捧げた。彼女の住んでいたアパートは真っ黒に焦げて、一部の柱や梁《はり》だけを残し、かろうじてそこに立っているという有様だった。まるで焼け焦げた巨大な骸骨《がいこつ》だ。その哀れな亡骸は、今はただ、雨に濡れてうずくまっている。

二階建て木造アパート六部屋のうち、出火元は二階の中央の部屋とみられている。クラスメイトの住んでいた部屋は、出火元の部屋からみて斜め下、一階の端に位置するが、火はアパート全体を包み込んだため、彼女の部屋も被害を免《まぬが》れられなかった。深夜の火事だったこともあり、彼女は寝ている間に煙に巻かれて亡くなったという。

アパートの脇に花束を置く。

彼女はたった一日だけ、クラスメイトだった。

わたしが転校生として教室に入ったその翌日から、全国一斉休校が始まった。世界中に蔓延《まんえん》し始めていた疫病の影響が、この海沿いの小さな町にも忍び寄っていた。

教室の席が隣同士になったことで、彼女とは何回か言葉を交わした。これからよろしく、とか、どこから来たの、とか、そういう他愛もない会話だ。気さくで飾り気のない、いい子だと思った。もちろんわたしは、それ以上彼女と関わるつもりはなかった。どうせすぐにまた、この教室から立ち去ることになっている。別れが定められている相手にかけるべき言葉を、わたしは未だに見つけられていない。

それでもこうして花を捧げにきたのは、ここで何が起きたのか知るためだ。

火災跡から発見された遺体は二つ。そのうち一体がクラスメイトで、死因は一酸化炭素中毒とみられている。

そしてもう一体は、火元となった部屋に住んでいた三十代の女性。彼女は発見時、火災による損傷が激しく、性別もわからないほどだった。しかも遺体には切断された痕跡があり、全部で十一の部位に分解されていたという。

つまりバラバラ屍体だったのだ。

火災の影響でバラバラになったとは考えにくい。出火した時点で、彼女はすでに何者かに殺害され、バラバラにされていたとみるべきだろう。

小さな田舎町で起きたこの陰惨な事件は、世間にはほとんど知られることはなかった。何故なら人々の関心は、世界に訪れる終末の兆しと、緊急事態を告げるニュースに向けられていたからだ。彼女たちの死は、カウントされない死に過ぎなかった。

アパートの周囲にひと気はない。多くの人は家から出ずに、この灰色の雨をやり過ごしているのだろう。人影も消え失せた静寂の中では、花束を包むフィルムに当たる雨音さえ、場違いのように騒々しく聞こえる。

わたしは建物の裏に回り、あらためて火災現場を覗いてみた。

屋根や二階が燃え落ちているため、六部屋あったはずの建物は、中央がごっそりとえぐられたように崩壊して、吹き抜けのホールのような状態になっている。ちょうどアルファベットのMの形だ。火災当時、ここに住んでいたのは被害に遭った二人だけで、他の四部屋はしばらく前から空き室だったという。

バラバラ屍体は焼け跡の中央辺りに散らばっていた。二階が崩落したせいで、屍体は文字通りバラバラに散らばっていたようだ。そのため、出火する前にどのような形で部屋に遺棄されていたのかはわからない。

何故、屍体はバラバラにされていたのか。

火災は殺人事件と関連があるのか。

そして誰が犯人なのか。

事件からひと月が過ぎてもまだ、何一つ真相は明らかになっていない。地元の警察署では、署員に感染者が出たため、捜査に支障をきたしているとさえ聞く。もはやこの廃墟に近づく者さえいない。

クラスメイトの部屋は全体が真っ黒に焦げて、上階の一部の崩壊により混沌としてはいるが、机やベッドなどの家具は形を留めていた。クラスメイトはそのベッドの上で発見された。彼女の遺体は、二階の住民ほどではないにしろ、全身が黒く焼け焦げて、無残な姿に変わり果てていたという。

あの日、別れ際に手を振る彼女の頭のうしろで、ポニーテールが揺れていたのを思い出す。

「今度はいつ会えるんだろうね」

それが彼女の云った最後の言葉。

もちろんわたしは、もう二度と会うこともないかもしれないと心の中で思っていた。彼女はどうだっただろう。世界を覆う闇はいずれ晴れ、これまで通りの日常が帰ってくると信じていたに違いない。

わたしは焼け跡に足を踏み入れようとして、ふと思い留まった。表の通りに、車のヘッドライトが射し込むのが見えたからだ。

嫌な予感がする。

その場を離れようと表の通りに出ると、さっきの車がすぐ目の前で止まった。雨と海風に煙《けむ》る暮れの薄闇を、ヘッドライトの灯が無遠慮に切り裂いている。少なくとも警察車両ではないようだ。わたしは警戒を強めながら、何事もなかったようにその横を通り過ぎようとした。

すると案の定、車から誰かが降りて、わたしを呼び止めた。

「ちょっと、君」

若い男だ。

聞こえないふりをして、そのまま歩き続ける。

男は諦めずに、水たまりを蹴ってわたしを追ってきた。

「ちょっと待ってよ」

男はわたしの目の前に回り込んで、道を塞ぐ。

痩せて背の高い、不健康そうな男だった。傘をささずに車から降りたせいか、たちまち長い髪が水死体みたいに顔に張りついている。

何か用？

口には出さずに、目だけでそう告げる。

男はたじろいだ様子で、ジャケットのポケットから名刺ケースを取り出した。そして濡れた手で名刺を取り出し、わたしに掲げて見せる。

そこには地元の新聞社の名前と『相葉信二《あいばしんじ》』という氏名が書かれていた。

わたしは首を横に振って、受け取りを拒否した。

「ああ、ごめん、あとで濡れてないやつ渡すから」彼はそう云って名刺をしまう。「君、ここで亡くなった高校生の知り合い？」

「いいえ」

そっけなく返して、わたしは立ち去ろうとする。

けれどすぐに思い直した。

新聞記者なら、事件のことを詳しく知っているかもしれない。学校という情報源が閉ざされ、町を行き交う地元の人間も消え失せた状況下で、わたしは事件の情報を手に入れるのに苦心していた。

わたしが足を止めると、相葉はほっとした様子で表情を和らげた。

「クラスメイトだった」わたしは云った。「ただし、ほとんど会話したこともないけど」

「今日はどうしてここに？」

「あれを」

わたしはさっき置いてきた花を指差した。それで察してくれたようだ。

「なるほど……亡くなった彼女について、何か知っていることがあれば教えてほしいんだけど。どんなことでもいいから」

「残念だけど、わたしは転校してきたばかりだから。本当に彼女についてはよく知らないの」

「それじゃ、彼女の印象とか、雰囲気とか、なんでもいいから教えてくれない？　記事にする時に、たった一言でも彼女の生きた姿を伝えられれば、読む人の胸に届くと思うんだ」

随分と青臭いことを云う。情報を引き出すための殺し文句だろうか。それとも単純に彼が青いだけだろうか。

「いいわ。でもその前に……傘をさしたらどう？」

「おっと、そうだね」彼は車のドアを開け、後部座席から傘を取り出す。「できれば喫茶店辺りでゆっくりと話を聞きたいところだけど、今は何処《どこ》も閉店中だし……困ったな。わざわざ会社に来てもらうのも悪いし」

「それなら、あのバス停は？」

道路の先に見える屋根つきのバス停を指差す。

「ああ、あれならちょうどいい。お互い、距離も保てそうだしね」

わたしたちは歩いてバス停に移動した。

トタン屋根の下にベンチの置かれた田舎風のバス停だ。少なくとも雨はしのげる。ベンチに座ると、道路を挟んだ向こう側に海が見えた。灰色の空と水平線に境目は見当たらず、不吉な靄《もや》が壁のように周囲を取り囲んでいる。その壁の向こうの世界がすでに滅んでしまっていたとしても、不思議ではない。

「学校はまだ、休校中？」

相葉はベンチに座るなり、さりげなく切り出した。彼はいつの間にか口元にマスクをしていて、濡れた頭をハンドタオルでごしごしと拭っていた。

「それにしても、こうして誰かと直接話をするのは久々だな。今は取材もネットで済ますことが多くてね」

「アパートで起きた殺人事件を調べているの？」

「ん？　ああ、そうだね」そう云って相葉は道路の先に見える焼け跡を見つめる。「事件のことは知ってる？」

「ええ、それこそ新聞に書かれている程度のことなら」

「こんな事件、初めてだよ。ここは殺人事件なんてめったに起こらない町だ。少なくとも僕が新聞記者になってから、人殺しは一件もなかった。それがよりによって、こんな状況で、信じられないような事件が起きてしまった。いや、こんな状況だからこそなのかもしれないけど……」

「わたしのクラスメイトは、事件に巻き込まれてしまったのかしら」

「それはまだ……よくわからない。正直云って、警察の捜査はほとんど進展していないし、取材もまともにできていない。僕の周りでも、この件に当たっている人間は誰もいないよ。みんな医療関連の取材に走り回ってる。死んだ人間より、生きている人間のために何かしたいと考えるのは、自然なことだからね」

「あなたは違うの？」

「そうだね……誰も見向きもしない死があってはならないと思う。特にこんな世の中だからこそ、見過ごしちゃいけないんだ。たとえば君のクラスメイトのような最期をね」

　彼は感傷的に云って、遠くを見つめる。本音だろうか。たぶん本音だろう。だとしたら関わるのは面倒な相手だ。人と人との関係は、すれ違えば忘れるくらいがちょうどいい。

「それで……君のクラスメイトなんだけど、何か変わった様子とかなかった？」

「別に。ごく普通の生徒にしか見えなかったわ」

「あのアパートで一人暮らしをしていたらしいね」

「そうなの？　知らなかった」

「ご両親は山の向こう側に住んでる。実家からは通学に不便だから、あのアパートを借りたらしい。そんな無理をさせるんじゃなかったと、ご両親は泣いて悔やんでいたよ」

「ご両親から話を聞けたのなら、これ以上わたしから聞くことなんて何もないんじゃない？」

「いや、学校での彼女について知りたいと思ってね」

「それならさっきも言ったけど、わたしは彼女と一日しか会ってないから、何もわからないわ」

「そうか……教室の仲間にしか見せない顔を知りたかったんだけど……」

　彼女はどんな顔をしていたっけ。

　これといって特徴のない、ごく普通の顔だ。どの転校先のクラスにも一人はいるような子。ただ少し、身長が高いことだけが、目立つといえば目立つ程度。特にいじめられていたり、もてはやされていたりすることもなく、当たり前のように教室に溶け込んでいた。

もちろん思春期の女の子だから、それなりに悩みも抱えていただろう。ただしそれが彼女の死と関係しているとは思えない。火災に巻き込まれた不慮の死とみるべきだろう。

「彼女の友人とか、彼氏とか、誰か心当たりない？」

「ないわ」

「まあ、そうだよね……転校してきたばかりじゃしょうがない」

相葉はあからさまに肩を落とす。せっかくつかまえた情報源が空っぽでは、ため息の一つも零したくなるだろう。

彼はベンチから立ち上がった。

「呼び止めちゃって悪かったね。僕はそろそろ行くよ。もし学校が再開して、彼女について何か知ることができたら、僕に連絡をくれないか？」

彼はあらためてポケットから名刺を取り出して、わたしに押し付けた。わたしは仕方なくそれを受け取った。

「それじゃあ、君も早く帰った方がいい。ステイホームだ。外をうろついていると、見知らぬ大人たちから怒られかねないからね」

立ち去ろうとする彼を、今度はわたしが呼び止める。

「ちょっと待って」

彼は足を止めて、怪訝そうに振り返った。

「あの建物で起きた事件について、詳しく教えて」

「……知ってどうするんだ？」

「別に、ただ真実が知りたいだけよ」そう云ってから、ふと思い直して、付け足す。「亡くなったクラスメイトのためにも」

「そうか……」

彼はゆっくりとベンチに座り直した。

雨がトタン屋根を叩く。世界はあまりわたしたちを歓迎していない。大人しく家に引っ込んでろと、責め立てられているような気分になる。

「そのうち記事にまとめるつもりなんだけど……ま、いいか。君も事件のことを知っておいた方が、今後何かに気づくこともあるかもしれないしね。それに君は地元の人間じゃないんだよね。よそから来た君にしか見えないものが、見えるかもしれないな」

そう、いつだってわたしは『よそ者』だ。

そして彼の云う通り、外から来た人間にしかわからないことは、少なくない。わたしが転校を繰り返すのは、『よそ者』としてその土地に潜り込むためだ。そうすることでしか解けない謎がある。

はたして今回の事件はどうだろう。そもそもわたしが依頼を受けていた件と、今回の事件とはまったく無関係だ。たまたまクラスメイトに不幸があっただけ。もちろん見ないふりはできたけれど……事件の異様さに興味をひかれたのも事実だ。

余計なことに首を突っ込むべきじゃなかったと、あとで後悔することにならなきゃいいけど。

「屍体が発見されたのは、今から大体ひと月前――四月の八日だ」相葉は手元のスマホでメモを確認しながら云った。「火災は七日深夜頃に発生し、翌朝まで続いた。その後、火災現場から二人の屍体が発見された」

「二階に住んでいた女性というのは、何者なの？」

「加賀《かが》あずさ、三十歳。生まれはここ。大学進学のために東京に出て、向こうで結婚。それ以来、地元には戻らず、向こうで暮らしていたらしい」

「東京にいた？　あのアパートで暮らしていたんじゃないの？」

「三月の連休中に帰ってきたんだよ。もちろん、例のウィルスを避けるためだ。疎開ってやつだな。人の溢《あふ》れる都会より、田舎で暮らす方が安全だと考えたんだろうね。ところがそう簡単にはいかなかった。彼女は疎開するに当たって、まず実家を頼ろうとした。けれど親戚一同から猛反対される。『都会からウィルスを運んでくるな』と露骨に嫌な顔をする者もいたようだ。そこで不動産屋を方々巡って、ようやく見つかったのが、あのアパートだ」

「旦那さんは？」

「疎開する際に、一緒にこの町に来たが、仕事のためにすぐに東京に戻ったようだ」

「こっちで一緒に暮らさなかったの？」

「そうみたいだね。旦那は東京で個人経営の小さな居酒屋をやっている。店を開けるために向こうに残ったようだ。次に旦那がこの町に来たのは、訃報《ふほう》が届いたあと」

「それじゃあ半月ほどの間、奥さんはあのアパートに一人で暮らしていたってこと？」

「そのようだ」

「そうまでしてここに残りたかったのかしら」

「よほど感染を恐れていたんじゃないか？」

「妊娠していたとか？」

「いや、そういう報告はない」彼はそう云って、ふとわたしを覗き込むようにして見つめた。「君、本当に高校生か？　なんだか妙に質問慣れしてるな。まるで記者の仲間と話してるみたいだ」

「わたしに妙な疑いをかけているのだとしたら、的外れよ」

わたしはポケットから生徒手帳を取り出して、彼に見せる。もちろん写真入りの本物だ。

「ああ、ごめん。別に疑ってるわけじゃないんだ。ええと……綿里外《わたさとそと》？　ソトって読むのかい？」

「ええ」

わたしは手帳をしまう。

「わかった、覚えておく」

「別に覚えなくていいわ」

「……それで？　君は何を知りたいんだ？」

「一部の週刊誌でしか報道されていないみたいなんだけど、加賀あずささんがバラバラにされていたというのは本当？」

「そんなことまで知ってるのか……」

「胴体が上下に二分割、両腕両脚がそれぞれ二分割、そして残りは頭部で、十一の部位に分かれていたそうだけど」

「想像するのも恐ろしいようなことを、よく平然と口にできるもんだね……」

「事実なの？」

「うん、事実だ。DNA検査では、すべて同一人物のものだと判明している。ただし損傷が激しく、切断に用いられた凶器は不明。死因の特定にも至っていないそうだ」

「彼女は半月の間、この町でどういう生活をしていたの？」

「近所のスーパーでは、食料を買っていく姿が何度か目撃されている。それ以外の目撃情報はほとんどない。大人しく自粛生活をしていたみたいだが……ただ、その一方で、夜な夜な繁華街に出向いて飲み歩いてたって噂もあるんだ」

「この町で女性が一人で飲み歩く店なんて限られてくるんじゃない？」

「その通り。だから片っ端から彼女が店に来たか聞いて回ってみたけど、実際に彼女を見たという人は一人もいなかった」

「どういうこと？」

「どうやら彼女の存在が噂になっていて、あることないこと云いふらされていたみたいなんだよ。おそらく親戚か、不動産関係の人間から広まった話なんだと思うけど……『東京から来た女』として町中に知れ渡っていた。なかには彼女を感染者だと誤解している人もいたよ」

よそ者の宿命だろう。もしかしたらわたしも陰では同じように噂されているのかもしれない。

「ほら、これを見て」

相葉はスマホの画面をわたしに向けた。

焼失する前のアパートの写真だ。建物を正面から撮ったもので、一階に赤茶色のドアが三つ、鉄の外階段を上がって二階に同じドアが三つ、並んでいる。右下の部屋の前にだけ、傘が立てかけてあったり、窓越しにピンク色のカーテンが見えたり、生活感が窺える。ここがクラスメイトの部屋だろう。

問題は二階の中央の部屋だ。ドアに貼り紙がしてある。一枚だけではなく、複数枚、しかも乱雑に張り重ねたような印象だ。

「これは近所の中学生が撮影してSNSにあげていたものだ。火事になる五日前。この中学生はただ茶化すつもりであげたみたいだが……」

「貼り紙があるけど、なんて書いてあるの？」

「次の写真を見てくれ。取材に行った時、近所の人が撮影していたものをコピーさせてもらった」

スマホを操作して次の画像を表示する。

さっきと同じように建物を正面から撮影した写真だが、かなり近距離から二階を見上げるような構図で撮られている。画像をズームさせると、ドアに貼られた紙の文字が確認できた。

『町カラ出テイケ！』

『ウィルスばらまくな！』

『自粛しろ』

『ヨソモノ　カエレ』

『クソ女』

毒々しい赤色で書かれたものや、角ばったカタカナで書かれたもの、チラシの裏を使ったものなど……様々な種類の脅迫、誹謗中傷の貼り紙が、ドア一面に貼り重ねられている。

「東京から来たというだけで、こんなことになるの？」

「見ての通りだ。僕もこの町の人間が、こんなことをしているとは考えたくないけど、これが本性ってやつなのかもしれない」

「この様子だと、かなり執拗に脅迫されていたみたいね」

「そうだね。正義のつもりなのか、それともただの捌け口なのか、動機はわからないけど……ビラの種類からみて、これをやっているのは一人や二人じゃなさそうだ」相葉はため息交じりに云って、弱々しく首を横に振る。「彼女にとって不幸だったのは、ちょうどここに引っ越してきた頃に、県内で最初の感染者が出たことだろう。もちろん彼女とは全然関係なかったんだけど、彼女のせいだと本気で信じている者がいたのも事実だ」

「こんなことをされて、ここを出て行こうとは思わなかったのかしら」

「帰る場所がなかったんだろう」

「東京にいる旦那さんのところへ戻ればいいじゃない」

「それが……実際のところ、夫婦仲はけっしてよくはなかったようなんだ。旦那の居酒屋の常連客から話を聞いたけど、別れるのも時間の問題だったそうだ。これは僕の推測だが、この疎開は、事実上の別居だったとにらんでる」

「でもこの町に帰省する時には、旦那さんと一緒だったんでしょう？」

「まあ、それもそうなんだけど……実家に対するポーズだったんじゃないかな。結局、頼りにしていた実家からも追い出されて、旦那のもとにも帰れず、彼女にはあのアパートしか居場所がなかったんだ」

「問題は、誰が加賀あずささんを殺害したのかということだけど……目星はついてるの？」

「もう答えは歴然としてるじゃないか」

「え？」

「町の人間だよ」

相葉は声をひそめて云った。

周りには誰もいないのに、まるで自分の声が町中に筒抜けになっているとでも考えているみたいだった。

「まさか」

「この町の人間はちょっと前まで、海風がウィルスから町を守ってくれてると本気で考えていたんだぞ。大気中の塩分濃度がどうとか、陸と海水温の差がどうとか、今考えるとばかばかしい根拠を並べて、この町の人間だけは大丈夫だと信じていた。ところが結果はどうだ？　災厄《さいやく》は分け隔てなく、この町にもやってきた。信じていた人ほど打ちのめされただろう。そんな状況で、災厄をもたらした人物がすぐそばにいると知ったら、どんな行動に出るか……」

「そんな理由で、相手を殺すというの？　しかもバラバラにまでして」

「わざわざバラバラにする理由が、他に考えられないだろ？　この事件は、制裁であり、浄化なんだ」

「浄化？」

「遺体から、着火剤に用いられる燃料が検出されたそうだ。つまり犯人はバラバラにした遺体を、意図的に燃やしている。そうすればウィルスを焼却できると考えたんじゃないか？」

「そこまでする？」

「誰かが『しなきゃいけない』と思ったんだろう」

「アパートが燃えて、他の住人に被害が及ぶとは考えなかったのかしら」

「そこまで燃えるとは思っていなかったか……あるいはアパートごと燃やし尽くそうと考えたのか。後者だとしたら、おぞましい話だ」

　ウィルスを焼却するため、アパートごと燃やした……もしそうだとすれば、クラスメイトの彼女は、とんだとばっちりを被ったことになる。

　それが真相なのだろうか。

　雨足が強くなってきた。頭上のトタン屋根を叩く雨の音が、いっそう激しくなる。もう声をひそめてはいられない。

「事件のこと、いろいろ教えてくれて、どうもありがとう」わたしは云った。「クラスメイトがどうして亡くなったのか、ぼんやりとわかった気がする」

　それは半分、嘘だった。

　わかったのは経緯だけ。真相はきっと別のところにある。

「ついでといってはなんだけど、さっきの画像、コピーしてもらえないかしら」

「ドアの貼り紙の画像か？　それはできないよ。取材先から手に入れたものだから……ああ、中学生が撮った方なら、今でもＳＮＳを検索すれば出てくるはずだ」

「そう、じゃあ調べておくわ」

「君……僕の結論に納得してないみたいだな」相葉は目を細めて云った。「君は一体何者なんだ？」

「ただの転校生」

　わたしは立ち上がり、傘をさしてバス停の屋根の下から出た。わたしたちが話している間、目の前を通り抜ける車は一台もなかったし、誰かが通り過ぎることもなかった。

　町は死に絶えてしまったのだろうか？

　そんな気配のする静けさを、取り乱したような雨音がごまかしている。

2

わたしは自宅のマンションに帰り、シャワーを浴びた。温かいお湯が出るということは、まだ世界は滅んでいないらしい。

部屋着に着替えて、ベッドに横になる。

サイドテーブルには、わたしが本来請《う》け負《お》っていた依頼の資料が散らばっている。この町の港が、麻薬密輸の温床になっているという情報があり、わたしが捜査することになった。まずは学校で港湾関係者の息子や娘と接触するのが目的だったが、休校になってしまったため、身動きが取れないままだ。今は探偵も家にいるしかない。幸い、海外からの船はほとんどなく、港は静かなようだ。

そんななか、クラスメイトの死を知った。

正直なところ、名前すら覚えていない相手だ。彼女のために尽くす義理はない。いつものように彼女の記憶は、この町に置いていく……つもりだった。

彼女が生きていればそうしていただろう。

けれど彼女はもうこの世にいない。

その事実が、わたしの心を引き留めた。

矛盾した話だ。生きている人間より、死んだ人間の方が身近に感じられる。優しくなれる。死者はもう二度とさよならを云わないから。彼女はすべての別れを終えた人。わたしはそこに安心感を覚えるのかもしれない。

わたしはあらためて彼女の死について考える。

彼女と同じアパートに住む女性が、町にウィルスを運んできた『よそ者』として制裁され、殺菌のために燃やされた。その結果、クラスメイトの彼女も火事に巻き込まれて死んだ……

一応、話の筋は通っているけれど、いくつか腑に落ちない点もある。

そもそも加賀あずさの遺体をバラバラにする必要があっただろうか。いくら義憤や正義感に駆られた人間でも、遺体を分解作業しているうちに、その熱も冷めて我に返るだろう。この作業を完遂させるだけの動機としては弱い。第一、犯人がウィルス感染を恐れていたとしたら、この作業は避けているはずだ。

それから、実家への帰省を拒絶された彼女が、わざわざ安アパートを借りてまで、この町に留まった理由がわからない。相葉は『事実上の別居』と推察していたけれど、それなら何故夫は、彼女と一緒にこの町に来たのだろう。

ベッドに寝転んだまま考え事をしていると、インターホンが鳴った。

モニターを確認すると、バイクのヘルメットを被った男性が、バッグから荷物を取り出している姿が映った。彼は荷物を玄関先に置くと、一礼してすぐに立ち去った。

デリバリーのパスタが届いたみたいだ。他人とまったく顔を合わせることなく、注文から受け取りまでできるので、可能な限り人との接触を避けたいわたしにとってはありがたいサービスだ。

わたしは玄関を開けて荷物を回収し、テレビのニュースを流しながら夕食にした。ニュースでは今日の感染者数と死者数の数字が大きく表示されていた。

窓の外では雨が降り続いている。不吉な風鳴りに街路樹がざわめく。破滅がすぐそこまで迫っているような、不安をかき立てられる雨だれ。

けれど内心でわたしは、この状況に居心地の良さを感じていた。孤独でもいい世界。ひとりぼっちが推奨される世界。こんな日が来るなんて、思いもしなかった。きっと世の中の人たちは困るんだろうけれど、わたしはこのままでも構わないとさえ思っている。どうせ友だちなんか一人もいない。

けれど事件の捜査だけは別だ。情報を集めなければ、安楽椅子探偵も気取れない。

わたしはノートパソコンを立ち上げて、さっき相葉に見せてもらったアパートの写真を探した。彼の云う通り、SNSを検索するとすぐに見つかった。画像をダウンロードする。

ついでに事件についてネットの記事を調べてみた。けれど検索で引っかかるニュースには、事件の詳細はほとんど記されていない。

続けて、加賀あずさの夫が経営しているという居酒屋を探そうと試みたが、手掛かりさえ摑めなかった。

やはりパソコンの前に座っているだけでは、何も進展しない。

わたしは渋々、壁にかけておいた制服のポケットから相葉の名刺を取り出した。彼のスマホに電話をかける。しばらくコール音が続いてから、ようやく彼が電話に出た。

『はい？　もしもし？』

「さっき焼け跡で会った者だけど」

『ああ、登録されてない番号だから誰かと思ったら、君か』

不審そうな声がようやく和らいだ。背後からはテレビの音と子供のはしゃぐ声が聞こえる。

『もしかして、クラスメイトのことで何か思い出した？』

「いいえ。こちらから出せる情報はもうないわ。それより加賀あずささんの旦那さんについて教えてほしいの。店の名前はわかる？」

『また唐突に……あのねえ、そういう個人情報については教えられないの』

「店の名前くらい、いいじゃない。さっきはさんざん事件のこと、教えてくれたのに」

『それとこれとは別だよ』

「じゃあいい。その代わり、事件に関連した質問ならいいでしょ？　旦那さんの行動について知りたいの。三月に奥さんをこの町に残して東京に帰ったあとは？　旦那さんは何をしていたの？」

『うーん……まあそれくらいなら話してもいいか。彼は東京に帰ったその日には店を開けて、それから奥さんの訃報を聞く日まで、毎日一人で店を回していたそうだ』

「この町に戻ってきた形跡はないの？」

『それについては警察もきっちり調べてるが、彼は一度も東京を離れていない。それどころか外出自粛を守って、長時間家を留守にした形跡すらない。店舗兼住宅だから、買い出しに出る以外は、移動する必要がないんだ。そもそも事件のあった四月七日の夜から翌朝にかけては、夜遅くまで常連客の相手をしていたから、どう頑張っても東京とこの町を往復することはできない』

東京からこの町までは、新幹線で二時間、在来線に乗り換えて四十五分かかる。車ならその倍以上。往復するつもりなら、さらに倍だ。

「『家を留守にした形跡がない』と、どうやって証明できたの？」

『常連客や商店街の顔なじみの証言だよ。隣の店の店主によると、旦那は毎日、朝五時にはシャッターを開けて仕込みを始め、午前十時に店を開け、夜十二時にシャッターを閉めるまで、客の相手をしているそうだ。しかも奥さんが疎開してからは、一人で休みもなく働いていたから、心配でよく声をかけにいっていた、と』

「半月の間、休みもなく？」

『ああ。でも客足が減っているせいで、むしろ暇を持て余していたらしいよ。四月に入ってからはテイクアウトの受け付けを始めて、なんとかこの状況に対応しようと苦心していたみたいだ』

「店を閉めたあと、こっそり家を出るくらいはできたんじゃない？」

『おいおい、まさか君、旦那を疑ってるのか？　そりゃあ真夜中なら、周囲にばれないように家を出るくらいはできたかもしれないが……出たところでどうするんだ？　夜十二時以降じゃ、新幹線の終電には間に合わないし、車だと翌朝五時までには帰ってこられないぞ。それにさっきも云ったように、犯行のあった日の夜は客の相手をしていて……』

彼の言葉を聞き流しながら、わたしは地図を広げて確認する。地図は苦手だけど仕方ない。誰にも悟られずに、この距離を往復する方法があるだろうか。電車も車もだめなら、飛行機はどうか……と考えたけれど、この町の近くには飛行場はない。

「昼間に店を抜け出すのは無理かしら？」

『無理だな。いつ客が来るかわからないし、特に四月以降は顔なじみがテイクアウトの弁当を買いに毎日足を運んでいたというから、何時間も店を空っぽにすることはできない』

「代わりの店番を置いておけば？」

『そんなことしたら怪しまれるに決まってる。そもそも代わりになるような従業員がいない。給料を払える状況じゃないからね』彼はため息交じりに云う。『なあ、もう諦めたらどうだ。旦那は必死に仕事しながら、大人しく家にこもっていたんだよ。自粛の相互監視が厳しいこんな時だからこそ、それははっきりと証明されている。いわば衆人環視の状況だ』

ステイホームを実践する男が、遠く離れた場所に住む人間を殺害し、バラバラにして、しかも火を放った……

そんなことが可能だろうか。

被害者の夫が犯人ではないとしたら、行きずりの異常犯罪者の仕業か？　それとも相葉が云っていたように、『町の人間』たちの犯行なのか？

『それにしても、君は本当になんなんだ？　まるで事件のことを調べてるみたいじゃないか。何か目的があるのか？　それとも……』

「もう切るわ。情報ありがとう。さよなら」

わたしは電話を切った。すぐに折り返し電話がかかってきたけれど、スマホの電源を切った。

この事件を解決する目的……

わたしは夜の間、それについて考えてみたけれど、これといって思い当たらなかった。依頼を受けている別の事件と、もしかしたら背景が重なる可能性も疑ってみたけれど、どうやらそれもなさそうだ。

結局のところ、この世にはもういないポニーテールの彼女のための捜査でしかないのだろう。

ひとりぼっちのわたしに話しかけてくれた、ささやかなお礼だ。


翌日、わたしは再び火災現場へ向かった。

昨日から続く雨のせいか、坂道から見下ろす海は白く荒れていた。歩道では誰ともすれ違うこともなく、デリバリーのバッグを背負った男性の自転車を遠くに見かけただけだった。

昨日と同じように、スーパーの片隅で売っている花を買っていく。事件現場を調べる際に、花は必須だ。誰かに見《み》咎《とが》められた時に、云い訳に使える。わたしにとって花は、別れや弔《とむら》いのためだけのものではない。

右手に傘、左手に花を持って、誰もいないどしゃ降りの歩道を歩く。

やがて道の先に、黒い廃墟が見えてきた。

死してなおその姿を街路灯のスポットの中にさらし続ける、気の毒な建物の死骸だ。

近づくと、昨日置いた花がそのままになっていた。他に供え物は一つもない。

周囲を見回し、誰もいないことを確認してから、建物の裏へ回る。本来なら昨日のうちに調べておきたかったが、思わぬ邪魔が入ってしまった。結果的にたくさんの情報を手に入れられたので、悪いことばかりではないけれど。

瓦礫《がれき》の中に足を踏み入れる。四方には一部の壁が残っているので、表通りから誰かに見られる心配はない。

瓦礫の中央に立ち、空を見上げる。おそらくこの上に加賀あずさの部屋があって、火災により崩落したのだ。

ほとんどのものは灰と炭になっていて、もともとそれがなんであったのか認識すらできない。それでもかろうじて、液晶テレビや小型の冷蔵庫などは原形を留めている。

通常であれば、家電用品は出火元である可能性を考慮して、火災調査の際に回収されるはずだけど……まだ現場に残されているということは、未だに詳しい現場検証もままならない状況なのだろうか。それとも、はっきりとした出火元がすでに特定されているのだろうか。

バラバラ屍体から着火剤の成分が検出されたということは、犯人は意図的に屍体に火を放ったと考えられる。少なくとも失火ではなく、放火だ。

火災の通報があったのは七日の深夜。被害者の夫はこの時、遠く離れた場所にいて、確かなアリバイが成立しているようだ。

けれど火を放つだけなら、必ずしも現場にいなくてもできるのではないだろうか。

たとえば時限発火装置や、遠隔装置を使えば……

わたしはその場に屈み込んで、瓦礫をかき分ける。発火装置の痕跡がどこかに残されているかもしれない。

しばらくして、折り重なった瓦礫の下から、ノートパソコンを見つけた。プラスティックの外装は溶けて、真っ黒な基盤がむき出しになっている。その基盤の一部から、皮膜が溶けて銅線だけになったケーブルが延びていて、細い円筒形のデバイスに繫がっていた。

これはなんだろう。形からしてマウスではない。充電器……でもなさそうだ。形状はボールペンに似ている。ただし先端は尖っておらず、むしろ窪んでいて、小さな穴が空いている。

おそらくこれは……レーザーポインター？

電源スイッチらしきボタンがあるが、押しても反応はしない。当然、壊れているのだろう。ケーブルはノートパソコンのＵＳＢ端子に繫がっている。

わたしはスマホの検索サイトで、これと同じ型のレーザーポインターを探してみた。意外にも簡単に見つかる。どうやら個人輸入品として通販サイトで販売されているもので、最大出力は千ミリワット。バッテリーはＵＳＢケーブルによる充電式らしい。

これなら遠隔発火装置に使えるかもしれない。

これだけの出力があれば、レーザーポインターでマッチに火を着けることも可能だ。たとえば、レーザーポインターを固定して、光線がマッチの先端に当たるようにしておく。あとは遠隔操作でスイッチを入れることができれば、その場にいなくとも出火させられる。

問題は、どうやってスイッチを入れるか、だが……

そうだ、ノートパソコンを使えばいい。

まず、あらかじめレーザーポインターのバッテリーを空にして、スイッチはオンの状態にしておく。これをＵＳＢケーブルでパソコンと繫ぎ、充電が可能な状態にする。ただしすぐに充電が始まらないように、該当するＵＳＢ端子をアプリで無効化しておく。

このノートパソコンをモバイルルーターでネットに接続させておき、犯人は別の場所からリモート操作する。

すべきことは一つだけ。リモートでＵＳＢ端子の給電をオンにすること。

するとレーザーポインターのバッテリーが回復し、光が放たれる。その結果、設置しておいたマッチに火が着き、周囲に延焼し始める。この古い木造アパートなら、たった一本のマッチの火が、すべてを焼き尽くすほどに大きくなるまで、そう時間はかからなかったはずだ。

　リモート放火は不可能ではない。

物証もある。ただし焼け焦げたパソコンのログを調べることは難しいかもしれない。あるいはルーターの通信記録を調べれば、動かぬ証拠になり得るだろうか。

　もしこのリモート放火装置が実際に犯行に使われたのだとしたら、犯人は被害者の夫以外には考えられない。装置を室内に仕掛けることができたのは、身内の人間だけだからだ。

　そもそもこの装置は、被害者に見つからないように設置する必要がある。ノートパソコンはともかく、レーザーポインターやマッチがその辺に転がっていたら不自然だし、片付けられてしまうかもしれない。一連の装置をひとまとめにして段ボール箱に入れ、押し入れに隠しておくとか、対策が必要だ。

　しかもパソコンをリモート操作するためには、スリープ状態にならないように常に稼働させておく必要がある。リモートでのスリープからの復帰も技術的に不可能ではないが、安定性に欠けるため、稼働させたまま置いておくのが最善だ。そのためにはバッテリー切れにならないように、電源コードを繋いだ状態にしておかなければならない。コードは棚の裏にでも隠せばごまかせるだろうか。

　これを被害者に見つからないように設置できるのは、部屋に自由に入ることのできた者、つまり身内に限られる。しかも装置を押し入れに隠したり、コードを見つからないように配置したりするのであれば、入居時の引っ越しを利用するのがベストだろう。

　夫がわざわざ被害者の帰省に付き合ったり、疎開用のアパートを借りたりした理由がわかった気がする。

　すべてはリモート放火の舞台装置をしつらえるため。

　けれど遠隔で放火することができたとしても、被害者を殺害し、バラバラにすることまではできない。もし夫が犯人だとしたら、彼は数百キロ離れた場所から、それを実行したことになる。

　まさか屍体を切断するリモート装置まで用意したというのか？

　わたしはあらためて瓦礫の中を見回す。

　被害者を十一の部位に切り刻む凶器……

そんなものはあり得ない。それらしい痕跡も、遺留品も残されていない。いくら二階の部屋が焼け落ちていたとしても、それだけの大掛かりな装置を用意していれば、なんらかの痕跡が残されるはずだ。

きっと何かが間違っている。

わたしは焼け跡の中から出て、建物の表側に回る。通りに人の気配はない。建物から少し離れて、遠目に眺めてみた。

真っ黒なアルファベットのMだ。

SNS画像で、かつての姿と今の姿を比べてみる。当時、加賀あずさの部屋に貼られていたビラは、もちろん今では一枚も見当たらない。火災とともに消え去ったようだ。

ビラを確認しようと画像を拡大して、ふと気づいた。

玄関ドアの横に、もう一つ小さな扉のようなものがある。足元近くに取っ手があり、大きさは三十センチ四方ほど。

ガスや電気のメーターが収納されている場所かと思ったけれど、それにしては位置が低すぎる。だとすればペットの出入り口？　いや、ドアの取っ手は、明らかに人間が使うもののように見える。よく見ると、ドアの下にキーパネルのようなものがある。暗証番号を入力して開けるのだろうか。

わたしはいったんバス停に避難して、雨宿りする。バスは二時間先まで来ない。考える時間はたっぷりある。

傘を畳んでベンチに座り、スマホで相葉を呼び出した。

『そろそろ電話してくる頃じゃないかと思っていたよ』彼は云った。『今度はなんだい？』

「アパートのことで聞きたいの。加賀あずさの部屋のドア横に、もう一つ小さなドアみたいなものがあるけど、これが何か知ってる？」

『いや……知らない』

「画像で確認してみて」

『仕方ないな……』電話の向こうから、ごそごそと何かを操作する音が聞こえてくる。『ああ、これは宅配ボックスじゃないか？　不在時に届いた宅配便の荷物を入れておく箱だ』

「画像を見る限り、取っ手のついたドアしかないけれど」

『荷物を受ける箱そのものは室内側に取り付けられているんじゃないか？　ほら、マンションなんかだと、ドアの裏側に郵便受けがついてるだろ。あれを大きめにした感じだな』

「つまり……置き配してもらうための設備ね。他の部屋にはついていないようだけど」

『引っ越しの際に、わざわざ設置したのかもしれないな』

「そう……」

わたしの頭の中で、バラバラに散らかっていた情報が、急に一枚の絵として脳裏に浮かぶ。

バラバラ屍体、リモート放火、置き配、ステイホーム……犯人はこの時世を利用して、完全犯罪を企んだのだ。

『……綿里外』相葉が急にわたしの名前を呼ぶ。『少し君のことを調べさせてもらった。君、何度も転校を繰り返しているみたいだね。転校先の学校の周囲では、必ずなんらかの事件が起きている。そして君がいなくなったあとは、何故か事件が解決している。もしかして君は……』

「そんなことより、一つ聞いていいかしら」

『僕の話は聞かないくせに、質問ばかりするんだな。まあいいだろう。なんだ？』

「加賀あずささんの旦那さんは、四月から店でテイクアウト販売を始めたと云っていたわね。それって、アプリを使ったデリバリーもやっていたのかしら」

『ん？　ああ、そうそう「グルメ・デリバリー」ってやつに登録していたみたいだな。ほら、こんな田舎町ですら、最近よく見かけるようになっただろ。専用の四角いバッグを背負って、自転車で駆け抜けていく彼らの姿を』

『グルメ・デリバリー』といえば、わたしも利用している宅配アプリだ。コンビニの商品一つから、フレンチレストランのディナーまで、スマホアプリで注文から支払い、受け取りまでできる。受け取り方法も、置き配を選択すれば、誰とも会わずに済ませられる。

「やはりそうなのね……」

『どうした？』

「犯人が東京の家から一歩も出ることなく、この町でバラバラ殺人を行なった方法がわかったわ」

『な、なんだって？　というか……やっぱり犯人は被害者の旦那なのか？』

「ええ、それは明白よ」

『いや、しかしどうやって……旦那にはれっきとしたアリバイがあるんだぞ』

「そのアリバイは、あくまで放火のあった時間に、東京にいたというだけのことでしょう？」

『いやいや、それだけじゃない。彼は半月の間、ろくに家を出てすらいないんだ。それなのに、どうやってこの町に疎開している奥さんを殺害できる？』

「それは簡単なことよ。被害者本人が、町を出て東京に戻ってくればいい」

『被害者が……東京に戻った？』

「ええ。旦那さんが家を留守にすることがなかったというのは、証言から確かなことなんでしょう。でも奥さんの方はどうかしら。四六時中誰かに見張られていたわけではないわ。もし奥さんの方から東京の自宅に戻ったのだとしたら……」

『彼女は東京で殺害されたというのか？』

「そうよ」

『どうして東京に戻った？』

「旦那さんに呼び戻されたからでしょう。奥さんにとっても、町ではあらぬ噂を立てられ、アパートには脅迫ビラを貼られ、町を出ることに異存はなかったはずよ」

『まあ、確かにな……いや、それにしてもだな……旦那が奥さんを東京で殺した？　それはそれで問題だらけじゃないか。だってアパートの火災現場では間違いなく加賀あずさ本人の屍体が発見されているんだぞ？　DNA検査での特定も済んでいる。彼女の屍体が、東京から遠く離れたこの町で見つかっているのは確かなんだ。しかし旦那は家を留守にしたことはない。たとえ奥さんを殺すことができたとしても、屍体をこっちまで運ぶことはできなかったはずだ』

「ええ、そうね。旦那さんが家を出ていないというのは、本当なんでしょう」

『だったらどうやって屍体を……あっ！　もしかして誰か他の人間に運ばせたのか？』

「結論としては……それ以外には考えられないわね」

『つまり共犯者がいるってことか？　しかし誰がそんな犯罪の片棒を担ぐようなことを進んでする？　なんのメリットがあって……』

「順を追って説明するわ」わたしは周囲に誰もいないことを確認してから、続ける。「加賀あずささんが東京に戻ってきたのは、火災のあった数日前。おそらく五日頃じゃないかしら。旦那さんはその日にすぐ、彼女を殺害したと考えられるわ。そして自宅で屍体をバラバラにする」

『そんな、おぞましいことを……』

「バラバラにしたあとは、血や臭いでバレることを防ぐために、店の冷凍庫に入れて凍らせておくという手もあるわね。まあそこまで暑い時期ではないし、真空パックにでもしておけば、それほどバレる心配はなかったかもしれない」

『バレるって、誰に？』

「デリバリーよ」

『は？』

「犯人は屍体を細かいパーツに切り分けて、燃えやすいように着火剤を塗ったうえで、丁寧に箱詰めする。その箱はさらに不透明なビニール袋で包んでおく必要があるわ。そうしたらその日の昼に、架空のアカウントから自分の店にデリバリーを発注し、『グルメ・デリバリー』の配達員を呼ぶのよ」

『まさか、その配達員に……箱詰めした屍体を渡すのか？』

「そう。『グルメ・デリバリー』のバッグを背負った人が、店を何度か出入りしていたとしても、不自然ではないでしょう。しかも例のバッグに、屍体が入っていても、すれ違う周囲の人々が気づくはずがない」

『運んでる本人はどうなんだ？』

「彼らは注文の品を受け取ったと思っているだけよ。一つあたり、四、五キロはあると思うけど、『ドリンクが重たいから気をつけて』の一言でもかけてあげれば、特に疑うこともないでしょう」

『いや、それにしても……十一の部位に分けたものを、十一人の配達員に別々に運ばせるのか？』

「ええ、屍体をバラバラにしたのはそのため。これ以上細かくすると、配達員を増やす必要があるから、トラブルが発生する確率も高くなる。十一がギリギリってところじゃないかしら」

『でも東京からこの町まで数百キロの距離だぞ。いくらなんでも、その距離に対応してくれる配達員なんかいないし、そんなことをすればかなり目立つだろう？』

「だから少し工夫が必要ね。たとえばこうよ。犯人は近所の空き家や、マンションの空き室をあらかじめ把握しておいて、それらの住所を注文品の受取先に指定するの。注文の際に『置き配』指定しておけば、直接応対する必要もなく、勝手にそこに置いていってくれるわ」

『つまり……近所の十一ヵ所に、バラバラ屍体が配られたわけだな。そこまではいいとして、そのあとはどうする？』

「今度は長距離移動。宅配便を利用するのよ。今は非接触対応が推奨されているから、荷物の集荷も非対面でやってくれるわ。空き家の玄関先に置かれた荷物を、配達員に取りに来てもらうの」

『なるほど、空き家を中継地にして荷物をリレーするのか……いや、待てよ。だったら最初から自宅に宅配便を呼んだらいいんじゃないか？』

「それだと怪しまれる可能性があるのよ。商店街で利用している宅配便業者は顔馴染みだろうし、普段とは違う荷物のやり取りがあれば、間違いなく印象に残るはず。もしあとで、事件で奥さんが亡くなったことが知られたら『あの時の荷物だ』と気づかれてしまうかもしれない」

『う〜ん……それもそうだな。いったん「グルメ・デリバリー」を使うことで、周囲の人間に怪しまれずに、屍体を遠くへ送ることができるというわけか』

「あとは受け取りね」

『アパートにはもう誰もいないぞ？　誰が荷物を受け取るんだ？』

「置き配ボックスがあるでしょう？」

『あ、そうか、それで……』

「一度に全部の荷物が配達されないように、指定の時間をずらすとか、複数の宅配業者を使うとかして、順繰りに十一個の荷物が届くようにしておく。ボックスの中はそのまま玄関内に繋がっていて、荷物を入れると室内に送り込まれるようになっていたんじゃないかしら」

『それだと二つ目以降の荷物は、ボックスの入り口で渋滞を起こさないか？　無理矢理押し込むにしても、荷物が増えるほど、重量が増していくぞ。これだと怪しまれてしまうんじゃないか？』

「そうね。それを避けるために、あらかじめ床に丸い棒でも並べて、スムーズに押し込めるようにしておいたんじゃないかしら。たとえば丸い鉛筆を並べておくだけでも、ベルトコンベア代わりになると思う」

『ちょっと待てよ。それは加賀あずさが部屋を出た時点で、そうなっていたってことだよな。それはおかしくないか？　被害者本人が、そんな仕掛けをしてから家を出たっていうのか？』

「引っ越しの荷物が大量に届くからそうしておけと云われたら、別に疑う理由はないんじゃない？」

『う〜ん、まあ……彼女はまさか、自分が荷物になってこの部屋に戻ってくるなんて、その時点では考えもしていなかっただろうしな……』

「とにかくこれで、バラバラ殺人事件の謎は解けたわね」

『放火の件がまだ済んでないぞ』

「それについてはもう解決済みよ」

わたしはレーザーポインターを使ったリモート放火の方法を彼に伝えた。

『なるほどな……リモート放火か。犯人は大人しくステイホームしているようにみせて、実はありとあらゆる手法で、この殺人を成し遂げたんだな』

「ちなみに屍体に着火剤が塗られていたのは、もちろん証拠隠滅のためなんだけど、燃やしたかったのは屍体よりも、それを包んでいた箱の方ね。屍体が荷物として運ばれてきたということを隠すために、放火する必要があったのよ」

『用意周到だな。おかげで物証もほとんど焼失してしまったというわけか……』

「いいえ、ノートパソコンもレーザーポインターも、まだ現場に転がっているわ。警察に通報して、早く回収してもらった方がいいと思う。それから……六日から七日にかけて、このアパートに荷物を配達した業者を割り出して、証言を得るべきね。犯行を立証する手立てになるわ」

『あ、ああ、そうだな。よし、知り合いの刑事に話をしてみよう。君は今、何処にいるんだ？　よかったら刑事に直接話を……』

「それは断るわ。あなたからすればいい。もともと、わたしには関係のない事件だから」

『……わかった。でもしばらくはこの町にいるんだろう？　今度、いろいろと話を聞かせてくれ。取材記事も書き直さなきゃいけないし……忙しくなるぞ』

「少しでもこの状況がいい方向に傾いたら……またその時にね」

わたしは通話を切った。

この状況がいい方向に傾いたら……

そんな日は来るのだろうか。

3

気づくと雨が弱まっていて、海の上空に青空が見え始めていた。雲の切れ間から、柔らかい陽射しが水平線を撫でるように降り注いでいる。

もうすぐバスが来る時間だ。わたしは傘を閉じたまま、バス停から出た。

そのまま帰ろうとして、ふとアパートの方を振り返ると、その背後に虹が出ているのが見えた。

これで少しは弔いになったかな。

わたしは踵を返し、焼け跡の方へ向かった。虹が出ていなかったら、そのまま帰っただろう。ほんの気まぐれだ。せめて彼女の形見を持って帰ろうと思い立った。

虹のアーチをくぐるようなつもりで、再び廃墟の中に足を踏み入れる。

クラスメイトの部屋に入り、かつて彼女が使っていたであろう机に触れる。

何も知らずに事件に巻き込まれ、命を失った彼女。

あまりにも無垢な死……

その時、わたしのスマホが鳴った。相葉の番号だ。無視しようと思ったが、しつこいので仕方なく出た。

「何？」

『ああ、よかった繋がって。朗報……と云えるかどうかはわからないが、君にぜひ伝えておこうと思って。加賀あずさの旦那が、一週間ほど前から行方不明になっているらしい。事件のことで警察が話を聞きにいった翌日、姿を消したそうだ。こりゃあ、アタリかもしれないな』

「ふうん……そう」

『なんの感慨もないのか。まあ、君らしいな』

「話はそれだけ？　じゃあ切るわ」

『ああ、待った。それから知り合いの刑事から聞いたんだが、加賀、い、い、あずさ、い、の部屋は、ブ、い、レ、い、ー、カ、い、ー、が、落、い、と、さ、れ、て、い、た、ら、し、い、ん、だ。だから電化製品の不具合による発火現象なんかは否定されているらしいんだが……って、聞いてるか？　おい』

わたしは通話を切っていた。

ブレーカーが落とされていた？

あり得ない話ではない。加賀あずさが東京へ戻る際に、部屋を長く空けることを考慮して、ブレーカーを落としていった……十分に考えられる行動だ。

けれど……だとしたら、リ、モ、ー、ト、放、火、は、成、立、し、な、い。何故なら、リモート操作の都合上、ノートパソコンは電源を入れたままにしておかなければならないが、ブレーカーが落とされれば、給電が絶たれてしまう。それでもバッテリーによって半日はもつかもしれない。けれど半日ではだめだ。屍体の移動に一日かかることを考えたら、七日の夜の時点では、パソコンはバッテリー切れになっていた可能性が高い。

つ、ま、り、犯、人、は、放、火、す、る、こ、と、が、で、き、な、か、っ、た。

だとしたら誰が？

『この事件は、制裁であり、浄化なんだ』

相葉はそう云っていた。

ドアの前に貼られたビラの数々。

あらぬ噂を流された被害者。

燃え尽きたアパート。

気づけば、わたしはその場に膝をついていた。頭上には鮮やかな虹。そして糸のように細くなった雨は、いまや音も立てずに、わたしの肩を濡らす。

もしそうなら……

もしそうだとしたら、ポニーテールの彼女は浄化の炎に巻き込まれたことになる。一方的な正義の力が、彼女ごと、この場所を薙ぎ払ったのだ。

かわいそうに。

わたしは彼女の机を支えにして、どうにか立ち上がった。ふと、その机に引き出しがあることに気づく。燃え尽きずに残ったようだ。

何か形見になるようなものがあるかもしれない。

わたしは引き出しを開けた。

そこには燃えかけたコピー用紙が数枚入っていて、その上に赤いサインペンが転がっていた。

コピー用紙には、毒々しい赤い文字でこう書かれている。

『ヨソモノ　カエレ』

余白にはまだ、何か書き足そうとした形跡が窺える。

わたしは何も取らずに、そっと引き出しを戻した。

そして、もう一度虹のアーチをくぐるようにして、瓦礫の廃墟をあとにした。

彼方の甲虫

櫻田智也《さくらだともや》

1977年、北海道生まれ。埼玉大学大学院修士課程修了。2013年「サーチライトと誘蛾灯」で第10回ミステリーズ！新人賞を受賞。2017年、受賞作を表題作にした連作短編集でデビュー。2018年「火事と標本」では第71回、2020年「コマチグモ」では第73回の、それぞれ日本推理作家協会賞の短編部門最終候補となる。デビュー作のあとがきでは、敬愛する先輩作家・泡坂妻夫氏と山手線の車内で偶然出会ったエピソードが綴られている。（Y）

「鮲沢《えりさわ》くん！」

呼びかけると、鮲沢が見当ちがいの方向に視線をさまよわせながら「はい！」と大きな返事をした。駅舎のドーム型の天井のせいで、声がおかしな具合に反響しているのだろうか。そういえば、はじめて出会ったときもこんなふうだったなと思いだす。きょろきょろと周囲を見回すたび、彼の撫で肩からバッグがずり落ちて不憫《ふびん》である。

「どこみてんの！　こっちよ、こっち」

「あ、丸江《まるえ》ちゃん」

バッグを肩にかけるのをあきらめ、抱えて改札を抜けてくる。右手を小さく振りながら駆け寄ってきた鮲沢を、瀬《せ》能《の》丸江は腕をYの字にひろげて迎えた。

「ハグでいいわよね？」

鮲沢も腕をひろげ、バッグがふたりのあいだの足もとに落ちた。

「まったく、相変わらずとぼけてるわね！」

「丸江ちゃんも相変わらずお元気そう……いや、少し疲れた顔をしてますかね」

「ちょっと寝不足。そういうあなたも目が開いてないわよ」

「ぼくの場合は寝過ぎです。電車が五分遅れてなかったら次の駅までいくところでした」

「お昼は？」

「車内で」

「今日はリュックじゃないけど、虫採りグッズはもってきたの？」

「趣味は封印です。丸江ちゃんに付き合ってあげないといけませんから」

「あら、まるでそっちがホストみたいないいかたじゃない。減らず口はいいから、さっさと荷物よこしなさい。車、すぐそこにとめてあるから」

「ああ、あのネズミ色の」

「シルバーだってば」

丸江の愛車でペンションに向け出発する。

「こうやって助手席に乗ると、あのときのことを思いだしますねえ」

「あんまり細かく思いだしたくないけどね」

いまから二年前。二〇一六年の初夏に起きたある事件で、出会ったばかりのふたりは、ひょんなことから犯人の追跡劇を演じたのだった。

「それにしても、丸江ちゃんがペンションをはじめたと聞いたときは驚きました」

丸江は鮎沢に対し、強制的に自分を「丸江ちゃん」と呼ばせている。二十も年下の男性に〈ちゃんづけ〉で呼ばれるというのも、たまには悪くない。

「あら、向いてないかしら？」

「サービス精神が旺盛すぎて儲《もう》けがないんじゃないかと」

「さすが鋭いわね。夫の保険金も底をついたわ」

「……やっぱり少しお支払いしましょうか？　交通費まで負担していただくというのはさすがに……」

奥羽《おうう》山脈の北部に位置する標高千百十五メートルのアマクナイ岳。その西側の山麓《さんろく》にひろがるクネト湿原は、四季折々に鮮《あざ》やかな自然と、沼地から発掘された東北アイヌ文化の遺物によって注目を集め、近年あらたな賑わいをみせている。

丸江は夫の七回忌を済ませた昨年、ひとり暮らしにはひろすぎる家を売り、隣町から、湿原のある久根戸《くねと》村に移り住んだ。以前より、景観保護や無料観光ガイドといった活動に関わっていた彼女は、思いきって湿原のそばに自宅と棟つづきのペンションをオープンさせた。


繁忙《はんぼう》期の八月が終わり、九月半《なか》ばの三連休を皮切りに秋の行楽シーズンがはじまるまでの谷間の時期、丸江は鮎沢を宿に招待した。

「冗談よ、冗談。お金がないのはあなたのほうでしょ？昆虫採集で遠征ばっかりして」

「はっはっは」

笑ってごまかすのが、この男の悪いクセだ。

「クネト湿原はすっかり有名になりましたね」

さらりと話を変える。

「人が訪れるのは嬉しいことだけど、そのためにやたら看板が増えたのはちょっとね。マナーを守らない観光客は必ずいるものだから、仕方ないんだけど。あなたみたいに、虫を追っかけるのに夢中になって危険な場所に立ち入ってみたりね」

「気をつけます」

「嘘おっしゃい」

自然を次代に残すには、人間がそこに介入しないことが結局いちばんだろう。手をだしてしまったのなら、だしつづけなくてはならない。家畜化された動物が人の手を離れて容易に生きられないように、つくりかえられた庭もすぐには森に戻れない。

景観の維持には資金が必要だ。多くの人にお金を落としてもらう必要がある。しかし観光客が増えるほど自然は傷《いた》み、その修復にさらなる予算が必要となる。景観保護の活動に関わるいっぽうで経営者となった丸江は、ジレンマを感じることが増えた。

車は緩やかな坂をのぼりつづける。山麓とはいえ、クネト湿原は標高四百メートルの地域にあった。窓から入る風が、徐々に冷たい湿気を帯びる。

「冬もお客さん、くるんですか？」

鮎沢は引きつづき経営を案じていた。

「雪質がいいって、海外からのスキー客が増えてるのよ。そうそう、今日は鮎沢くんのほかに、もうひとり予約が入ってて……」

「というと、海外のかた？」

「なんと、中東の人」

名前を、アサル・ワグディといった。

「日本の大学院に五年間いて、学位をとってもうじき帰国するんですって。最後に記念の旅行で、うちには二泊の予定」

「なんの勉強をしてたんでしょうね」

「専門は考古学で、その関係からクネト湿原に興味をもったみたい。最近アイヌ文化以前の遺跡もみつかって、一段と盛りあがってるから」

「さすが丸江ちゃん。ペンションオープンは〈機をみるに敏《びん》〉というやつですね」

「でも海外のお客さんって、ときどきたいへんなのよ。チェックアウト後に、クレームの電話やメールがくることも度々で。腕時計が壊れてたとか、宝石が傷ついているとか……まるで、うちに泊まったせいでそうなったみたいに……腕時計なんて、どうやってこっちが壊すのよって話」

「それでも大切なお客さまです」

「ええ。もちろんよ」

「儲けていただかないと、ぼくが遊びにこられません」

「なにいってるの。招待は今回だけ」

鮎沢が「あはは」と笑ってごまかした。

駅からペンションまで十五分。車を降りたところへ、佐《さ》伯《えき》が外に迎えにでてきた。八月の夏休み期間に雇用していた学生アルバイトで、今日は急遽《きゅうきょ》、手伝いにきてもらった。客が二名なら丸江ひとりでも対応できるのだが、それだと鮎沢との時間をつくる余裕がない。佐伯の自宅は隣接する市内にあり、ここから車で三十分ほど。大学の試験の時期らしいが、頼みを快く引き受けてくれた。

「いらっしゃいませ。お待ちしてました」

佐伯には魬沢のことを「大事なお客さま」とだけ伝えていた。彼はどこか値踏みするような視線を、魬沢の全身にはしらせた。描いていたイメージと、目の前の男のぼんやりとした雰囲気が重ならなかったようだ。

魬沢はといえば、そんな視線に気づく様子もなく、二階建てのペンションを口を開けてみあげていた。

「すてきな宿ですねえ。もっとファンシーな建物かと思ってました」

「パステルカラーの？」

「ええ。ミントグリーンの」

「いつの時代よ。公園整備で伐採した木を材料に建ててもらったの」

紅殻《べんがら》色に塗られた外壁に、ドアと窓枠の白さが映える。なだらかなスロープを備えたウッドテラスだけは木材そのものの色を残していた。

魬沢が、ドアに貼りつけられたプレートをみながら、

「ほほう。ペンション〈クンネ・トー〉ですか……クネトの由来となったアイヌ語で、たしか〈黒い沼〉の意味でしたね」

「あら、よく憶えてるじゃない」

「……黒沼荘」

「不気味な感じに翻訳しないで」

「さあさあ、とりあえず入ってひと休みしてください」

佐伯が苦笑しながら魬沢のバッグを手にドアを開け、こぢんまりしたロビーに案内する。それだけのことでいたく恐縮している魬沢が不憫だ。

「あ、佐伯くん。カードへの記入は省略してオッケーだから、部屋に荷物を運んでおいて」

客室は三部屋で、すべて二階にあった。

「魬沢くん、電車でじゅうぶん寝たから元気よね。ちょっとアクティビティしましょう」

「仰《おお》せのままに」

「佐伯くーん、そういえばワグディさん、まだついてないの？」

階段の上へ呼びかける。

「いえ、もうチェックインしてます。オーナーが出発して五分も経たないうちにいらっしゃって、またすぐ車ででかけました。夕食の件、確認しておきましたよ」

「どうだって？」

「予約時のメールのとおり、食べられないものはないそう

です」

「そう。だったら安心して高原豚の料理にしましょう」

下拵《したごしら》えを佐伯に任せ、丸江の車もまたすぐに宿を出発する。少し離れた渓流が目的地だった。

「ゴムボートで急流くだりが楽しめるの」

「急流くだ……こ、怖くないですか？」

「けっこう怖いってさ」

魞沢の表情に暗雲がかかる。丸江は「ひひひ」と笑った。

「でも、すごくおもしろいって。だからうちに泊まるお客さんには、予約のとき必ずお勧めすることにしてるの」

「で、陰で『ひひひ』と笑うわけですか」

「人を妖怪みたいにいわないでよ」

そんな会話を交わしながら、フロントガラスの向こうの暗い空をみあげる。

「あいにくの曇《くも》り空だけど、どうせ川で濡れるんだから、雨になっても平気よね」

この数日、太陽の位置もまともにわからない天気がつづいていた。空の色に、また二年前の事件を思いだす。

「あの日も曇天《どんてん》だったわね」

「でも最後には月がみえました」


車は林道に入った。

「そんなに時間……」

かからないから——そういいかけたときだった。パンと大きな音がして、砂利《じゃり》道でもないのに車が上下に揺れだした。魞沢が「お・お・お」と声を弾ませる。

「うわあ……やっちゃったみたい」

車をとめて確認する。案の定パンクだ。左の前輪だった。トランクルームを開けてスペアタイヤとジャッキ、そして開けたことのない工具箱を眺める。ついでに魞沢の顔もみる。

「やったこと……ないわよね」

魞沢は車の免許をもっていない。丸江もタイヤ交換はディーラー任せだ。しかし、やらねば動けない。近くにガソリンスタンドなんかない。

魞沢にタイヤをおろしてもらい、スマホで調べながらジャッキを適当な位置に置き、ふたりしてなんとか車をもちあげる。魞沢がおぼつかない手つきでレンチをナットに嵌《は》めた。

「おっ。簡単に動きますよ」

カリカリと軽快な音をたててレンチを動かしている。しかし、いくらやってもネジのゆるむ気配はない。

「ねえ、空回《からまわ》りしてない？」

途方に暮れてため息をつく。そのとき後方から赤い車がやってきた。車線を右にはみだし追い越すそぶりをみせたが、徐々に速度を落とし、丸江たちのすぐ前に停車した。

「どうしました？」

男性が窓から顔をだして訊《たず》ねてきた。日本語のアクセントに少し癖があった。鼻の高い端正な顔立ちで、美しい褐色の肌をしている。

「ああ、パンクですね」

青年はこちらの返事を待たずに合点して車を降りてきた。彼が近づくと、懐かしい匂いがした。丸江の父親に似た匂いだった。父親は鋳造《ちゅうぞう》の仕事をしていた。毎日のように溶鉄の熱にさらされ肌を焼いていた父親からは、独特のあたたかな匂いが漂ってきた。それを母親は、「太陽の匂いよ」と、丸江に教えたものだった。

「それ貸してもらえますか？　ああ、ラチェットの方向が逆です。はずすときはこっち」

彼は小さなツマミを動かしてから再びレンチをナットに嵌め、「こうするんですよ」と、柄を足で踏んづけるように蹴った。いっぺんにナットがゆるむ。作業は手際よく進み、いとも簡単にスペアタイヤがとりつけられた。

「ありがとう。とても助かりました」

「とんでもない。困ったときはお互いさまです」

「あの、なにかお礼を」

「それこそとんでもないことです！　ぼくは日本のかたにずいぶん親切にしてもらっています。こうやって少しずつでも恩返しをしないと。そうそう、スペアタイヤは長くもちませんから、できるだけはやく新しいものを」

青年はそういって車に乗り込むと、窓からだした手をひらひらと振って走り去った。


スタート地点の川岸につくられたロッジの前には、県外ナンバーの車が二台とまっていた。ロッジ内には受付のカウンター、自動販売機と数脚の椅子、それにトイレがあり、出発を待つあいだのラウンジとなっている。

カウンターには顔見知りの柿本《かきもと》が立っていた。

「ごめん！　遅くなっちゃった。まだ間に合う？」

柿本も佐伯と同じく季節バイトの大学生だが、彼の場合は高速をとばしても二時間かかる県南からきていた。以前旅行で村を訪れ、そのときこの川でカヤックを体験し、はまってしまったのだという。話してみれば村民以上にクネト愛を感じさせる青年で、日中はここで働き、夜は村内の旅館に、いわば住み込みの形で勤めている。そのうえ少ない休日には、湿原のゴミ拾いといった景観保護活動にも参加していて、丸江はその際に彼と知り合い親しくなった。

「ぎりぎり大丈夫ですよ。シーズン最終日にやっときてくれましたね」

「え、最終日なんだ」

「ちなみに旅館のバイトのほうも、今日でおしまいです」

「そうなの？　お疲れさま。じゃあ、もう帰るのね」

「前期の試験がありますからね。ところで、そちらのかたは彼氏さんですか？」

彼氏といわれた鮎沢が「あうあ」といってうろたえる。自分は軽口ばかり叩くくせに、他人の冗談には弱いのだ。

鮎沢の返事を待たず、柿本が注意事項を告げる。

「貴重品や濡れて困るものは、みんなここに置いていってください。脅《おど》しじゃなく転覆はつきものなんで。同意書にあるとおり、スマホが水没しても一切補償はありませんから」

だされたトレーに、丸江は財布やスマホを載せていった。

「ほかのみなさんは、もう移動してるんで」

急いでライフジャケットとヘルメットを装着し、乗り場に駆けていく。四名の同行者は二列になって、すでにボートに乗り込んでいた。丸江たちのうしろ、最後列に女性のインストラクターが座る。

「バランスを崩すと転覆することがありますので、腰を深く沈めた姿勢で、立ちあがったり身を乗りだしたりしないようお願いします。パドルはわたしが『漕いでください』といったときだけ水に入れるようにしてください」

漕ぎかたを習う。鮎沢は手の甲に青筋が浮くほどの力で柄を握りしめていた。

「では、出発します！」

インストラクターが、パドルで「どん」と、岸を突いた。

「いやあ……すごかったわね」

三十分、叫びつづけて声が嗄《か》れていた。

「あの岩場くぐり。転覆したら大ケガだと思って必死に漕いだわよ！　あとアレ、途中の渦潮《うずしお》みたいなの。よく脱出できたよねえ……って、ちょっと聞いてる？」

「……おえっ」

ゴール地点から戻るワゴンの車内、興奮した丸江がしきりに話しかけても、なぜかひとりだけ服がびしょびしょになった魞沢は、虚《うつ》ろな目で反応が鈍い。

　ロッジについてもまだ水に浮かんでいるような、上下に揺れる感覚がつづいていた。自動販売機で缶コーヒーを買い、尻もちをつくように椅子に腰掛ける。魞沢はさっそくトイレに駆け込んでいった。

　トイレからでてきた魞沢を待ってカウンターに近づくと、柿本が貴重品のトレーをだしてきて並べた。すでに次の予約客が何人かきていて、そちらの手つづきも同時におこなっている。忙しいところ悪いかなと思いつつ、丸江は彼に声をかけた。

「柿本くん。帰りは今日中？」

「いや、今夜まで旅館のお世話になります。明日の朝、もう一回ここで遊んでから帰ろうと思ってて。やっぱりバイトしながらだと、自分のカヤックの時間、そんなにとれないんですよねえ」

　そのとき、乗船のための同意書にサインをしていた次回の客のひとりが、丸江をみて「あっ」といった。

「あっ」

「あっ」

　丸江と魞沢もつづけて声をあげる。そこにいたのは、車のタイヤ交換をしてくれた青年だった。

「やだ、奇遇！」

　丸江は思わず青年の肩を叩いていた。

「タイヤのほうは、あれからどうです？　落っこちたりしませんでしたか？」

「ばっちりよ」

「それはよかった」

　青年が、にこりと笑う。なんと魅力的な笑顔だろう。そう感じて、ふと魞沢をみると、彼は青年の笑顔にではなく、青年の前に置かれたトレーのほうにじっと視線を向けていた。そしておもむろに口を開《ひら》き、

「それはスカラベですね」

　といった。青年が、ちょっと驚いた顔をみせる。

「そのとおりです。よくご存じですね」

　そういって彼がトレーからとりあげたのは、銀色の装飾品だった。「スカラベってなに？」と、丸江は魞沢の耳に口を寄せて訊ねる。

「フンコロガシのことです」

「フンコロ……」

「ええ。動物の糞《ふん》を逆立ちしながら転がして丸め、巣にも ち帰る昆虫の俗名です」

　たしかにその装飾品は、カナブンに似た甲虫《こうちゅう》が後脚で

丸いものをはさむデザインになっている。丸い部分——つまり糞だ——の大きさと虫の大きさはほぼ同じ。全体で掌《てのひら》におさまるくらいのサイズだった。鎖がついているので、ペンダントなのだろう。

「どうしてそんな虫をアクセサリーに？」

「古代中東に起こった文明では、聖なる虫として尊ばれたと聞きますが……」

鯱沢が口にした中東というワードを聞いて、青年の同意書のサインに目がいった。カタカナで〈アサル・ワグディ〉とある。

「……えっ！　ワグディさん？」

「はい、そうですが……」

「わたし、〈クンネ・トー〉の瀬能です。今日泊まっていただく……」

「ああ、ペンションのオーナーさんでしたか！　今日明日とお世話になります。どうぞ、アサルと呼んでください」

「じゃあ遠慮なく。アサル、こっちは鯱沢くん。彼もペンションのお客さんなの」

紹介された鯱沢が、「先ほどはたいへん助かりました」と、急にペコペコ頭をさげだして不憫である。アサルはこのときも「とんでもない」と微笑《ほほえ》むばかりだった。

「これは、ぼくの宝物なんです」

アサルはそういってフンコロガシのペンダントを首にかけた。なるほど虫は彼の胸で逆立ちし、糞をもちあげる恰好になった。

「でも、なぜフンコロガシが聖なる虫なわけ？」

「かつて、ぼくの母国では、太陽こそが至高の神でした。丸い糞を転がすスカラベは、その太陽を運行する存在と考えられ、神聖視されたのです」

「球体の糞を、太陽という天体に見立てたってこと？　おもしろいわね」

そこに鯱沢が、

「たいへん興味深いことに……」

と、嬉々とした表情で口をはさんできた。

「事実、フンコロガシの行動と天体に密接な関係があるということが、最近の研究で明らかになりつつあります」

「どういうこと？」

「フンコロガシは、糞をみつけた場所から自分の巣まで、ほぼまっすぐに帰ることができるといわれています。いったいなにを指標にしているのか？　研究者のあいだでは長年の疑問でした。これに対して近年、フンコロガシは昼には太陽を、夜には月や星の位置を基準に、進むべき方向を定めていることがわかってきたんです。天体の光を利用する特殊なコンパスを体内に宿しているのだと推測されています」

　虫の話になり、鮲沢はすっかり生気を取り戻していた。次の乗船客でロッジがいっぱいになりつつあったため、三人はいったん外にでることにした。そのとき丸江は、最後にもう一度、柿本に声をかけた。

「また来年会える?」

「ええ、必ず戻ってきますよ。そういえば佐伯さん、今日ペンションにきてるんですよね?　よろしく伝えてくださ い」

　彼は同年代の佐伯とも親しいようだった。ふたりで遊びにでかけたこともあると聞く。

「了解。気をつけて帰ってね」

　ロッジをでると、アサルと鮲沢はまだフンコロガシの話をつづけていた。

「ごく最近の知見ですからね。今後誤りが指摘される可能性もありますが……」

「いや、ぼくは信じますよ。祖先は、フンコロガシと天体との関わりを直感的に理解していたからこそ、太陽を運ぶ神だと考えたのでしょう。ちなみに、このペンダントのスカラベも、本物に負けない力を宿しています」

　青年はそういって、長く美しい指を胸もとのフンコロガシに触れた。

「ふうん。アサルにとって、お守りのようなものなのね」

「お守り……ええ、そのとおりです。大学の友人たちが、帰国のはなむけに贈ってくれました。デザインから機能まで、特別に注文してつくってくれた、世界にひとつの品です。いつも正しい方向にぼくを導いてくれます。スマホよりよっぽど信頼がおけますよ」

　冗談めかした調子でいう。

「そんなに?　すごいご加護ね」

「だからいったでしょう、宝物だと。故郷でも自慢できます」

　故郷と聞いて、丸江はふと思いだしたことを訊ねた。

「そういえば食事の件だけどね。食べられないものがないってことは、アサルはムスリムではないってこと?」

　中東の多くの国ではイスラム教が信仰されていると丸江は考えていた。信者であるムスリムは食事に対しても厳しい制限がある。

「はい。ぼくはイスラム教徒ではありません。ぼくの故郷はナイルの上流、アスワン・ハイ・ダムのさらに上流にあります。その村では、ナイルの近代的な水利開発……自然を完全に統制し支配下に置こうという傲慢《ごうまん》な政治に厭気《いやけ》がさした人々のなかから、古代の太陽神を崇拝する独自の思想が興りました。数十年かけてアレンジがほどこされ、いまではイスラム教にかわる信仰となっています」

こちらの理解を待つように間をとって、アサルはさらにつづける。

「イスラム教の影響は色濃いですが、ぼくらは豚肉を食べますし、ラマダーンに断食する義務をもちません。暴力的な意味におけるジハードの思想を棄《す》て、最大の罪悪はいかなる理由であれ他人を傷つけることです。次に悪いのは自分を傷つけること。お祈りを欠かすことが、それにつづきます。お祈りは日課ですが、五回もおこなう必要はありません。日没後に一度だけ、東の方角に向けて祈ります」

「だったら日が沈んでいった西を向くほうがいいんじゃない？　だいたい、日が暮れてから太陽の神さまに祈るなんて不思議」

「明日もまた日が昇りますようにと、日の出の方角に願うんです」

「ふうん」

そんなこと、わざわざ祈る必要あるかしら？　……そう思ったのがつい顔にでてしまったのか、アサルはこんな註釈を添えた。

「たしかに願わなくても明日はやってくるでしょう。でも、明日がくることと、ぼくに明日があることは、同じではないのです」

＊

翌朝、ペンションの部屋から姿を消したアサル・ワグディが、湿地帯の丘陵《きゅうりょう》地で遺体となって発見されたと知ったとき、丸江はその言葉を、彼の真剣な眼差しとともに、思いだすことになるのだった。


朝食の時間である午前八時を過ぎてもアサルが食堂にあらわれない。そのときになって、彼の赤い車が駐車場にないことに丸江は気づいた。

「もしかしてアサル、でかけてる？」

「あれ、知らなかったんですか」

コンロの前に立つ佐伯が、ホットサンドの色づきを注意深く確かめながらいう。

「え？　佐伯くん知ってた？」

「ぼくが六時にきたときには、もう車なかったんで」

「ええ？」

「すみません。てっきりオーナーは、わかってるものだと」

「そういえば五時半頃に、車がでていく音を聞きましたよ」

鮴沢が神妙な顔でヨーグルトにメープルシロップをかけながら、話に割り込んできた。頭のてっぺん近くに、クワガタムシのハサミのような豪快な寝癖をつくっている。

「三十分くらい経って、また車の音がしたので戻ってきたと思ったんですが、あとのほうは出勤してきた佐伯さんだったんですね」

「鮴沢くん、そんなにはやく起きてたの？　まだ寝ぼけてたんじゃない？」

「枕が変わると眠りが浅いんです。日の出と同時に目が覚めました」

クワガタムシがメープルシロップを舐めながらいう。

「なに、繊細アピール？」

「いえ。カーテンを閉め忘れて、直射日光をまともに顔に浴びました」

三部屋ある客室の窓は、どれも東側に面している。昨日の曇天と打って変わり、今朝は久しぶりに太陽が顔をみせていた。

「もしかして逃げたとか？」

「佐伯くん、なんてことというの。それにうちは事前決済なんだから逃げたところで……」

窘《たしな》めはしたものの、少し不安になる。部屋を確かめにいきたい衝動に駆られた。

「とにかく、はやく帰ってきてもらわなくちゃ。朝ご飯が冷めちゃう」

丸江はアサルのスマホに電話をかけた。三回のコール音があって、

『はい』

と応答の声。でたでた……口の動きだけで佐伯にそう伝える。

「アサル、いまどこにいるの？　とっくに朝食の時間よ」

『おそれいりますが、どちらさまでしょうか？』

「え？」

アサルの声ではない。

「あの……そちらこそ、どちらさまで？」

『遠井《とおい》警察署の八幡《やはた》といいます。クネト湿原内で男性の遺体が発見されまして、このスマホはその男性の所持品とみ

られるものです』

「ええっ？」

『財布に入っていた写真つきの学生証から、アサル・ワグディという留学生だと思われています。いまアサルと呼びましたね？　彼とはどういったご関係で』

丸江は胸に手をあてた。落ちつけ、落ちつけ。なにかの間違いということもある。

「……昨日から、うちに泊まっていました。湿原のそばでペンションをやっています。アサルは二泊する予定で……」

『ははあ、クンネ・トーというのは宿のことですか』

「どうしてうちの名前を！」

『発信者として表示されたんですよ』

そうか。ペンションの番号がアサルのスマホに登録されていたのだ。落ちつけ落ちつけ。

「あの……彼はいったい……」

『現段階では事件、事故、そして自殺、いずれの場合もあるとみています』

「自殺？」

『彼が飛びおりた……いや、落ちたと思われる崖の上の車中に、このスマホと財布が残っていました。ほかに所持品は、虫の形をしたペンダントだけ』

自殺という不穏な言葉に、佐伯と鮎沢がそばに寄ってくる。

『捜査のため、そちらにうかがうことになります。お手数ですがご協力ください』

丸江は刑事に住所を伝えた。

『われわれが到着するまで、ワグディさんの部屋に手をつけないでいただけますか』

「はい。部屋のほうは、まだなにも……」

『では、のちほど』


ほどなく、ふたりの刑事がペンションを訪れた。ひとりは電話で話した八幡で、五十代のベテランといった風情《ふぜい》。もうひとりはうんと若く、佐伯とあまり変わらない年頃にみえる。互いの自己紹介が済み、ロビーの椅子を勧めたが、刑事たちがそれを断ったので立ち話となった。

ふたりのうち、口を開くのはもっぱら八幡だった。

「まずは写真をみていただいてもよろしいですか」

刑事はそういって、ポラロイドカメラのプリントを一枚とりだした。すぐにはこちらに渡さず、

「遺体の顔を撮影したものです。高所から落下したと思わ

れますが、写っている範囲に目立った外傷はありません」

「お気づかいありがとうございます。大丈夫です」

丸江は全身にぐっと力を入れて写真を受けとった。たしかにアサルが写っていた。

「間違いないです」

刑事の質問に応じるかたちで、スマホに電話をかけるまでの今朝の経緯を伝える。

「わかりました。それでは部屋のほうをみせてください」

「じゃあ佐伯くんも一緒にきてもらって……」

丸江がそう声をかけると、佐伯は申し訳なさそうな顔で「あの」といって、

「じつは、これから就職活動があって……」

「え、そうなの？」

「すみません。急に決まったんです。地元の会社なんですけど、ついさっき人事の担当者からメールがあって、今日面接にくることができるかと。なので、できればはやめに帰らせてほしいんですが……だめでしょうか？」

最後は刑事に向けた問いかけだった。

「かまいません。ただ、お名前と連絡先を控えさせてください。状況によっては、あらためてお訊ねしたいことがでると思いますので」

「ぼくに……ですか？」

「場合によっては、です」

「……わかりました」

若い刑事が佐伯の運転免許証を確認し、携帯電話の番号とあわせて手帳に控える。それが済んだのをみて、丸江は佐伯と握手を交わした。

「ありがとう。がんばってきてね」

「はい。申し訳ありません、こんなときに」

「では、そろそろ客室へお願いします」

と八幡。

「わかりました。こちらです」

歩きだして丸江は鮴沢を振り返った。

「鮴沢くんは、一緒にきてくれるわよね？」

「仰せのままに」

ロビー脇の階段から二階へ。廊下の左、方角でいえば東側に客室が三つ並んでいる。いちばん手前が鮴沢、最奥がアサルにあてられていた。廊下の反対側には、浴室とラウンジがあった。ラウンジの西向きの窓からは、天気がよければ夕日に染まる湿原の一部を眺望できる。

客室に入ると正面に窓がある。朝日がほとんどまっすぐ

に射し込んで、白いシーツが眩《まぶ》しいくらいだった。

暖かな香気が部屋に満ちている。それは太陽の匂いであり、アサルの匂いでもあった。窓側の壁に添う恰好でベッドが据えられている。ベッド脇のコンセントからスマホの充電コード、椅子にはリュック。テーブルにはラウンジからもってきたティーカップと、ミントタブレットのケース、それと小さな丸い鏡が置かれていた。

ベッドの乱れは、アサルが目を覚ますなり、慌てて部屋をでていった情景を想像させた。

「書き置きの類《たぐい》はなさそうですね」

若い刑事がぼそりといったとき、佐伯の車の出発する音が聞こえてきた。案外と響くものだ。これなら五時半頃に車がでていったという鲰沢の証言も信用できそうだ。

「それはなんでしょう?」

八幡が、部屋の片隅に丸めて立てられた、赤い敷物のようなものを指さした。若い刑事が床にひろげる。ヨガ・エクササイズの道具として普及している、ポリマー素材のマットによく似たものだった。

「ここの備品ですか?」

「アサルの道具だと思います。彼には日に一度、祈りを捧げる習慣があって」

「ああ、イスラム教の」

「いえ。彼の宗教は、太陽を崇拝するものでした」

「ところでどうでしょう? ワグディさんに、なにか変わった様子はありませんでしたか。たとえば思い悩んでいたような」

「少なくともわたしは感じませんでした。鲰沢くんはどう?」

「ぼくもそういった印象はありません」

「あの……アサルはどういった状況で発見されたんでしょうか?」

「失礼しました。まだ申しあげていませんでしたね」

八幡が説明をはじめる。

「クネト湿原のなかに丘陵地がありますよね。あそこの崖のひとつから落下したと考えられています。あいにく下は岩場でした」

アサルの車は崖の際《きわ》にとめてあった。早朝から丘を散策していた観光客が不審に思い、崖下を覗いて遺体を発見したという。

「通報があったのは七時二十分頃。車の助手席には財布とスマホが残っていました」

「電話ではペンダントもあったと」

「それは車内にではなく、身につけていました」

「えっ？」

「どうかしましたか」

「いえ。その……首につけたまま落ちたとしたら、無傷ではなかっただろうと。アサルがとても大切にしていたものだったので」

「ペンダントは無傷でした」

「ほんとうですか」

「ワグディさんは、その首飾りを両手で握りしめたまま亡くなっていました。遺体の損傷は彼の背面に集中しており、おそらくはうしろ向きで落下し、そのまま仰向《あおむ》けで地面に打ちつけられたものと推測しています」

「そう……だったんですね」

アサルはスカラベを傷つけまいとしてそんな落ちかたを……であれば、やはり彼は自分の意思で飛びおりたということになるのだろうか。

そう考えたとき、丸江の脳裡《のうり》に昨夜の会話が甦《よみがえ》ってきた。

「あの……現場の丘陵地についてなんですが」

「なんでしょう」

「昨日の夕食のあと、そこのラウンジでアサルと話をしたんです。そのとき、あの丘のことが話題にのぼりました」

「ほう。聞かせていただけますか」

「はい。たしか……」

夕食を終え、丸江と鮎沢は二階のラウンジですごすことにした。佐伯が「片づけは自分ひとりで」と、申しでてくれたのだ。

アサルも誘ったが、彼は「先にお祈りを済ませてきます」といって、いったん部屋に戻った。てっきり夕食前に済ませたものと思っていたら、そのときはまだ日没前だったのだという。曇天で太陽がみえないからといってズルはできないらしい。戒律だから当然なのだが、律儀なものだと感心した。

ラウンジの片隅のテーブルにはコーヒーと紅茶のポットが置いてある。丸江と鮎沢はコーヒーをカップにそそいだ。丸江はそれに持参のブランデーを、鮎沢は大量の蜂蜜《はちみつ》を垂らし、外へ向かって窓際に置かれた木製の長椅子に腰掛けた。

「鮎沢くん、きてくれてありがとう」

「お礼をいうのはぼくのほうです。こんなふうに誘ってくれるのは丸江ちゃんくらいですよ。自分でも呆れるくらい友人が少ないものですから」

「向こうは友人と思っていても、あなたのほうがつれないんでしょう？」

「虫と同じ程度には、人間にも関心があるんですけど」

「観察するだけじゃなく、相手にも自分をさらけださなくちゃ」

「いやはや丸江ちゃんは手厳しい」

「いまののどこが厳しいの」

そこにアサルがやってきた。彼は紅茶に角砂糖をひとつ入れ、ふたりから少し離れた場所のソファーに腰を沈めた。

「お祈りは無事に済んだ？」

「はい」

三人は、丸江と鯱沢が出会ったときのこと、アサルの研究のこと、観光地クネト湿原の今後の展望などについて話をした。

「さて、明日はどこへいこうかな」

アサルの口調も、だいぶくだけはじめていた。丸江は湿原のなかにある丘陵地にいってみてはと勧めた。

「そこの壁に飾ってある写真がそうなのよ」

宿泊客のひとりが撮影し、贈ってくれたものだった。丘の上からみる湿原の夕景。赤い色に染まった大小の川は、どこか血管を思わせた。

「これはすばらしい」

アサルが立ちあがって写真に近づく。

「鯱沢さんに聞いたんですが、このペンションの名は〈黒い沼の館〉を意味するそうですね」

黒沼荘よりさらに不気味になっていた。

「ぼくの母国の名も、〈黒い土地〉を意味する古い言葉に由来します。ナイルの祝福を受けた肥沃《ひよく》な土地です。このクネトも、水の恵みがあればこそ、むかしから人が暮らしていたにちがいありません」

アサルは首のスカラベに触れながら、あらためて写真に目を向けた。

「まったく似ていないはずなのに、不思議と故郷を想わせます」

「陸奥《みちのく》の沼地を天下のナイルと並べられちゃ、さすがに畏《おそ》れ多いわね」

丸江はそういって肩をすくめた。

「……つまりワグディさんは、故郷を思いだす丘陵地を末《まつ》期《ご》の場所に選んだと、瀬能さんはそうおっしゃりたいわけですか」

丸江と魞沢、そして刑事たちは、ラウンジに移動して件《くだん》の写真を眺めた。窓の外には湿原の一部が景色としてひろがる。アサルの遺体がみつかったという丘陵地はハンノキの林の向こうにあり、ここからはみえない。

「そうはいってません。まだ自殺と決まったわけじゃないですし……」

「正直申せば、われわれは状況からして自殺の可能性がもっとも高いと考えています。魞沢さんが車の音を聞いたという午前五時半は、日の出から間もない。彼が太陽を崇《あが》めていたとすれば、朝日に抱かれながら命を絶つことに意味があるのかもしれません」

「自分を傷つけることは罪だと、彼はわたしたちにいったんです。その次にいけないのが、お祈りを欠かすことだと。お祈りをさぼらなかった彼が、それより上位の戒律を簡単に破るとは思えません」

丸江の意見に、刑事は納得しかねるようだった。たしかに説得力に欠けるとは思うが、刑事の推測だって自分と五十歩百歩だ。

それでも八幡は、いちおう自殺以外の線についてもなにか訊ねたほうがよいと思ったのだろう、いくつかの質問をしてきた。

「ワグディさんに、こちらで誰かに会うといった予定はありましたか？」

「わかりません」

「では、なんらかのトラブルに巻き込まれたといった話は？」

「この村でですか？　なにも聞いてはいませんけど……昨日訪れたばかりですから、さすがにそれはなかったんじゃないでしょうか」

「些細《ささい》なことでもかまわないんですが」

「些細といっても……」

つい口ごもってしまった。

「またなにか思いだしましたか？」

刑事の問いかけが、ふたたび追憶を生む……。


——明日はこの丘にいってみます。

アサルはそういって、ラウンジに飾られた写真をスマホで撮影した。丸江は三杯目のコーヒーに口をつけていた。おかわりのたびに加えるブランデーの量が増えていることを自覚しながら。

「ところでアサルっていう名前、なにか意味があるの？」

ふと思いついて訊いてみた。するとアサルは、

「古代の神話に登場する……ええと、〈オシリス〉といったら通じるでしょうか？」

「オシリス？　ペガサス座の？」

「ああ、そうです。星の名の由来となっています」

「トレミー四十八星座のひとつで、正式な日本名はペガスス座です」

鮲沢が細かいことをいう。

「おもしろいわね。ここにもまた天体がでてくるわけだ」

「瀬能さんのお名前だって……」

「え？　わたしの名前？」

「丸江さん、ですよね」

「天体と丸つながりってこと？」

「フンコロガシの糞ともつながりますね」

余計なことをいう鮲沢をひと睨《にら》みしてから、

「明日は晴れるっていうから、きっとオシリスもみえるわね」

そういうと、アサルが窓に近寄り、

「晴れたら、ここから朝日を眺めて、目覚めのコーヒーといきたいものですね」

と、深い夜をみつめた。


丸江も鮲沢も、そろって窓に目をやった。いまはただ、闇に浮かぶ自分たちの姿がみえるばかりだ。ガラスのなかで、三人はそれぞれに視線を合わせた。

「……さて、ぼくはお風呂に入ります」

アサルがいとまを告げる。

「浴室だけど、脱衣所に鍵はかからないから、入浴中はドアの札を裏返しておいてね」

「平気ですよ。ぼくと鮲沢さんだけですから……そういえば、鮲沢さんの下のお名前は？」

「泉と書いて、せん、と読みます。わかりますか？　泉という字」

「わかります。水の恵みですね。素敵な名前です」

「素敵なんていわれることは滅多《めった》にありません」

鮲沢が顔を赤くした。

「スカラベはお風呂にもつれていくの？」

「肌身離さず……といいたいところですが、お風呂は例外です。脱衣室の籠《かご》のなかで、鮲沢さんが侵入してこないか見張ってもらうことにします」

アサルはそういってウィンクをしてから、

「そうそう忘れるところでした。おふたりに、これをお渡ししようと思って」

と、ポケットから小さな丸い鏡をふたつとりだした。

「ぼくがお祈りのときにつかう道具と同じものです。鏡は太陽を象徴します。友人のしるしに受けとってください」

「そんな大切なものを？」

「大丈夫。こうして配るために、いくつかもっているんです」

「じゃあ遠慮なく。ありがとう」

「では、また明日。おやすみなさい」

そうしてアサルが去り、ラウンジには丸江と魞沢が残った。友人という響きに感動したのか、魞沢はもらった鏡をしみじみと眺めていた。

「ぷっ」

思わず笑ってしまい、魞沢が「なんですか」と睨んできた。

「なんでもない。わたしたちも、そろそろお開きにしますかね」

もうすぐ十時になる。丸江は朝がはやいぶん、夜もはやい。

「そうしましょうか。いやあ、それにしても昼間の急流くだりは最高でした。流行《はや》りますよ、あれ」

「なによ今頃。青い顔で白目むいてたくせに」

「今度はええと、なんでしたっけ？　受付のかたがやっているという、カヤックとやらにチャレンジしてみたいものです」

「本気？　柿本くんなら喜んで教えてくれるわよ」

「来年もいらっしゃるでしょうか？」

「いるいる。村のことがすごく好きみたいで、おまけに働き者よ。ゴミ拾いのボランティアなんかにも積極的に参加してくれるの。うちがもうちょっと儲かるようになったら、柿本くんには住み込みで通年働いてもらおうかしら」

「ぼくも住み込みで働きましょうか？」

「あら。立《た》ち退《の》きにでも遭う予定があるの？」

「そんな不穏な予定はありません。これでも家賃を滞納したことはないんです」

「いっとくけど、ベッドメイクひとつとっても重労働なんだから、行楽地で虫追っかけながら楽に働けると思ったら大間違いよ。せいぜい身体《からだ》鍛えて、来年またいらっしゃい」

立ちあがり、「洗っておくから」と魞沢のカップを受けとる。

ラウンジをでると、廊下に佐伯が立っていた。

「あ、遅くまでごめんね。……ん？　どうかした？」

佐伯がバツの悪そうな表情で、浴室のドアにかかってい
た手を引っ込めた。

「いや、札が〈使用中〉になってなかったんで、空いてる
のかと思って開けちゃったんです」

「アサルったら、札のことといっておいたのに」

「備品を補充にきたんですけど、あとにします」

「いいわよ、わたしがやっておくから」

ふたりで一階へおりる。食堂の片づけは、すっかり済ん
でいた。

「ほんとにありがとね。とっても助かった。バイト代、割
り増ししておきます。明日の朝もきてもらわなきゃだか
ら、もう帰って大丈夫よ」

「じゃあ、これで失礼します」

「うん。気をつけて」

「あの……」

「ん？」

「余計なことかもしれないんですけど」

「うん、なに？」

促され、一瞬ためらいの表情をみせてから、佐伯が言葉
をつづける。

「海外からの旅行客、増えてますよね」

「ええ」

「それを歓迎する人もいれば、よく思わない人もいます」

「……」

「とくにアジアの隣国や、中東の人たちに悪い印象を抱く
人も」

丸江は驚いて佐伯の顔をみつめた。

「なにがいいたいの？」

「宿の評判に関わることだから、人を選んだほうがいいっ
てことです」

「やめて」

丸江はぴしゃりと佐伯の言葉を遮《さえぎ》った。

「それ以上なにもいわないで。わたし酔ってるの。だか
ら、いま聞いたことは忘れちゃうと思う」

丸江は佐伯をまっすぐみつめた。彼はすぐに視線を逸《そ》ら
し、

「……たしかに、素面《しらふ》のときに聞いてもらったほうがいい
です。それに、アンフェアなやりかたでした」

そういって頭をさげ、帰り支度《じたく》にとりかかった。

またなにか思いだしましたか——という八幡の問いかけ
に対し、結局丸江は「いえ、なにも」とだけこたえた。

佐伯の発言はたしかに不穏当なものだった。でもあれはトラブルなんかじゃない。佐伯の言葉がアサルの耳に入ったわけではないのだ。わざわざ警察に伝えるようなことではない……そう自分にいい聞かせるが、胸の騒ぎは簡単にはおさまらない。

佐伯がアサルをよく思っていないとして、だからといってアサルの死に、それが直接結びつくことがあり得るだろうか……。

まとまらない思考を八幡の言葉が遮る。

「そうですか。では、われわれはこのへんで失礼します」

「あの、アサルの荷物はどうしたらよいでしょう?」

「現段階では押収するような状況ではありませんので、遺族のかたと連絡がとれ次第、どのようにするか話し合うことになると思います。それまでは申し訳ありませんが……」

「わかりました。保管しておきます」

「状況に進展があり次第、またご連絡いたします。ご協力ありがとうございました」

ふたりの刑事が同時に頭をさげ、ドアへと踵《きびす》を返した。

その背中に鮫沢が、

「あの、ひとついいですか」

と、弱々しく声をかけた。刑事が振り向く。

「なにか?」

「アサルさんが身につけていたペンダントですが……」

「ええ。あのカブトムシみたいな形の」

「カブトムシではありません。あれはスカラベ……フンコロガシです。虫の脚が丸いものをはさんでいたと思いますが、あの丸は糞であると同時に太陽をあらわしています」

「それがなにか」

八幡の眉間の皺《しわ》が深くなった。丸江はハラハラした。まさかこんなときに、刑事相手に虫の講義をはじめるつもりだろうか……。

「その丸い部分が、開きはしなかったでしょうか?」

「開く?」

「はい。懐中時計の蓋《ふた》みたいに」

「いや、それは確認していない……」

八幡に視線を送られた若い刑事も、首を横に振った。

「だったら、いますぐ確認してもらえませんか」

鮫沢が、八幡にぐいと詰め寄った。

「あの丸い部分の中身は、方位磁針だと思うんです」

渋々といった様子で、八幡は現場の係員に電話をかけた。問い合わせに対する返答はすぐに戻ってきた。たしかに装飾の円形部分は蓋が開くようになっていて、そのなかに方位磁針《コンパス》が嵌め込まれていたという。

「そうか、わかった。ああ、もういい……」

「待って、電話を切らないでください！　もうひとつだけ」

　鮎沢が八幡に懇願する。

「なんです？」

「針は……コンパスの針はきちんと動くでしょうか」

「は？」

「磁針のN極が、ちゃんと北をさしているかということです」

　刑事が、むっとした顔で電話の向こうに訊ねる。

「うん……うん……なに？」

「ど、どうですか」

「スマホの方位アプリと比較すると、コンパスは正常に動いていないようだと」

「やっぱり……」

「うん、うん……そうか。ありがとう」

　八幡は今度こそ電話を切った。そして、

「確認した鑑識の係員によれば、ぱっと見わかりづらいが、どうやら針と支えの接触部分が錆《さ》びついており、いまはN極がほとんど逆——つまり南の方角をさしている、と」

「鮎沢くん、いったいどういうことなの？」

　黙って聞いていられなくなり、丸江はやりとりに割って入る。鮎沢の蒼白い顔がこちらを向いた。

「アサルさんのコンパスは狂っていた。東西が逆になっていたんです」

　南北が逆になっているのだから、もちろん東西だってちがっているだろう。そうだとして、それがいったい……？

「昨日は夜まで曇天でした。夕日も月も星もみえなかった。そんななか、たよりのスカラベは正しい方角をさし示す能力を失っていた。不正確な位置をさしたまま、針は錆びついて動かなくなってしまっていた」

「ちょっと落ちついて。わかるように説明してよ」

「憶えてますか？　昨夜、アサルさんがラウンジの窓辺に立ち、『ここから朝日を眺めて、目覚めのコーヒーといきたいものですね』といったことを」

「ええ。憶えてる」

「それを聞いてぼくは、ラウンジの窓は東を向いている——少なくとも、朝日がみえる方角を向いているのだと思いました。アサルさんは東に向けて祈る習慣をもっていて、彼がラウンジにきたのは、その日の祈りを済ませた直後です。だからぼくは、彼が正確な方角を把握していて当然だと考えたわけです。しかし、朝になってその考えが誤りだったことに気づきました。廊下をはさんでラウンジの反対側にある自分の部屋の窓から、直射日光が飛び込んできたからです」

そのせいで、鮴沢は日の出とともに目を覚ましたのだといっていた。

「そのときは、ぼくの悪い癖がでただけだと思いました。発言の揚げ足ばかりとって相手をわずらわしい気持ちにさせるのが、ぼくに友人ができない最たる原因です」

悲しい自己分析を織りまぜつつ説明はつづく。

「でもいまは、アサルさんはやはり方角を誤って認識していたのだと考えています。その証左となるのが、狂ったスカラベです。彼は昨夜、祈るべき方角を間違えていた。東に向けて祈っているつもりで、じつは西を向いていた。朝日が窓から射し込んできたときになって、その過ちに気づいた。だからこそ日の出直後の早朝に、アサルさんはペンションを飛びだしていった」

「ちょっと待ってください」

八幡が呆れた様子で鮴沢を制止する。

「祈りの作法を誤ってしまったことを苦に、ワグディさんは自殺したのだと？」

「そ、そうではありません。アサルさんは、自殺するつもりでここを飛びだしたわけじゃないんです」

「だったら、なんのために」

「コンパスを錆びさせた犯人に会うためです」

「錆びさせた犯人？」

「コンパスは誰かの手で故意に狂わされました。悪意によって狂わされたんです。アサルさんは、ほとんど肌身離さずスカラベを首からかけていました。ですから、そんな悪戯《いたずら》ができる人間はかぎられています」

故意――悪意――その言葉に、丸江は肌が粟立つのを感じた。頭のなかに、ある可能性が浮かぶ。

昨夜、アサルの入浴中に、脱衣室の前に立っていた人物がいた。

今朝、アサルが姿を消した数十分後、その人物は入れ替わるようにして宿にやってきた。

その人物は、刑事がやってくると、やはり入れ替わるようにして宿を立ち去った。

そして彼は、アサルに対する密かな悪意を自分に告白した。

　――宿の評判に関わることだから、人を選んだほうがいいってことです。

　ほんとうに、急な就職活動などあったのか？　彼を帰したのは、大きな失策だったのではないのか――丸江の口は自然に動きはじめていた。

「アサルは、出勤してくる佐伯くんを待ち伏せするためにペンションをでた……外で会ったふたりは、狂ったコンパスを巡ってその場で諍《いさか》いになった……」

　声が震える。

「諍いのはてに佐伯くんはアサルを……それを事故か自殺に偽装するために、彼は遺体を崖から谷底へ」

　そこまでいうと、鮴沢が目を丸くした。

「さっ、佐伯さんですって？」

「だって……ちがうの？」

「佐伯さんにコンパスを錆びさせる機会がありましたか」

「お風呂よ！　アサルの入浴中ならコンパスは脱衣室の籠のなか。あそこにはお風呂掃除用の塩素系の洗剤だって置いてある。あれをつかえば……」

「丸江ちゃん、落ちついて」

「落ちついていられるわけないでしょ！」

「だったら慌てたままでいいので、もう一度考えてみてください。それだと時間が合わないんです。ぼくの仮説では、コンパスが狂わされたのはアサルさんが祈る前――彼がラウンジにあらわれる以前ではなくてはなりません。入浴中では遅いんです」

「だったらあなたの仮説が間違ってるんじゃないの！」

　丸江が叫ぶと、鮴沢がくるりと顔を背けた。逃げたと思ったら、そうではなかった。彼はすがるようにして八幡の肩をつかんだ。

「刑事さん、もうひとつ、もうひとつだけ、お願いがあります」

　揺さぶられ、刑事の頭が前後に動く。

「あの川に……ああ、丸江ちゃん、あれはなんという川ですか。ぼくらが急流くだりをした、ロッジのある……あの場所を確認するようにいってください。ぼくが間違っているなら、そのほうがいいんです。でも、もしかしたら、そこに柿本さんの遺体が」

　丸江は絶句した。もちろん八幡だって納得できるはずがない。

「遺体だと？　バカにするのもいい加減に」

「だったらアサルさんはなぜ自殺したんですか！」

「それをいま調べて……」

「先ほど丸江ちゃんが、こんなことをいいました。毎日の祈りをさぼらなかった彼が、それより上の戒律を破るとは思えない——たしかに道理です。しかしこれが道理なら、逆もまた道理です」

「また逆か？　今度はなにが逆なんだ」

「アサルさんは教えてくれました。彼の信仰における最大の禁忌は、いかなる理由であれ他人を傷つけることだと。ぼくはそれを思いだし、こう考えました。彼はすでに最上位の戒律を破ってしまっていた。だからそれより下位の罪を犯すことを——自分自身を傷つけることを——厭《いと》わなかった」

丸江は「あっ」と声をあげた。鮒沢のいっている意味が、やっとわかったのだ。

「つまりアサルは人を殺してしまった。その罪の責を負って彼は自殺した」

そして、その原因となったのが、狂わされたコンパスだった——？

「そうです。だからはやく……」

「鮒沢くん、ペンダントがコンパスだということを、あなたいつから知っていたの？」

「知っていたわけではありません」

鮒沢は時間が惜しいとばかりに早口で説明する。

「特定の方位方角に向けて祈る習慣をもつ人々が異国を旅するとき、コンパスは必携の道具です。最近はスマホで事足りる場合が多いでしょうが、通信や電源の問題があり、別個に携帯している人は多いと思います。アサルさんが方角を錯誤していたとしたら、その原因は彼のコンパスにあったのではないかと想像したとき、あのスカラベがそうである可能性に思いあたったんです」

——このペンダントのスカラベも、本物に負けない力を宿しています。

——いつも正しい方向にぼくを導いてくれます。スマホよりよっぽど信頼がおけますよ。

スカラベに触れていた、アサルの長い指を思いだす。

「アサルさんは昨夜、スカラベで方位をはかった。朝になり、自分が祈りを捧げた方角が東ではないことに気がついた。彼は当然、コンパスを確認したでしょう。そのときはじめて、それが正常に動いていないことを知った」

彼はその異状が、人為的に引き起こされたものではないかと疑った。針は自然に錆びたのではなく、誰かが故意に錆びつかせたのだと。

「アサルさんがペンダントをはずすことは滅多にありません。その数少ない機会が、急流くだりを体験するため、貴重品を受付に預けている最中だった」

「ああ……」

そうか、だから柿本なのか。丸江は昨日彼と交わした会話を思いだした。

「……きっとアサルは憶えていたんだわ。わたしロッジで柿本くんに訊ねたの。地元にはいつ帰るのかって。そうしたら明日の朝に……つまり今朝、もう一度だけ川でカヤックをしたら帰るって。その会話を、そばにいたアサルはたまたま聞いて憶えていた……」

ふとみた八幡の顔色が、先ほどまでとは変わっていた。

「柿本くんは『朝』といっただけで、何時に川にきて何時までいるつもりなのか喋《しゃべ》ったわけじゃない。会って話をするためには、できるだけはやく現地にいき、そこで待つ以外、アサルがとれる手段はなかった」

若い刑事も、そわそわしはじめていた。鮲沢がまた口を開く。

「実物をみていないから断言はできませんが、ケースに嵌め込まれたコンパスを分解するのに、おそらく高度な技術は必要ありません。透明な上蓋をはずすだけなら、たいした道具も必要ないでしょう。露出した針と支点の部分に、なにか金属を錆びさせるもの……たとえばそう、トイレの酸性洗剤をごく少量付着させるだけで終了です。タイヤ交換すらできないぼくにさえ、川くだりをするだけの時間があれば可能な作業でしょう」

八幡が若い刑事に耳打ちをした。若い刑事が外に飛びだす。

「アサルさんにとっては、祈りを妨げられたことよりも、コンパスを傷つけられたことのほうが、きっと重大な問題だったと、ぼくは思います。なぜならあのコンパスは、アサルさんの宝物だったからです」

——大学の友人たちが、帰国のはなむけに贈ってくれました。デザインから機能まで、特別に注文してつくってくれた、世界にひとつの品です。

アサルの言葉を思いだし、丸江はたまらない気持ちになる。

「しかし鮲沢さん」

と八幡。

「もしそうだとして、柿本という人物は、なぜそんな悪戯を？　ワグディさんと面識があったわけでもないんでしょう？」

刑事が投げかけた疑問のこたえに、丸江はすでに到達していた。

単純なことだ。柿本はそういう人だったのだ。

昨夜、帰る間際の佐伯が伝えようとしたこと――その内容を自分は誤解していたのだと、いまになって気づく。

特定の人種や民族に対して負の感情を抱いているのは、佐伯ではなく、柿本だった。

年齢が近く、それなりに付き合いのあった佐伯は、そのことに気づいていた。

うちがもうちょっと儲かるようになったら、柿本くんには住み込みで通年働いてもらおうかしら――ラウンジをでる直前に、丸江が冗談半分で口にした言葉。それを佐伯は廊下で聞いて真に受けた。彼は、柿本を雇うことの危険性について、丸江に警告を発しようとした。それを途中で遮ったために、発言の真意を見誤った。

そしてもうひとつ、丸江は思い起こす。

ペンションの宿泊者――とくに海外の客から寄せられた何件ものクレーム。

自分が宿泊客に、必ず急流くだりを勧めていたこと。

彼らもまた、柿本の悪意の被害者だったと考えれば、辻《つじ》褄《つま》は合う……。

バン！　と勢いよくドアが開き、若い刑事が駆け込んできて、携帯電話を八幡に渡した。彼はこちらに背中を向けて「ああ、ああ」と何度か呟《つぶや》き、静かに電話を切ると振り返っていった。

「ロッジには柿本さんのものと思われる車と荷物が残されていましたが、人の姿はみあたらないと。しかし、そこから下流一キロの地点で、岩場に引っかかったカヤックがみつかりました。乗っていたのは男性で、柿本さんとみられます。ただ鮎沢さん。あなたの推測に、ひとつ誤りがあります。発見された男性は生きていました。意識は途切れがちだということですが、現在ドクターヘリが向かっています」

鮎沢は力が抜けたようにその場にへたり込んだ。そして小さく「よかった」といった。

二時間後、八幡から柿本の命に別状はなさそうだという電話が入った。

「もうひとつ、ワグディさんのスマホを調べたところ、亡くなる直前に撮影したと思しき動画がみつかりました。映っていたのは彼自身、つまり遺言でした。半分以上が母国語で、全体の翻訳に時間がかかったのですが、犯行については、われわれ日本の警察に向けて日本語で証言していました」

アサルが川についたとき、柿本はすでにカヤック上にいたという。そこでなんらかのいい争いがあり、その末にアサルは柿本から侮辱《ぶじょく》的な言葉を浴びせられた。頭に血がのぼったアサルは、岸を離れかけた柿本のパドルを奪いとって頭部を殴りつけた。

「そもそも諍いに至った原因については、残念ながら語られていません。いずれ柿本さんの聴取で明らかにはなるでしょうが、現時点では鮎沢さんの推察が、その部分を埋めるものになります」

「……そうですか」

「ぐったりした柿本さんをみて、ワグディさんは、殺してしまったと思い込んだようです。カヤックはそのまま流れに乗って遠ざかり、追いかけて確かめることはできなかった。怖くなったワグディさんはパドルを川に投げ込み、その場から逃げた。しかし……」

罪の意識から逃れることはできなかった。

「遺言には、瀬能さんと鮎沢さんへの言葉もありました。あとでおみせしますが、旅先でできた、ふたりの友人に、心からの感謝を……と」

柿本が命をとりとめた。それは喜ぶべきことだ。アサルだって殺人者にならずに済んだのだから。でも、だったらアサルが自らの命を絶った意味はどうなるのだ。

電話を切りテラスにでた。空は秋めいて青く澄んでいる。目を細めて太陽をみた。アサルにもらった小さな鏡で光を映す。

どうして今日は、こんなに晴れたのだろう。昨日まで、あんなに曇っていたのに。もし太陽が顔を覗かせなければ、アサルは死ぬことはなかったのだ。アサルがコンパスの異状に気づくのは、はやくても今日の日没後になったはずだ。その頃には、柿本はもう村にはいない。彼が柿本に会う機会は失われていたはずだった。

アサルの心が深く傷ついたとしても、彼が他人を傷つけることはなかった。なかったのに……。

気配を感じ振り返ると、鮎沢もテラスにでてきていた。

「ぼくは疫病神かもしれません」

「なにバカなことといってるの」

丸江は鮎沢を睨みつけた。

「本気で怒るよ」

鏡の光を魬沢の顔に散らす。彼は寂しそうに目を細めた。

「魬沢くんだから拾いあげられる言葉や気持ちがある。それで救われる人たちもいる。ちがう？」

「さあ。ぼくにはわかりません。ぼくのほうこそ誰かに助けられてばかりのような気がします。誰かのやさしさに甘えてばかりいるような」

「そうなの？」

魬沢は、自分でいっておいてはぐらかすように首を傾《かし》げた。

「しばらくは村も騒々しくなりますかね。もしかしたら、このペンションも」

「キャンセルが増えるかも。魬沢くん、やっぱり交通費だけもらっておこうかしら」

「それで宿が潰れずに済むなら」

「誰が潰すもんですか」

事件のことは、きっとすぐに忘れ去られてしまうだろう。

その裏側になにがあったのかは、そもそも語られさえしないだろう。

「丸江ちゃん」

「ん？」

「来年もまた、きていいですか」

「もちろんよ。アサルに会いに」

鏡の光をかわすように魬沢が空をみあげた。目もとにきらめいたものが涙だったのかどうか、丸江にはわからなかった。

顔

降《ふる》田《た》天《てん》

「降田天」は、萩《はぎ》野《の》瑛《えい》（1981年茨城県生まれ）と鮎《あゆ》川《かわ》颯《そう》（1982年香川県生まれ）の合作ペンネームのひとつ。2007年、『横柄巫女と宰相陛下』（鮎川はぎの名義）で少女向けライトノベル作家としてデビュー。2014年には降田天名義の『女王はかえらない』で第13回『このミステリーがすごい！』大賞の栄冠を獲得し、活躍の場を広げる。2018年、「偽りの春」で第71回日本推理作家協会賞短編部門受賞。本作「顔」は、地下鉄車内で起きた殺傷事件の〝関係者のその後〟を描く連作の一編で、青春ミステリーとして出色の出来映え。（K）

力強く放たれたスマッシュが、コートの隅ぎりぎりに突き刺さった。

歓喜の映像に、女性の声にしては低い、冷静なトーンのナレーションが重なる。

『この一球で、水王《すいおう》高校の勝利とインターハイ出場が決まった』

カメラが切り替わり、ひとりの男子生徒の上半身が映し出される。白いウェアと、首にかけたスポーツタオル。学校のテニスコートの外だ。フェンスの内側では他の部員がラリーを交わしていて、小気味よい音とかけ声がＢＧＭになっている。

『都立水王高校テニス部三年、池渕亮《いけぶちりょう》。あのスマッシュで勝利を決定づけた彼は、エースとしての活躍を期待されながら、けがによって大会への出場さえ危ぶまれていた』

――完全復活と考えていいでしょうか。

姿なきインタビュアーの声はナレーションと同じだ。報道部三年の野江《のえ》響《ひびき》。祝福する口調ではなく、事実確認をしているかのように淡々としている。

「そう思ってもらえるプレーができたんなら、うれしいけど」

答える男子生徒、池渕亮は、日に焼けた顔にわずかな緊張を浮かべている。

――再起不能ともささやかれていましたが。

「自分でも正直もうだめかと思ってたんだ。三ヵ月もギプスが取れなくて、練習どころかまともに歩くこともできなくて」

伏せた視線を追うように、カメラが念のためにテーピングをしている右足首を捉える。

『池渕の選手生命を断ちかけた足首の骨折。それはある事件が原因だった。去年の十二月二十二日、走行中の地下鉄Ｓ線の車内で男が刃物を振り回し乗り合わせた乗客数名を殺傷した、いわゆる〈地下鉄Ｓ線内殺傷事件〉。まさにその現場に、彼はいた』

こもったような轟音《ごうおん》とともに暗がりを疾走する電車が映し出された。くすんだシルバーの車体に水色のライン。地下鉄Ｓ線だ。事件から半年近くたったあとに、南水王駅のホームで撮影された。顔をぼかされた乗客はみな初夏の装いで、窓には制汗剤の広告が貼られている。

〈南水王駅　十九時十三分発　日野原行き　各駅停車〉

などやかな風景に白字のテロップがかぶさった。制服を着て大きなラケットバッグを肩にかけた池渕亮が、ひとり、うつむきかげんに電車に乗り込む。半年前の再現だった。

スマホから顔を上げたとき、鬼の空手部員の目にはうっすら涙が光っていた。

「すっげえよかった……」

「大げさだって。でもサンキューな」

池渕は頬をかき、カツサンドの最後のひとくちを口に放り込んだ。

空手部が見ていたのは、池渕を主役にしたドキュメンタリーだ。あの地下鉄殺傷事件に巻き込まれた悲運のエース、池渕亮。その復活劇。報道部が制作し、今日の午前八時にYouTubeで公開した。再生時間一時間にも及ぶそれを、空手部は休み時間のたびに少しずつ視聴し、ついにフィナーレを迎えたというわけだ。

池渕の尻ポケットでスマホがひっきりなしに振動している。同じタイミングで視聴を終えた友人たちからのラインだろう。報道部の宣伝が効いたのか、撮影が目立っていたせいか、生徒のあいだでは公開前からそこそこ話題になっていたようだ。

よくできたドキュメンタリーだと池渕も思う。だからこそ、折り合いをつけたはずの感情が胸の奥でざわめくのだろう。

パックに残ったいちごミルクを飲み干し、池渕は立ち上がった。どこ行くんだよと訊《き》かれ、トイレだと適当に答える。

教室を出るとき、村山《むらやま》と目が合った。反射的に体が硬くなった。男子テニス部のマネージャーリーダー。一年のときからの親友。でも今は……。先に目を逸《そ》らしたのは村山だったが、次の瞬間には池渕もそうしていた。

「よっ、水王のフェデラー！」

「どーもどーも」と調子よく応じながら、トイレの前を素通りして足の向くままに廊下を歩く。半袖シャツの襟もとが窮屈に感じられ、ボタンを外そうとしてやめた。そういうことじゃないと、わかっている。

通りがかった教室の中になにげなく目をやると、野江響の姿が目に入った。あのドキュメンタリーを中心になって制作した報道部員。窓際の席にひとり座って、表情もなく外を眺めている。ストレートの黒髪を耳にかけ、その耳にはワイヤレスイヤホン。

視線を感じたのか野江が振り向いた。池渕はそのまま教室の前を通過した。ふたりの視線が一瞬からんだことに気づいた者はいないだろう。

感動のドキュメンタリー。ヒーロー復活の物語。だが、そこには大きな嘘がある。

池渕と野江、ふたりは共犯者だ。


悪夢を見たが目覚めた瞬間に忘れてしまった、ということはよくある。すごく怖かったのにと首を傾げつつほっとする。

しかし、その夢はそうではなかった。

池渕は階段を駆け上がっている。逃げなくちゃいけない、ただそれだけがたしかなことだ。だけど、どんなに走ってもてっぺんに着かない。階段に終わりはない。どこまでもどこまでも続いている。このままじゃだめだ。あいつが来る。追いかけてきて、追いつかれてしまう。池渕は必死で逃げる。けれどもついに、背後から腕をつかまれる。悲鳴をあげて振り返ると、そこにはつるりと黒いのっぺらぼうの顔が――。

いつもそこで目が覚める。びっしょりと汗をかき、胸を大きく上下させながら。ときには声を上げて飛び起きることもある。池渕はその内容を一日じゅうはっきり憶えているし、同じ夢がほとんど毎日くり返される。

それが始まったのは、去年のクリスマス前、地下鉄殺傷事件に巻き込まれた直後からだった。電車を降りて逃げる途中で池渕は駅の階段から転落し、頭を強く打って病院に搬送された。意識が戻ったのは翌日の午後だった。幸い脳や脊椎に異常は見られなかったものの、下された診断は足関節骨折。くるぶしの部分をボルトで固定する手術をして二週間入院し、三ヵ月かかってやっとまともに歩けるようになった。

どこまでも続く階段ものっぺらぼうも、もちろん現実には存在しない。だが、あのときの体験を夢で見ているのは間違いないだろう。ただの夢だと自分に言い聞かせるものの、三ヵ月以上も続くとさすがにきつい。

報道部から池渕のドキュメンタリーを制作したいという依頼があったのは、そんな折だった。三年に進級してすぐの放課後、それぞれの部活に散っていくクラスメートをバックに、報道部部長の五味《ごみ》は唾《つば》を飛ばしてまくしたてた。

「地下鉄殺傷事件のせいで選手生命の危機に陥ってる元スター！　こんなネタを放っておく手はないだろ？　しかも制作はうちのエースの野江にやらせる。野江が去年、学生の身でありながら産廃業者の不法投棄を暴いてみせたのは、池渕も知ってるよな。水王のフェデラーと水王のウッドワードのコラボってわけだ」

ウッドワードが誰だか知らないが、つまり報道の世界のフェデラーなんだろう。そう理解して、池渕は水王のウッドワードこと野江響に視線を向けた。興奮した五味とは対照的に、その半歩後ろでクールな顔をしている。校内新聞のために報道部の取材を受けたことは何度かあるが、野江とは初対面だった。切れ長の目に細い鼻梁《びりょう》、薄い唇。丸みのないすらりとした体型もあいまって、マネキンのような印象を受ける。

「ドキュメンタリーってことは映像だよな」

何を当たり前のことをとでも言いだけに、五味が大きくうなずく。

「がっつり密着取材で撮影させてもらうよ。テニスのこと、日常のこと、もちろん事件のことも」

事件のこと。ぎくりとしたが、幸い記者としての五味の目は節穴のようだ。交渉は部長に任せると決めているのか、野江は無言でやりとりを見守っている。

「ブチ？」

教室の戸口から村山が顔をのぞかせた。ジャージに着替えているということは、池渕がなかなか部室に来ないので様子を見に戻ってきたのだろう。本格的な練習はできなくても、けがをした部位を使わないトレーニングは欠かさず続けてきた。村山はマネージャーとしてそれを支えてくれている。

五味と野江を見て、村山はけげんな顔になった。

「えっと、たしか報道部の……？」

「おれのドキュメンタリーを作りたいんだって」

村山は即座に状況を理解したらしく、険しい表情で池渕と報道部のあいだに割って入った。一年生のときはマネージャーでなく選手だった村山は、背も高いし体も分厚い。ひょろりとした五味とは正反対だ。

「ようやくギプスが取れて、池渕は今が大事なときなんだ。そんなことやってる場合じゃないんだよ」

村山らしくないすごむような言い方だったが、五味はひるむふうもなく、池渕に向かって「いい返事を期待してるよ」と言い残して野江とともに去っていった。後ろ姿をにらんで村山が舌打ちする。

「ブチは校内新聞なんか読まないから知らないだろうけど、五味が書いた運動部に関する記事はひどいもんだよ。体育会系に対する偏見に充ち満ちてて、試合に負けようもんなら惨敗だの失態だのって書き立てるから、こっち側じゃみんな嫌ってる」

「おれ、活字読むと眠くなる体質なんだよな。でもその話はよく聞くよ」

「だろ？　そんなやつが作るドキュメンタリーなんて。そもそも今のブチを撮りたいってのがいやらしいんだよ。人の苦しみをネタとしか考えてないんだ」

村山が言っているのは、けがのことだけではない。その前から続く長いスランプも含めての「今のブチ」であり「苦しみ」だ。

幼いころからクラブに入って腕を磨いてきた池渕は、数々の大会で好成績を収め、鳴り物入りで強豪の水王高校テニス部に迎えられた。期待を裏切らない活躍で、次期エースと目されてもいた。ところが去年、団体戦のメンバーとして出場したインターハイで格下の相手にまさかの敗北を喫して以来、どうも調子が悪い。その後に出場した国体でも精彩を欠き、十二月の関東選抜では登録メンバーには選ばれたものの、本番で起用されるかどうかは怪しいところだった。結局けがのせいで関東選抜には出られなかったが、池渕なしでチームは勝ち進み、全国選抜に出場してベスト8という結果を残した。そんな状態で戦列を離れてもう三ヵ月以上になる。

池渕は村山に悟られないよう、ひそかに拳の内側に爪を立てた。

「実際に作るのは野江だって言ってたけど。あいつ、なんかすごいやつなんだって？」

「ああ、不法投棄の話な。畑をやってる年寄りから用水路の水がへんだって聞いて、近くの川が汚染されてる可能性に気づいて、産廃業者の不法投棄を突き止めたらしい」

「えっ、マジですげーじゃん」

「すげーじゃん、じゃねーよ」

村山は大きなため息をついた。

「そんなやつに密着取材なんてされたら、おまえなんかすぐぼろが出るよ。……まだ思い出さないんだろ？」

声を潜めての問いかけに、池渕は小さくうなずく。

村山の他には誰も知らないことだが、実のところ池渕は、地下鉄殺傷事件についてあまりよく憶えていない。頭を打ったせいなのか事件前後の記憶はほとんどなく、断片的に残っている記憶もあやふやなのだ。

だが、そのことを人に知られるわけにはいかない。

あれは退院してすぐのころだった。

——自称フェデラー氏のけがが、わざとって本当？

耳に飛び込んできた言葉に、池渕ははじかれたように頭上を見た。ベランダで話していた何人かの生徒は、自分たちの真下に本人がいるなんて思っていなかったのだろう。

――あいつと一年生とで近々、関東選抜の出場枠をかけた選考試合をやる予定だったんだって。でも負けそうだったから、事件に巻き込まれたのをいいことに、わざと階段から落ちたんじゃないかって。

――え、事件に巻き込まれたこと自体が嘘ってあたしは聞いたよ。

――そういやあいつ、あんだけ目立ちたがりのくせに、事件の話は全然しないよな。虚偽確定だな。

ショックで頭が真っ白になった。松葉杖にすがるようにしてその場を離れ、自分の教室にたどり着いたときにはびっしょりと汗をかいていた。

選考試合が近かったのは事実だ。そのことで池渕がナーバスになっていたのも。池渕がスランプから抜け出せずにいたのに対し、対戦相手の一年生、桂《かつら》は、めきめきと実力を伸ばしていた。池渕は自信満々の顔をして、内心では負けるかもしれないと恐れていた。でも、だからといって、わざとけががなんかするもんか。そんな気持ちでテニスをやってはいない。

それ以来、自分に関するうわさにひどく敏感になった。口をきいたこともない生徒たちが、池渕の心の中まで見てきたように語るのが恐ろしかった。学校じゅうの生徒が、けがはわざとだと決めつけているように思えた。

池渕に事件の記憶がないとなれば、デマにリアリティを与えることになる。暇つぶしに悪意を向けてくる連中にとっては、もともと真実かどうかなんてどうでもいいのだ。今はうわさを信じていない者も考えを変えるかもしれない。

「あの夢はまだ続いてるのか？」

村山が眉をひそめて尋ねる。あのうわさを聞いてしまったあとで教室に入ったとたん、すぐに池渕の異変に気づいて、何かあったのかと顔をのぞき込んだときと同じように。

「夢？　ああ、そういや最近は見てないな。忘れてた」

池渕は嘘をついた。

マネージャーである村山には、ケアのために日ごろから自分のコンディションを伝える機会が多い。親友というのもあって、例の悪夢のこともつい打ち明けてしまったのだが、今では後悔している。

村山はもともと選手として入部した。水王高校テニス部に入部するからにはそれなりの実力と自信を備えていたものの、練習試合も含めたすべての試合に一度も出られずに一年が終わったところで、心臓に先天的な欠陥があることが発覚した。監督からは部を辞めるよう勧められたが、村山はマネージャーとして残るという決断をした。今では部になくてはならない存在であり、支えてもらっている自分たち選手は、村山があきらめざるをえなかった夢を背負っている。言葉にしたことはないが、少なくとも池渕はそう考えている。村山のほうも、池渕には特に期待をかけていた。

おれは村山の希望なんだ。そう思うからこそ、心配はかけたくない。

そうかと言いつつ村山にはお見通しのようで、表情は晴れなかった。

「とにかく、報道部の件はきっぱり断れよ。なんならおれが……」

「わーかったたって。おまえはおれのこと心配しすぎなんだよ。どうせ心配するなら、かわいい女子でも紹介してくれよ。妹、光園《こうぞの》女子に受かったんだろ」

ところが、テニス部顧問の滝田《たきた》の意見は村山とは逆だった。

「ドキュメンタリーなんてすごいじゃないか。将来いい記念になるぞ。報道部のカメラとはいえ撮られるとなったら、部のみんなもやる気が出るんじゃないか」

意外だった。熱心な指導者である滝田なら、そんな暇があったら練習しろ、練習できないなら研究しろ、とでも言うに違いないと思っていた。だから報道部からの依頼について指示を仰いだつもりはなく、たんに報告のつもりだったのに。

戸惑う池渕を置き去りに、滝田の意識は早くもコートの中へ向いている。

「桂、今のいいぞ！」

「あの」

焦りに衝き動かされるように声が出た。

「一昨日、病院行ったんすけど、もう二週間もしたらコートに入っていいって言われました。だから総体には間に合います」

「おう、そうか。よく我慢したな」

ブチせんぱーい、と大きな声で呼びながら、桂がラケットを振り振り駆け寄ってきた。単純な動作でも、いや、だからこそわかるセンスのよさ。練習の途中だが、滝田は大目に見ることにしたようだ。

「ここにいるってことは、もしかしていよいよ本格復帰っすか？」

池渕が出られなかった三月の全国選抜で、チームのベスト8進出に貢献した一年生。二年生になった今も、特徴的ないがぐり頭は変わらない。規則でもないのにそんな髪型なのは、桂の頭にバリカンを当てるのがばあちゃんの唯一の楽しみだから。

天真爛漫を地で行く後輩にきらきらした目で訊かれ、池渕はちょっと言葉につまった。

「……もうちょい」

「そっかあ。でも、もうちょいで帰ってくるってことっすよね」

桂が池渕の復帰を心待ちにしているのが伝わってくる。その曇りのなさは、スランプに陥る前の自分を見ているようだ。

池渕にじゃれつく桂を、入部したばかりの一年生たちが興味深げに眺めている。桂はすでに見上げられる立場になっているのだと、今さらながらに認識する。

コートの反対側で忙しげにしている村山が、さっきからちらちらとこちらを気にしているのはわかっていた。池渕は桂から目を逸らす代わりに、「待ってろよ」と胸を張った。

滝田にああ言われては、断ったらかえってへんなふうに勘ぐられかねない。

報道部に承諾の返事をした翌日の昼休み、弁当を食べているところへ現れた野江響は、教室に入ってきたときからすでにハンディカメラを構えて撮影を開始していた。事情を知らないクラスメートたちがなんだなんだと驚いているが、それは池渕も同じだ。日常生活も含めての密着取材だとは聞いていたものの、予告なしにこんな、本当になんでもない生活のひとコマを撮られるとは思っていなかった。

でも考えてみれば、プロ選手のドキュメンタリーにもごみ出しや犬の散歩のシーンがあったから、そういうものか。

野江は片手でカメラを構えたまま、手近な空いている椅子を引き寄せて座った。

「好きなおかずは？」

唐突な質問に面食らいつつ答える。

「やっぱ男はからあげっしょ」

自分は卵焼きっす、と空手部がしゃしゃり出る。

野江の細い指が何やらカメラを操作した。

「友達の目から見て池渕くんはどんな人？」

画角を広げて、一緒に弁当を食べている面々もフレームに入れたのだろう。熱血空手部と、チャラ男バスケ部と、それに村山。村山は無言で、明らかに野江を警戒している。池渕がやっぱり取材を受けようと思うと告げたときも、最後まで強く反対した。

「バカだけどいいやつ。マジでバカだけど」

「三年になれたの、奇跡だよな。なんせ水王のフェデラーとか名乗っちゃってるくらいだから」

空手部とバスケ部が口々に言う。フェデラーはもともとは自分から名乗ったわけではないのだが、まあいいことにする。こいつらに悪気は全然ないんだし、結局は自分でも名乗るようになったわけだし。

「あと、かっこつけてるけど童貞」

おいっ、と池渕は声を上げたが、野江はまったく無反応だった。無表情で続きを待たれて、バスケ部はたじたじになった。

助け船は思いがけないところからやってきた。いたたまれない沈黙を破ったのは、ブチせんぱーい、という底抜けに明るい声だった。いがぐり頭の二年生は、注目を浴びても意に介するふうもなく、池渕たちのほうへ近づいてくる。

「お、やってるやってる」

野江のカメラをうれしそうに見て、桂は持参した弁当箱を机の端に置いた。

「ブチ先輩のドキュメンタリーを作るって聞いて。おれもぜひ協力させてほしいっす」

これにはさすがの野江も面食らったようだ。呆気に取られる三年生にかまわず、桂はカメラのほうへ体を向けて腰を下ろした。

「さあ、おれに何でも訊いてください。おれ、ブチ先輩のことリスペクトしてるんで。あ、レギュラーの座を争うライバルなのに意外っすか？　そこはそれ、ってゆーか、ライバルと呼んでもらえたらむしろ光栄っす」

「……桂くんは」

「あっ、ハルクのぬいぐるみ《ヽヽヽ》!」

何でも訊いてくれと言っておきながら、野江が何か言いかけたところで、桂はまた勝手にしゃべりだす。その視線の先にあるのは、机の横に吊るした池渕のスクールバッグだ。持ち手に、緑色の大男をデフォルメしたぬいぐるみバッジがぶらさがっている。

「これ、どこで手に入れたんすか。前は付けてませんでしたよね」

「……入院中に見舞いでもらったんだよ」

つまりもう三ヵ月以上もバッグに付けているものだが、その間、桂がこれを目にする機会はなかった。池渕が部室に行く時間を遅くにずらしていたからだ。練習メニューが違って池渕はひとり早く終わってしまうため、帰りも全体の終了を待たずに先に出るようにしていた。自分がいたら周りが気を遣うだろうと遠慮したのもあるが、最大の理由は、みんなと一緒にいたくなかったからだ。特に桂とは。好きなだけ練習ができる、強くなっていく仲間と、同じ場所で笑うのはきつかった。

そんな気持ちを知ってか知らずか、桂は「いいなあ、おれも欲しい」と子どものように言う。それからカメラに向き直って、

「おれたちどっちもマーベル好きなんすよ。先輩はパンツもひとそろい持ってて、一番よくはいてるのはキャプテン・アメリカっすね」

池渕は天を仰ぎたい気分になった。やべー。友達だけじゃなくて後輩までバカだ。類は友を呼びまくりじゃん。

野江はさぞあきれているだろうと思うが、桂の発言を止めようとはしない。かといって興味を引かれた様子もなく、下ネタを受け流したときと同じ無表情で撮影を続けている。マネキンのようだという第一印象がいっそう強くなった。マネキンというよりアンドロイドか。野江響はきっと、ものを食べないし、トイレに行かないし、汗をかかない。

桂がしゃべり続けて昼休みは終わった。空手部とバスケ部はおもしろがっていたが、村山は食事のため以外にはほとんど口を開かなかった。こんな取材にはたして意味があるのか、はなはだ疑問だ。

しかしほっとしたのも束の間、野江は放課後、再びカメラを携えてやってきた。今日は病院へ行ったあとスポーツマッサージに行く予定だと言うと、どちらも学校からそう遠くないことを確認し、自転車でついてきた。活発な印象のない野江が自転車通学というのは意外な感じがしたが、時間帯やルートによってはそのほうが効率的だからと言われれば、なるほど野江らしいという気もする。実際、路線バスで移動した池渕と、野江の到着時間はほとんど変わらなかった。

野江は医師やトレーナーにまで取材交渉をおこなった。医師には断られたが、トレーナーのほうは池渕本人がいいならとのことで、野江のペースに呑《の》まれてつい許可してしまった池渕は、ベッドでうめく姿を撮影される羽目になっ

た。

「おれ、もう帰るんだけど」

支払いを終えて外へ出たところで、離れる気配のない野江に告げる。野江はそれがどうかしたのかという表情で「どうぞ」と言った。

「どうぞって、まさか家までついてくる気？」

「いけない？」

「いけないっていうか……」

そこまでやるのかよ密着取材。池渕が口ごもっているあいだもカメラは仕事を続けている。

「池渕くんの家は駅で言うとどこ」

「……S線の青里。殺傷事件の犯人が取り押さえられたとこだよ」

「五駅か。自転車で行くには遠いかな」

つぶやいて、野江は茶色の革バンドの腕時計を見た。

「例の殺傷事件があった十二月二十二日、あなたが乗った電車は南水王駅何時何分発だった？」

突然の質問に、池渕は目をしばたたいた。事件について訊かれるのは、取材が始まってからはじめてだ。ついに来た。ひそかに腹に力を入れる。

「十九時十三分だろ。駅に行ってそのとき来た各停に乗っただけだから時間は見てなかったけど、事件のニュースで見た。たまたまその電車に乗っちゃうなんて、ついてないよな」

「電車だけじゃなく、車両までそうだったんでしょ」

「そうなんだよ、六両目。ほんとついてない」

夕方になって気温はぐっと下がっている。なのに背中を汗が流れ落ちていく。

本当のところ、池渕は自分が乗ったのが何両目だったのか知らない。転落した階段が六両目の停車位置のすぐそばだったことと、記憶はなくとも心に刻まれた強い恐怖から、そう推測しただけだ。夢の中であれほど「逃げなくては」と思っているのは、殺傷事件の現場に居合わせたからに違いない。

「どうして」

「は？」

「うちの学校からS線に乗ろうとすれば、ふつうは南水王駅の1番の出入り口を使うことになる。すると一両目がいちばん近いはずだよね。実際、うちの生徒はたいていそのあたりに乗るから、あの電車に乗ってた人は他にもいたけど、六両目で起きた事件には誰も巻き込まれずにすんだ」

「それは……」

考えたことがなかった。たしかに、池渕もふだんは一両目か二両目に乗り、青里駅ではホーム西端の階段を使う。ところがあの日、転落したのは、ホーム中央の階段だった。なぜふだんと違う行動を取ったのだろう。思い出せない。

「そういう気分だったんだよ。あのころはあんまり調子がよくなかったから、知ってるやつと顔を合わせたくなくてさ」

口にしたらそうだった気がしてきた。スランプから抜け出せないまま選考試合が迫ってきている状況で、不安と焦りでぴりぴりしていたのだ。

「じゃあ、ひとりだった？」

「ああ」

そのはずだ。帰りの電車はいつもひとりだし、病院に運ばれたときに付き添いはいなかったと聞いている。

「乗り込んだとき、車内の様子はどうだった」

「どうって」

「混み具合は？　池渕くんは六両目のどのあたりに乗ったの？　犯人は……」

「ちょっと待ってよ」

淀みなく繰り出される質問をどうにか遮った。テニスの試合で相手の攻勢がすさまじく、たじたじになって打ち返したボールがアウトになった、そんな気分だ。

野江はこちらの要求どおりに質問を止めて待機している。冷静そのものの表情でじっとこちらを見て、次の言葉を待っている。

強い渇きを覚えて唾を飲んだが、空気を飲んだだけのように感じた。無理やり笑みの形にした口を開く。

「急にそんなに訊かれても。三ヵ月以上前のことだし、あのときは混乱してたし、そのあとはけがのことでいっぱいだったし、うまく思い出せないよ」

「ゆっくり思い出して。こっちはいくらでも待つから」

「いやいや、おれは帰るんだって。つーか、うっかり立ち話しちゃったけど寒くね？」

「なら歩きながらでも……」

「またにしてよ。うちに来るとかも突然は無理だから」

「わかった」

野江は小さく息をついた。

カメラを下ろし、駐輪スペースに停めてあった自転車に手をかける。池渕は今のうちに立ち去ってしまいたかったが、逃げたように思われそうで、結局その場に留まっていた。

自転車に跨《また》がった野江が、不意打ちのようにこちらに顔を向けた。

「事件のことは話したくない？」

「え……なんで」

「口が重くなるみたいだから」

いったいどう答えるのが正解だったのだろう。そんなことないよ？　まあ、いい思い出じゃないから？　野江が「また明日」という不吉な言葉を残して去ったあとで考えたが、わからなかった。ただ、何も言えずに立ち尽くしてしまったのが失敗だったことだけは間違いない。

――そんなやつに密着取材なんてされたら、おまえなんかすぐぼろが出るよ。

依頼を受けることに反対した村山の言葉がよみがえった。

「……心配しすぎだっての」

これはむしろチャンスなんだと自分に言い聞かせる。野江の追及にうまく応えることができれば、けがに関する悪意ある憶測、池渕が嘘つきであるかのようなうわさを、払拭できるはずだ。

その夜もまた夢を見た。


南水王駅のホームに立つ池渕の前に、地下鉄が滑り込んでくる。S線の各駅停車。スマホに表示されている時刻は、十九時十三分。車内には空席もあったが、池渕はドアのそばに立った。続いて乗り込んできた子連れの男性が、その席に子どもを座らせた。

スマホをいじりながら電車に揺られること十数分。四駅目の西水王駅を出たところで、突然、車内で悲鳴が上がった。反射的に声のほうを見ると、車両の真ん中あたりの乗客がいっせいに腰を浮かせ、あるいは吊革を離して、わっと浮き足立っている。何事かと思う間もなく、彼らはこっちへ押し寄せてくる。

たちまちもみくちゃになった池渕の目に、信じられない光景が飛び込んできた。ぶんぶんと空を切る、刃先に血のついたナイフ。それを握りしめた若い男と、その正面に立ち塞《ふさ》がる老人。対峙《たいじ》するふたりの男の足もとに、女がひとり、シートから滑り落ちた格好でくずおれている。彼女のものとおぼしきバッグに付いているあれは、マタニティマークだ。一瞬だったが、すべてはっきりと見えた。

大柄なサラリーマン風の男を筆頭に、乗客が隣の車両へと逃げていく。車両のつなぎ目で渋滞が発生し、池渕は人の群れに呑まれて押しつぶされる。電車が青里駅に着きドアが開くと、堤防が決壊したみたいに乗客がホームへあふれ出した。押し合いへし合いがあって、転倒する人もいて、そこでもパニックが発生する。

　どうにか通り抜けた池渕は、ちょうど目の前にあった階段を一目散に駆け上がった。逃げなくちゃいけない。あいつが来る。追いかけてきて、追いつかれてしまう。池渕は必死で逃げる。前へ、上へ、遠くへ、一段飛ばしで走る。だけど、どんなに走ってもてっぺんに着かない。階段に終わりはない。どこまでもどこまでも続いている。

　やっぱりいつもと同じところへ来た。お決まりの悪夢の終着点。

　背後から腕をつかまれ、悲鳴をあげて振り返る。そこには――。

　びっしょりと汗をかいて目を覚ましたとき、部屋は真っ暗でしんとしていた。ベッドが揺れていると感じるのは、心臓の鼓動が激しいせいだ。こわばった体を起こし、手のひらで顔面をなでる。ぬるりと嫌な感触に、全身の毛が逆立つ。

　夢の中で池渕の腕をつかむ、あののっぺらぼうの正体は、殺傷事件の犯人に違いない。実際には犯人は車内で取り押さえられており、池渕を追ってきたという事実はないが、追いかけてくるんじゃないかとおびえていた気持ちがそういう形で夢に出ているのだろう。

　熱のこもった息をゆっくりと吐き、体の力を抜いていく。今まで階段の場面だけだった夢が、今回は電車に乗るところから始まった。これはきっと記憶が戻りつつある兆候だ。帰宅してから寝るまで、事件についての記事や個人が発信する情報をネットで読み漁った甲斐があった。

〈十二月二十二日午後七時三十分ごろ、西水王駅―青里駅を走行中の地下鉄S線各駅停車（栗駒発日野原行き）の六号車において、北浦誠治《きたうらせいじ》容疑者（25）が乗客五人をナイフで切りつけ、一人を殺害し、四人に軽傷を負わせた。北浦容疑者は乗客の男性らによって取り押さえられ、駆けつけた警察官により逮捕された〉

〈その電車乗ってた！　二両目だったからそんなことが起きてるなんて全然知らなくて、青里駅で停まったらホームが急に騒然となって、逃げろとか聞こえてきたから、降りる駅じゃなかったけどとりあえず降りた。駅はパニック状態で地獄絵図〉

〈軽傷を負った四人のうち一人は妊娠中の女性で、犯人の左隣に座っていて最初に襲われた。とっさに身をよじったため二の腕を切りつけられる格好になり、体勢を崩してシートの下に滑り落ちた。そのとき近くに立っていた向井正道《むかいまさみち》さん（70）が犯人と女性のあいだに割って入った。女性は他の乗客の助けを借りてどうにかその場を逃れたが、向井さんは犯人に全身を刺され死亡した〉

〈恐怖はありましたけど、切りつけられた女性を見捨てるわけにはいかないじゃないですか。あの亡くなった方が体を張って女性をかばってくれたので、そのあいだに何人かで女性を引っぱって。どうにか犯人を取り押さえられたのも、あの方のおかげです。いや、私のけががなんてかすり傷ですよ〉

写真や動画もたくさん出まわっていた。

容疑者の北浦誠治は貧相な体つきで、ダウンジャケットのフードをかぶっているせいもあってか、顔色が悪く、目つきが異様に暗く見えた。貧相という点では、犠牲になった向井なにがしも負けず劣らずだったが、犯人に立ち向かう動作に迷いは感じられなかった。逆に、若くたくましい肉体を持っていても、他人を押しのけて逃げていく男もいる。逃げ惑う乗客。ホームで転倒する人。音がひび割れて何を言っているのかわからないアナウンス。悲鳴。怒号。混乱。恐怖。

枕もとのスマホを手にとって時刻を見ると、まだまだ夜明けには遠い。しかし再び眠る気にはなれず、池渕はさらに事件の情報を探しはじめた。つらい作業だが、記憶の空白を完全に埋めないことには、野江には立ち向かえない。

翌日は練習メニューが軽い日だったので、部活が終わったあとで村山とスポーツショップに行く約束をしていた。昼休みに取材に来てそれを聞いた野江は、案の定、同行したいと言った。それは予想どおりだったが、村山が承諾したのは予想外だった。

「ブチの態度があまりにもあからさまだからだよ。野江にびびってるのが出すぎ」

「びびってなんか」

「身構えちゃうのはわかるけど、そんなんじゃなおさら怪しまれるよ。同じ理由で、かたくなに拒否するのもよくないだろ」

池渕はため息をついた。結局、心配をかけてしまっている。

「はっきり思い出せないだけで、嘘ついてるわけじゃないのに……」

あんまり思いつめるなよと言うように、村山は池渕の背中をたたいた。

行きつけのスポーツショップは学校からはやや離れていて、ＪＲの急行電車に十分ほど乗らなければならない。野江は部室に寄ってから行くというので、村山とふたりで電車に揺られ、先に店に着いた。ほどなくやって来た野江は、池渕がガットの張り替えを頼んだと言うと、その様子を撮影したいと店に交渉して奥へ消えていった。さすが水王のウッドなんとか。マッサージのときといい、すごい行動力だ。

「感心してる場合か」

シューズを見ていた村山が、あきれ顔で言って、そのうちの一足を手に取った。

「これ買ったら、ちょっと外出て他の用事もすませてくる。ガット、まだかかるだろ」

了解と告げ、池渕はカラフルなウェアのあいだをうろついた。こうしてふつうに歩いている分には足首は痛まない。だが以前のようなプレーができるかというと、正直、自信がなかった。しかも桂に勝って出場枠を得るためには、「以前のような」ではだめなのだ。それ以上でないと。ガットの張り替えのついでに気に入ったウェアがあったら買うつもりでいたが、どうもそんな気になれない。

野江が店の奥から出てきた。

「撮りながら話を聞いたけど、ラケットの世界も奥が深いんだ」

「ああ、あの人は店長なんだけど、めちゃめちゃ詳しいから。シューズ選ぶときとかもアドバイスもらってるし、テニス始めたときからずっと世話になってる」

「当たり前かもしれないけど、選手の活躍の裏にはいろんな人のサポートがあるんだね」

その言葉が、ずんと胸に響いた。常に心に刻んでいるつもりだが、自分のことで精いっぱいになると、つい感謝がおろそかになってしまう。

「村山くんは？」

「ちょっと出かけた」

「そう。車内でのこと、思い出した？」

「え？」

何を言われたのか、しばらくわからなかった。マッサージの帰りに、殺傷事件のときの車内の様子を訊かれてまたにしてくれと答えた、その続きだと気づいて背筋が凍りついた。テニスに関する穏やかな会話からの、突然の切り替え。強烈なフェイント。息を呑む池渕に野江がカメラを向ける。

これはチャンスなんだ。池渕はとっさに商品のほうへと視線を逃がし、自分に言い聞かせた。集めた情報と夢の内容をそのまま話せばいいだけだ。唇を舌で湿らせ、慎重に口を開く。

「車内はそんなに混んでなかった。おれのすぐあとに男の子とお父さんかな、が乗ってきて……」

ゆっくりと言葉を重ねていくうちに、本当に思い出してきた。たんなる夢じゃない。あの親子を見たのは、間違いなく現実の体験だ。そう、あのとき、

「男の子がおれを指さして何か言ったんだ。人を指さしちゃだめだって、お父さんは急いで注意してた。おれはドアのそばに立ってスマホをいじってて……」

悲鳴。パニック。血に濡れたナイフ。立ち向かう年寄り。マタニティマーク。青里駅。階段。そして――。

舌がなめらかに動き、気がつくと悪夢のことまで話してしまっていた。

「PTSDなんて大げさなもんじゃないんだけどさ、ときどきあのときのことを夢に見るんだ。ちょっとフィクション入ってんだけど」

「というと?」

「のっぺらぼうが出てくるんだ」

「……のっぺらぼう?」

野江の応答に間が空くのはめずらしい。

「おれが電車から逃げて階段を駆け上がってたら、背後から誰かに腕をつかまれる。で、振り返ったらそこにのっぺらぼうがいる、ってそんだけ。いつもそこで目が覚める」

「のっぺらぼうに何か特徴はないの? 性別とか年齢とか」

「何も。ミステリー漫画の犯人みたいに、体全体が黒い影のかたまりなんだ。犯人が追っかけてくるんじゃないかってびびってたせいで、そんな夢見るんだろうけど」

池渕はなんでもないことのように言って肩をすくめてみせたが、野江は指を顎に当てて何やら考え込んでいるふうだ。

「ところで、池渕くんはなんでその電車に乗ったの」

「なんでって?」

「部活が終わってまっすぐ駅に行けば、十八時四十五分ごろの電車に乗れるはずでしょ。でも、その日はなぜか十九

時十三分のに乗った」

言われてみれば、なんでだろう。考えたことがなかった。そして、その部分の記憶の空白はまだ埋まっていない。

「さあ、なんかだらだらしてたんじゃない？」

笑顔でごまかしたところで、村山が外から戻ってきた。ぬいぐるみを片腕に抱えている。

「何だよ、それ。それ買いに行ったの？」

「買ったんじゃなくてゲーセン。プライズ限定品が出たから取ってこいって妹に言われててさ」

「この短時間でぱっと行ってぱっと取れちゃうのが、さすがだよな」

村山はクレーンゲームの名人で、池渕がスクールバッグに付けているハルクも村山が取ってくれたものだ。転落事故で入院しているときに、見舞いとしてもらったらしい。らしいというのは、その記憶がないからだ。自分のバッグに見覚えのないぬいぐるみバッジがぶらさがっているのを不思議に思って村山に尋ねたところ、そういうことだった。

さっきの返答でごまかせたのかどうか、野江はそれ以上は追及してこなかった。ガットの張り替えが終わるのを待ち、三人そろってスポーツショップを出る。野江は自転車を学校に置いてきたそうだ。ここからは地下鉄で帰るというので、ＪＲの駅へ引き返す池渕たちとは店の前で別れることになった。

別々の方向へ歩きだしてから、池渕はほっと息をついた。どうにか乗り切った。たくさんの情報を集めたおかげで、事件についてすらすらと話すことができたし、思いがけず記憶の一部がよみがえるというおまけまでついてきた。この調子でもっと情報を集めれば、取材が終わるまで持ちこたえられるか、もしくはその前にすべての記憶を取り戻せるのではないか。

「亮くん！」

店長が小走りに追いかけてきて、二つ折りタイプのパスケースを差し出した。

「これ、野江さんが落としてったみたいなんだ」

彼女の腕時計のベルトと同じ、茶色の革のものだ。池渕は野江が歩いていったほうへ首を伸ばしたが、その姿は見当たらない。

しかたがないので代わりに受け取ったとき、パスケースから白い紙片が落ちた。拾ってみるとレシートだ。パスケースを開き、ノエヒビキとカタカナで印字されたＩＣ定期券の上に挟み込む。

再度、通りを見まわしたが、やはり野江は見つけられなかった。取材前に連絡先を知らされていたのを思い出し、電話をかける。三コールで出た野江に、パスケースのことを告げると、明日でいいと言われた。

「わざわざありがとう。店長さんにもお礼を伝えて」

心なしかいつもより早口だ。ミスに慣れていないのか、野江でも動揺することがあるのかと意外な思いだった。

考えてみれば、池渕は野江のことを何も知らない。逆はあれこれ必要なさそうなことまで知られているのに。テニスでもそうだが、敵を知ることは有利に働く。それに、少しだけ野江響という人間に興味も出てきた。少なくともアンドロイドのイメージは変わりつつある。

池渕は野江のクラスの女子を中心に、彼女についてそれとなく訊いてみた。

――野江さん？　池渕が話を聞いた範囲で、野江を響と呼ぶ子はいなかった。クールビューティー。頭よさそう。近寄りがたい感じ。話したことない。よく知らない。男子に訊いてもほぼ同じで、なんか怖い、同級生は相手にしなさそう、という意見が追加されたくらいだった。ただ、野江が自転車通学を始めたのは二年の三学期からで、それ以前はN線を利用していたということだけはわかった。

「野江のことなんかそんなに気にするなよ」

村山には再三、注意されている。最初はたしなめる程度の言い方だったが、だんだん口調がきつくなってきた。

「それに、事件について調べるのもいいかげんにしとけ。睡眠不足なの、見ればわかるよ。事件と同じ電車の同じ車両に乗ってみたり、同じ階段を駆け上がってみたりもしてるだろ。本格復帰が目の前だってのに、そんなんじゃ肉体的にも精神的にもよくない」

心配してくれているのは重々わかっているが、ありがた迷惑だ。記憶が戻りつつある証拠に、夢の内容はますます具体的になってきている。犯人が着ていたダウンジャケットの迷彩柄や、その破れ目からこぼれた羽根が妊婦のバッグに落ちる様、向井正道のベージュのコートのくたびれ具合まで、今でははっきりと見える。

「大丈夫だって」

声にいらだちがにじんでしまい、言ったそばから後悔した。

「おめでとうございます！」

ついに復帰した池渕を一番うれしそうに迎えたのは桂だ

った。まだ幼さの残る顔の全部で笑って、グラウンドを挟んだ校舎まで届きそうな声を張りあげる。

「そんな大声出さなくても聞こえるって」

桂はいいやつだ。そして、うまい。どんどんうまくなる。

池渕は片手の指を耳に突っ込んでみせながら、体側《たいそく》に下ろしたもう片方の手でラケットを握りしめた。しかし次の瞬間には、はっとして力を抜いた。テニスコートには、もちろん野江の姿もある。他の部員たちにとってもおなじみになったカメラが、池渕と桂を捉えている。

ウォーミングアップのあとのラリーの練習で、池渕は桂にやろうと声をかけた。いけるのかと顧問の滝田に訊かれ、もちろんですと力強く答える。医者のゴーサインは出た。復帰に向けてできる限りのトレーニングもしてきた。睡眠不足を心配していた村山は、今ももの言いたげにこちらを見つめているが、試合のときだって必ずしも万全のコンディションで臨めるとは限らない。

「やっと先輩とやれるの、めっちゃうれしいっす。選抜にああいう形で選ばれたのは不本意だったし」

桂の両目からは強い感情がほとばしっていた。ちゃんと試合をして決着をつけられなかったことは、桂にとってもしこりになっていたのだと、そのときはじめて気がついた。池渕が勝負を避けるためにわざとけがをしたというあのうわさを、桂はどう思っているのだろう。

池渕は感触を確かめるようにボールをバウンドさせ、深く息を吸い込んだ。まずは体を慣らす程度の軽いショートラリーのはずだったのに、少し力が入りすぎた。黄色いボールが桂の右手側に勢いよく飛び込んでいく。桂が打ち返し、それをまた池渕が打ち返す。

ショートラリーからロングラリー、そしてボレー&ストローク。池渕は復活をアピールするように走りまわった。きわどいコースを突いて桂を挑発したりもした。桂も乗ってきて、たちまちかなり激しい打ち合いになった。

思った以上に桂は実力を伸ばしている。こちらの衰えと睡眠不足もあって、試合でもないのに正直きつい。でも、いける。見ろ、水王のフェデラーは健在だ。他の部員から声が飛ぶ。いいぞ、池渕！　やっぱやるな。

「やめ」

滝田の合図でラリーを中断したとき、池渕の息は荒く、手足も重かった。やはり体力が落ちているのを痛感する。だが気持ちは前を向いていた。

「五分休憩ののち、サーブ&リターン。池渕は村山とやってくれ」

「えっ」

「いきなり無理するな。ちょっと飛ばしすぎだぞ」

「大丈夫です。痛くないし、やれます」

「そういうときが危ないんだ。マネージャー、頼むぞ」

はい、と村山が応じた。村山ももとはそこそこ強い選手なので、練習相手は充分に務まる。

村山が心配そうに打ってきた病人食のようなサーブを、池渕は全力で打ち返した。予想外に鋭いリターンを村山は拾えず、コートを出たボールは、ちょうど野江の足もとへ跳ねていった。

冷静に撮影を続けるその姿を見たとたん、猛烈な恥ずかしさに襲われた。いわば第一線の練習から外されて、村山にやつあたりをした自覚がある。村山のほうも、やつあたりをされたとわかっているはずだ。

「ごめん、ごめん」

ボールを拾って駆け戻ってくる村山の笑顔を見られなかった。

その日の帰りには、部の仲間が復活祝いにとタピオカミルクティーをおごってくれた。メンバーの中でS線の下り電車に乗るのは池渕だけだ。ひとりになった池渕は、1番の出入り口からホームに下りて最も近い一両目に乗り込んだ。前に野江に指摘されたとおり、ふつうならそうする。あの日はいったいどうして……。

ぼんやり考えながら電車内に足を踏み入れたところで、池渕はぎくりとして立ち止まった。シートに座っている乗客の中に、迷彩柄のダウンジャケットを着た男がいたからだ。殺傷事件の犯人と同じ。脳がそう認識する前に、体が硬直する。

あとから乗ってきた乗客が背中にぶつかった。押される形で一歩進み、池渕は目をみはった。背後に気を取られた一瞬のうちに、迷彩柄の男が消えている。いや、違う。シートはすべて埋まったままだ。そして迷彩柄が座っていた場所には、同じくダウンを着た男。その色は、黒だ。

見間違い――池渕は何度もまばたきをして、さらに目をごしごしこすった。いくら見てもダウンの色は黒で、身につけている人物もあの犯人とは似ても似つかない。視線に気づいたのか黒ダウンの男がこちらを見たので、目が合う前にあわてて逸らした。

同じような間違いは、それからも続いた。悲鳴は自転車のブレーキ音だったし、ポケットから取り出されたナイフはスマホだったし、道に転々と落ちた血は散ったツツジの花だった。そのたびに池渕は指がぴんと反り返るほど緊張する。

それはしだいに幻覚や幻聴へとエスカレートしていった。顔を洗って鏡を見ると、背後に人影が現れる。歩いていると、自分のものではない息づかいが聞こえる。

悪夢が現実を侵食しているようだ。境界を越えてじわじわと身に迫ってくる。事件が、犯人が、のっぺらぼうが迫ってくる。

帰り道で突然、背後から腕をつかまれ、池渕は反射的に強く振り払った。勢い余って体勢を崩し、歩道の柵にぶつかったほどだ。

「……ごめん、びっくりさせたみたいで」

自分こそ驚いた顔で片手を宙に浮かせたまま、村山は言葉を選ぶように言った。

「何度も呼んだんだけど」

「いや……」

さりげなく柵から体を離し、口もとを覆った片手の下でひそかに深呼吸をする。息の熱さで手のひらが湿るのを感じながら、この場に野江がいなくてよかったと心から思った。

「何か用？」

「うん、前にさ、光園女子の子、紹介してくれみたいなこと言ってたろ。妹に話したら、友達何人かとカラオケとかどうかって。写真もあるよ」

村山がスマホを差し出す。

「ちょっと気分転換しないと」

池渕は受け取ろうとした手を止めた。目を上げて村山をじっと見る。

「どういう意味？」

自分の唇の端が引きつっているのを感じた。村山はちょっとひるんだ様子を見せたが、スマホを引っ込めようとはしなかった。眉間にしわを寄せ、意を決したように口を開く。

「このごろのおまえ、マジでおかしいよ。今だって歩きながらきょろきょろ周囲をうかがって、三歩進むたびに振り返って。めちゃくちゃ挙動不審なの、自分で気づいてる？」

そう、だっただろうか。

「……おまえに関係ないだろ」

「心配してるんだよ」

そんなことはわかっている。よくわかっている。

「オカンかよ」

茶化したが、村山は乗ってこなかった。

「事件について調べるのはもうやめろよ。人のうわさなんて気にすんな。次のレギュラーのこともいったん忘れたほうがいい」

は？　池渕は耳を疑った。

「レギュラーが何だって？」

「焦るなって言ってんだ。今はじっくり心身を癒やすことに専念しろ」

「勝手なこと言うなよ」

強い声が出て、通行人が振り返った。続く言葉が喉につかえてなかなか出てこない。

「が……がんばれって言ったり休めって言ったり。だいたい大きなお世話なんだよ。自分のメンタルくらい自分で管理できるっての。おまえ、何なんだよ」

「おれはマネージャーだよ」

「ああ、だよな。自分じゃコートに立てない。だからっておれに夢を押しつけるなよ！」

ひどいことを言っている。でも止められない。気が昂《たか》ぶるあまり目が潤み、村山の顔がぼやける。

「そうかもしれない。ごめん」

謝られたとたん、かっと頬が熱くなり、池渕はその場から駆け出した。村山は追ってはこなかった。

翌日からも村山の態度は変わらなかった。まるで何事もなかったかのように。いや、村山にとっては実際に何ほどのこともなかったのかもしれない。池渕に限らず、部員がマネージャーにやつあたりするのはままあることだ。マネージャーを軽んじているわけではないが、選手ファーストのスタンスがしばしば悪い形で出る。

今までの関係性に甘えて、やっぱりカラオケ行くよと声をかけてみることも考えたが、結局は言葉にならなかった。そうすれば村山が合わせてくれるのは目に見えていて、それはあまりに卑怯だと思った。

息がつまるような気まずさを水面下に秘めたまま、カレンダーは四月から五月へと変わった。野江は勘づいているのではないかと思うが、そのことにはふれない。ただ撮影を続け、テニスに関する質問と事件に関する質問を巧みに織り交ぜてときおり池渕をひやりとさせるだけだ。

その間にテニス部では重大な発表があった。部内で試合をおこなうというのだ。時期的に見て、来たる高校総体の選手選考を意識したものであるのは間違いない。

試合当日の朝、池渕はいつもより早く起きて丹念に顔を洗った。睡眠不足と悪夢の残滓《ざんし》を少しでも洗い流したかった。鏡の中にはいやに白い顔がある。母は力の入った朝食を用意してくれたが、胃がまともに働いておらず、ほとんど手をつけずに家を出た。代わりに、コンビニで買った栄養補助ゼリーを無理やり喉に流し込む。

村山から調子を尋ねるラインが届いていた。「絶好調！気合い入りすぎてもう家出た！」と返信したが、信じてはいないだろう。このところ練習中に池渕を見る村山の表情は曇っている。自分でも歯がゆさを感じる場面が多い。

集合時間よりかなり早く着いたため、部室には一番乗りだった。幻覚にも幻聴にも出会わずに来られたことにほっとしながら、身支度をしてテニスシューズの紐を締める。ウォーミングアップと集中にたっぷり時間をかけるつもりだった。今日のコンディションもつかんでおきたい。なんとしても結果を出し、総体の出場権を勝ち取るのだ。そのためにできることは全部やる。全力を尽くす。

両手で頬をたたき、立ち上がった。そのとき、部室のドアが開いた。池渕はそちらを見て、凍りついた。

のっぺらぼうが、いた。

黙って入り口に立ち、目も鼻も口もない、つるりと黒い顔をこちらに向けている。

のっぺらぼうが池渕に向かってゆっくりと腕を伸ばした。池渕は悲鳴を上げ、背を向けて逃げようとした。けれどいつもの夢と違って、そこに階段はなかった。行く手を阻む部室の壁に両手をつき、振り返る。のっぺらぼうが、ゆらゆらと近づいてくる。池渕はわめき散らし、めちゃくちゃに壁をたたいた。

怖い。逃げたい。忘れたい――。

意識があったのはそこまでだ。

気がついたとき、池渕は保健室に寝かされていた。目が視力検査表と薬品棚を捉えてから、脳がそう認識するまで、しばらくかかった。

「気分はどう？」

ベッドサイドに腰かけた女子生徒に見下ろされている。その後ろに明るい窓があって、レースのカーテンがやわらかく揺れている。

「おれ、気を失ったんだな。野江が見つけてくれたの？」

「私だったら救急車を呼んでた。部室で倒れてるのを一年生が見つけて、滝田先生に知らせたんだって。私がコートに行ったときには、すでにここへ運ばれてた」

「そっか」

壁の時計を見る。試合はとうに始まっている。

野江がハンドタオルを差し出した。なんだよととぼけたかったが、喉がつまって声が出なかった。受け取って顔に押し当てる。火がついたみたいに熱いまぶたの裏に、桂の姿が浮かぶ。おれはまた同じことをやらかした。戦わずに負けた――。

「……のっぺらぼうを見たんだ」

なさけなくふるえる声に、野江は静かに応えた。

「夢の話？」

「違う。最近は起きてるときでも幻覚を見る」

落ち着いて考えれば、さっきのも幻覚だったのだとわかる。だがあのときは、とてもそうは思えなかった。いや、今だってやっぱりそうは思えない。

池渕は一気にすべてを打ち明けた。事件前後の記憶がほとんどないことも、ネットで集めた情報と断片的な記憶を混ぜて野江に語ったことも。

「嘘をつくつもりなんてなかったんだ。でも本当のことが言えなくて、結果的にそうなった。だましてごめん」

野江は黙っていた。池渕の嘘に前から気づいていたのかもしれない。産廃業者の不法投棄を暴いたように、それを暴こうとしていたのか。

不思議と腹は立たなかった。柔軟剤だろうか、野江のハンドタオルからはフローラル系のいいにおいがする。顔に当てていると、だんだん心が落ち着いてくる。

池渕はハンドタオルを取り、枕の上で首をひねって野江を見た。せっかくの告白の場面なのに、野江はカメラを構えてはいなかった。

「書いていいよ。池渕は臆病な嘘つきだって。そのほうがいっそすっきりする」

野江はやはり黙っている。池渕は臆病な嘘つきだって。そのほうが

野江はやはり黙っている。薄い唇を結び、かすかに眉をひそめ、何か考え込んでいる――迷っているように見える。こんなのははじめてだ。

「野江？」

池渕が体を起こすと、野江の目に力が戻った。池渕をまっすぐに見て尋ねる。

「あなたは記憶を取り戻したい？　真実を知って、傷つくことになったとしても」

野江に呼び出されたのは、翌週の火曜日だった。場所は屋上。立ち入り禁止だが、教師の目を盗んで出入りしている者たちがいることは、生徒のあいだでは周知の事実だ。

その日は朝から雨が降っており、池渕は傘を持って屋上へ続く階段を上った。この階段にはちゃんと終わりがあっ

て、突き当たりのドアの鍵は外されている。開けると、紺色の傘をさした野江が立っていた。昼休みだが、天気のせいか他に人はいない。

「話って？」

池渕は傘を広げ、野江のそばに立った。

「もうひとりが来てから」

もうひとり？　首を傾げたとき、背後でドアの開く音がした。振り返ると同時にぱっと傘が開き、円が上に動いて三角形に変わる。傘の下に現れたのは、村山の当惑した顔だった。

「ブチ？」

「私がふたりを呼んだの。池渕くんの身に起こった出来事を明らかにするために」

「意味がわかんないんだけど」

当惑顔に警戒をプラスして、村山も近づいてくる。

野江は落ち着き払った態度でそれを待ち、いきなり思いもよらないことを告げた。

「先週の試合の朝、部室に現れたのっぺらぼうは村山くんだよね」

「……はあ？」

一拍の間のあと、反応したのは村山ではなく池渕だった。

「何言ってんだよ。のっぺらぼうはおれの幻覚だって……」

「その可能性もある。だけど、村山くんは池渕くんの悪夢のことを知ってたんだよね。しょっちゅう一緒にいて様子を観察してれば、夢に留まらず幻覚まで見てるのもわかったんじゃない？」

村山から様子がおかしいと指摘されたことはたしかにある。でも、だからって。

「池渕くんは試合の日、かなり早い時間に部室に行った。その時間を村山くんに教えなかった？」

「教えてな……」

いや、教えた。調子を尋ねるラインに「もう家出た」と返した。

途切れた言葉で察したのか、野江はやはりというふうに軽くうなずいた。傘のふちから雨滴が落ちて、制服の肩に染みを作る。自分の肩も濡れていることに気づいたが、冷たさは感じない。

「さらに言えば、部室に現れたのっぺらぼうの顔が、池渕くんにはよく見えなかったと思う。パニックになっただろうし、のっぺらぼうがドアから入ってきたなら太陽の光が後ろから当たってたはずで、つまり逆光になるでしょ。顔を黒い布か何かで覆っておけば、それだけで池渕くんが瞬時にのっぺらぼうだと思い込む可能性は低くない」

池渕はうろたえて村山を見た。そんなわけがないと思うのに、どう反論すればいいのかわからない。村山は黙って野江を見つめるばかりだ。

「池渕くんがバッグに付けてるぬいぐるみバッジ」

急に話題が飛んで、池渕は戸惑った。

「入院中にもらったって言ってたけど、それはたしか？」

「え……そうだよ。憶えてないけど、村山が持ってきてくれたんだ」

「村山くんからそう聞いたの？」

「そう、だけど」

野江は村山に視線を移し、そのままで「池渕くん」と続けた。

「あなたに事件の記憶がないのは当然なの。なぜなら、あなたは事件の起きた電車には乗ってなかったから」

池渕はぽかんと口を開けた。

「は？　それ、どういう……」

「ブチ、行こう」

村山が会話に割り込んだ。

「わけわかんないし、付き合うことないって」

校舎のほうへ池渕をうながすが、池渕の足は動かない。そうなる自信があったのか、野江は少しもあわてることなく口を開く。

「池渕くんが乗ったのは十九時十三分じゃなくて十九時八分発、一本前の電車なんだよ」

「そんなわけないだろ。おれは事件現場から逃げる途中で階段から落ちたんだ。記憶はなくても、必死で逃げようとしてたのは本当だって、それは自信持って言える。車内の様子だって部分的にだけど思い出したし」

「南水王駅で一緒に乗り込んだ親子のことだね。それこそ一本前の電車だったっていう証拠なの」

「全然わかんね」

「正直に言うと、私は最初から池渕くんがあの電車に乗ってたっていう話を信じてなかった。事件に関する情報を徹底的に調べて、だから池渕くんの語る内容がそういうものの寄せ集めだってことにもすぐに気づいたの。だけどその親子だけは別だった。どの動画にも映ってないし、どの証言にも出てこない。いわば池渕くんのオリジナル。気になって南水王駅で調査してみたら、その親子を突きとめることができたの。話を聞いたら、息子さんの習い事の関係で毎週同じ電車に乗るんだって。例の十二月二十二日もそうだった。一本あとの電車であんなことが起きたと知ってぞっとしたって言ってたよ」

野江のペースはまったく乱れない。一方、もともとスペックが高くない池渕の頭は大混乱だ。

「男の子が池渕くんを指さして何か言ったんだったよね。正確には、池渕くんのバッグに付いてたハルクを」

池渕は無意識に側頭部に手を当てた。

――パパ、見て。あのお兄ちゃん、バッグにハルク。

あどけない声がよみがえる。小さな人差し指が見える。

そうだ、あの子はたしかにバッグを指さしてそう言った。

「思い出した？　あの親子と同じ電車だったなら、あなたが乗ったのは事件の一本前の電車だったってことになる」

「そんな……」

「そしてもうひとつ、池渕くんはその時点ですでにハルクのぬいぐるみバッジをバッグに付けてた。入院中にお見舞いとしてもらったんじゃなくて」

池渕はおそるおそる村山を見た。今ひとつ理解が追いつかないが、村山が嘘を教えたのだということだけはわかる。

「そんなのでたらめだ、聞くな」

そう言う村山の顔はひどく青ざめていた。

――怖い。逃げたい。忘れたい。

部室で気を失う直前に感じたことがふいによみがえり、池渕は反射的に目を逸らした。なんで今？　それに、怖いと逃げたいはわかるが、忘れたいって何だ？

「また、ドキュメンタリーのための取材を開始した昼休み、桂くんがハルクをはじめて見たと言ってたことから、池渕くんは事件の日より前にはそれを付けてなかったことがわかる。けがをして別メニューをやるようになるまでは、ほぼ同じ時間に部室に出入りしてたわけだから、バッグを目にする機会が必ずあったはずだもんね。まして桂くんはずいぶん池渕くんを好きみたいだし、マーベルも好き。付けてればすぐに気づいたんじゃない？　つまり、池渕くんがハルクをバッグに付けたのは、転落事故の当日、部室を出てから電車に乗るまでのあいだと考えていいと思う」

心臓の音がうるさくて、野江の説明がよく聞こえない。

桂がどうしたって？

「さて、池渕くんが乗ったのは一本前の電車だった。とはいえ、部活が終わってまっすぐ駅へ向かったにしては遅い。たいていは十八時四十五分ごろの電車に乗っていて、部誌によればその日の練習が特別に長かったということはなかった。マネージャーリーダーの村山くんには言うまでもないことだけど。その空白の時間にハルクを手に入れたんだと考えれば、つじつまが合うでしょ」

だめだ、全然ついていけない。

「ネットで見てみたら、そのハルクはプライズ限定品だった。村山くんはクレーンゲームの名人だったよね。学校から駅へ向かういくつかのルート上にゲームセンターはひとつしかない。そこの店員さんが、去年のクリスマス前にクレーンゲームをやりにきた水王生ふたり組のことを憶えてたよ。補導対象の時間だったけど見ないふりしてやったのに、ひとりがうまくいかないのにキレて機械を蹴り、見かねたもうひとりが代わったら一発で限定品をゲットしたから、よく憶えてるって。学校から回り道してゲーセンに寄ってから南水王駅に行けば、3番出入り口からホームに下りることになる。そこから各駅停車に乗るなら、一番近いのは六両目」

聞き手の理解が追いつくのを待つように、野江はいったん言葉を切った。野江が期待したほどの効果はたぶんなかったが、麻痺したような池渕の頭にある光景が浮かんできた。クレーンゲームのケースの中で折り重なったさまざまなぬいぐるみバッジ。アームがハルクの頭をかすめ、空振りしてもとの位置に戻っていく。くそっ。料金の投入口に百円玉が吸い込まれる。いらだっているせいでうまく入らない。ボタンに手のひらをたたきつける。また空振り。くそっ。機械を蹴る。ブチ、よせよ。貸せって、おれがやるから――。

「整理すると、あの日、池渕くんは部活が終わったあと回り道してゲーセンに寄り、そこでハルクを手に入れてバッグに付け、南水王駅から十九時八分発の各停の六両目に乗車した。そして、ハルクを指さした例の男の子によると、『お兄ちゃんはお友達と一緒だった』」

手の力が抜けて、傘がぐらぐらした。雨粒が顔をたたく。

「村山くん、あなただよね。あの子にもあなたの映像を見てもらったけど、たぶんこの人だって」

子どもの記憶なんて当てにならない。そう反論することもできたのに、村山はしなかった。できなかったのだろう。

「……まるで探偵だな」

野江に対して無言を貫いていた村山がついに発した声

は、ひび割れふるえていた。どんな表情を浮かべようとしているのか、顔の筋肉が陸に打ち上げられた魚みたいにぴくぴくしている。

「報道部員だよ」

対する野江の態度はあくまでもクールだった。

「村山くんはS線の利用者じゃないにもかかわらず、あの日は何か理由があって池渕くんと一緒に乗った。そのことを隠してたのはどうして？　事件に巻き込まれたという池渕くんの思い込みを正してあげなかったのは？」

村山の反応を待たずに野江はたたみかける。

「池渕くんが青里駅の階段から転落したときも、あなたは一緒にいたんじゃない？　もしかして村山くんが池渕くんを……」

「やめてくれ！」

叫んだのは池渕だった。野江と村山がともに目を見開いて池渕を見つめる。

思い出した。

「村山は悪くない。悪いのはおれなんだ……」

うなだれた池渕の手から傘が落ちた。

ずっと、出口のない闇の中をさまよっているようだった。海の底でどこかにあるはずの光を探して泳ぎ続けていた。

　でも、そうすることに疲れてしまった。どんなに努力しても工夫してもスランプから抜け出せない。勝てないし、強くなれない。あんなに好きだったテニスを心底嫌いになる瞬間があって、そのたびに傷ついた。ラケットを持つのもつらくなっていたけれど、誰にも言えなかったし認めたくもなかった。だって、池渕亮からテニスを取ったら何が残る？

　怖いから、逆に明るく振る舞った。あの日の部活のあと、ゲーセン行こうぜと村山を誘ったのは、桂のスマッシュに完全に抜かれて怖《お》じ気《け》づいた自分をなかったことにしたかったからだ。補導されるぞと止める村山を、オカンとからかった。いつもの軽口だったが、いつもより加虐的な気持ちが乗っていたことに、村山も気づいていただろう。だからこそ放っておけずに付き合ってくれたのだ。

　だが、村山がハルクを取ってくれたとき、池渕が感じたのは激しいいらだちだった。機嫌とってんじゃねーよと思った。村山にそうさせる自分も嫌だった。やっぱすげーな、おれがおまえに勝てるものなんてテニスくらいしかねーわ。一度も試合に出られないまま病気で選手をあきらめた村山に、無邪気を装って言いながら、本当はさして欲しくもなかったハルクをその場でバッグに付けた。

村山はついでに家までついていくと言った。いい機会だから、長引くスランプの原因と対策をじっくり考えてみようと。村山が前々から主張していることだったが、それよりもたんに池渕をひとりで帰すのが心配だったに違いない。断り切れずに一緒に乗った地下鉄の中でバカ話をしているときも、村山のまなざしは常に池渕を気遣っていた。

そこまで心配される自分がみじめでしかたなかった。自分はフェデラーではなく、成長するにつれて周囲に埋もれていくその他大勢のひとりにすぎないのだと、思い知らされているようだった。そう思わせる村山にむかついたし、それに気づかない鈍さに二重にむかついた。

だから言ってやったのだ。

「おれさあ、ぶっちゃけテニスもういいわ。飽きたし」

「え?」

青里駅の階段を前後に並んで上っているときだった。顔を合わせていなかったから言えたのかもしれない。後ろを歩く村山の声が瞬時に硬くなり、そのことに意地の悪い快感を覚えた。

「何言い出すんだよ」

「だって試合にも出れないのに続ける意味ないじゃん」

「出られるって」

「おまえはすげーよなあ。選手からマネージャーに転向して部に残るなんて、おれには絶対無理。マジ理解できない。あ、これ、本気で褒めてんのよ」

笑い混じりの言葉に、村山の反応はなかった。

「マネージャーなんかやってて楽しい? 自分がプレーできないのに他人の世話したり応援したりなんて、むなしくなんねーの?」

突然、背後から腕をつかまれた。はっと振り返った池渕の目に飛び込んできたのは、今まで見たことのない村山の顔だった。怒っているのでも悲しんでいるのでもない、何の感情も読み取れない完全な無表情。ひとつ下の段から池渕を見上げているが、その目は池渕を見てはいない。何も見ていない。口は薄く開かれていたが、その空間は言葉につながるものではなく、ただの穴だった。

池渕は致命的な失敗をしたことに気づいた。村山がどんな思いで選手をあきらめたか、どんな覚悟でマネージャーになったのか、知っていたのに。部の仲間として、親友として、一番近くで見てきたのに。その近さに甘えて、言ってはいけないことを言った。取り返しがつかないほどに傷つけた。

逃げ出したいと思った。なかったことにしたいと。その一心で、体ごと強く腕を引いた。そして、バランスを崩したのだ。振った腕に引っぱられるように体が傾いで、池渕は階段を転げ落ちた。下段にいた村山を巻き込まずにすんだのは、奇跡としか言いようがない。


「忘れたかったんだ。おれが村山にしてしまったこと。村山のあの顔を」

なぜのっぺらぼうなのか、やっとわかった。

「ごめん」

深くうなだれた池渕の首筋を雨が濡らす。本当はあのときにこうするべきだった。逃げるのではなく。

「よせよ、謝るのはおれのほうだ。階段から落ちたおまえを置いて逃げたんだから。そもそもおまえが落ちたのは、おれの手を振り払おうとしたせいだし」

池渕はうなだれたまま首を横に振った。

村山はただ池渕の腕をつかんだだけだ。それだけだ。池渕が無理に振りほどかなければ、そもそも逃げようとしなければ、あんなことにはならなかった。完全な自業自得だ。あの瞬間、村山は完全に停止していた。頭も体も心も。あの顔を見たからわかる。立ち尽くすうちに次の電車――殺傷事件が起きた電車が到着し、ホームも階段もパニックに呑み込まれたことは想像に難くない。

「病院に見舞いに行ったとき、ちゃんと謝るつもりだったんだ。でもおまえ忘れてるし、事件に巻き込まれたんだって思い込んでるし。本当のことを言うべきだと思ったけど、のっぺらぼうの話聞いて、ブチは忘れたくて忘れたんだってわかった」

「だから話を合わせたの？　池渕くんのために」

野江が池渕の傘を拾って頭上にさしかけた。そういえば落としたままだったとそれで気づいた。雨が少し激しくなったようだ。

「保身の気持ちがなかったとは言わない」

村山はそう言ったが、それは嘘をつく動機になるほど強いものではなかっただろう。野江の言葉が正解だ。ただでさえ当時の池渕は不安定な精神状態にあり、村山はひどく心配していたから。

「池渕くんに対して悪意を持っていなかったなら、先週の試合の日、部室でのっぺらぼうのふりをして脅したのはどうして？」

あれは村山だったと決めつけて野江は訊いたが、村山は否定しなかった。ただし質問にも答えない。意思をもって強く結ばれた唇を見て、これもまた池渕のために口を閉ざしているのだと直感した。

「言えよ、村山」

村山の喉がふるえる。

「いいから」

なおしばらくの沈黙のあと、言いたくないと全身で主張しながら、村山はやっとのことで口を開いた。

「滝田が……池渕はもうだめだって。ないと思うが、万が一、部内の試合で好成績を残したとしても、総体には出さないって。それよりは将来のある下級生に経験を積ませるって」

案外、ショックはなかった。

「いつ聞いたの?」

「おまえが本格復帰した直後と、部内で試合をやるって発表される前。発表される前におれは知らされてたから」

なるほど、自分ではいけると手ごたえを感じていたが、顧問の目には見限るレベルに映っていたわけだ。それでか。滝田が記念になるなんて言って報道部の取材を受けるよう勧めたのは。桂との練習を中断させ、村山に相手をさせたのは。

「前におまえに言われたよな、自分の夢を押しつけるなって。図星だったよ。おれの分までブチにテニスで活躍してほしかった。だからうざがられるくらい世話を焼いて応援してた。だけど地下鉄での一件で、おまえがどれだけ苦しんでたのか痛感したんだ。つらいときも虚勢張って明るく振る舞うおまえが、あんなことを言ってしまうほど追いつめられてたんだって。そのことを忘れたおまえはレギュラーに復帰しようとがんばってて、おれもそうなればいいと願ってたけど、望みがないとわかってるなら話は別だ。傷つく前に止めてやろう、それがおまえに夢を背負わせてきたおれの責任だと思った」

「だからレギュラーのことはいったん忘れろって言ったのか」

「それでうんって聞くわけないのにな。しかたなく脅して出場をやめさせることにしたんだ。のっぺらぼうを使えばいけると踏んでたけど、あんなにうまくいくとは思わなかった。本当に、まさか気絶するなんて思わなかったんだ。倒れたときに頭打ったりしなくてよかったよ」

村山は無理に笑った。それとも、泣き出す寸前に顔がゆがんだだけだったのか。

何か答えなくてはと思ったが、喉に異物がつまったように声が出なかった。村山はこちらに背を向け、屋上から去っていった。

どうしておれはこんなにバカなんだろう。傷つけて、悔やんで、謝って、それなのにまた傷つけた。しかも、これからどうすればいいのか、どうしたいのかもわからない。

「ごめんなさい」

野江がぽつりと言った。今日はみんな謝ってばかりだ。

「野江が謝ることじゃないって。記憶を取り戻して真実を知りたいって、おれが望んだんだから。むしろ、ありがとな」

ちゃんと向き合わなければいけないことだった。本当ならあの日に。それに、野江はカメラを持たず、人がいない場所を選んで話をしてくれた。

野江に傘を持たせたままだったことに気づき、あわてて受け取る。さっき落としたせいで柄は濡れていた。

「ところでさ、野江が電車に乗れなくなったのはなんで?」

「え?」

野江の目が大きく見開かれた。ずっと大人っぽい印象だった彼女が急に同年代の女子になったようで、こちらのほうが戸惑った。

「あ、いや、言いたくないならいいんだけど」

「どうしてそう思うの」

「ほら、前に野江がパスケース落としたじゃん。スポーツショップの帰りに。あのとき見た定期の期限は三月末までだったのに、野江が自転車通学に変えたのは去年の三学期からだって聞いたんだ。それに、パスケースに挟まれたレシートをたまたま見ちゃったんだけど、けっこうな金額だったろ。あとから考えたら、あれってタクシーの料金だったんじゃないかって。定期のICカードで払って、そのレシートを挟んだんじゃないかって思ったんだ。野江は自転車を学校に置いて電車で来たってことだったけど、部室に寄るからってひとりだけ別行動だったよな」

そこまで黙って聞いていた野江が、観念したようにため息をついた。めったに感情を表さない顔に、ごくわずかに苦い色が浮かぶ。

「鋭いところあるんだ。当たり。パスケースを落としてるって電話をもらったときは、タクシーの中だったの。だからもう取りには戻れなかった。現金が足りるかひやひやしたよ」

「声が動揺してるっぽくて意外に思ったんだよな。おれさ、記憶の穴を埋めるために事件についての情報を漁ってたじゃん。あの場に居合わせた人の中には、ＰＴＳＤで電車に乗れなくなったって人もいたんだ。ひょっとしたら野江もそういうのなのかなって」

「飛躍したね。……でも、当たり」

もともと高くない野江の声が、さらに一段低くなった。長い睫毛《まつげ》を伏せ、傘をくるくる回しはじめる。

「私、あの地下鉄に乗ってたの」

「え？」

「十二月二十二日の十九時十三分に南水王駅を出た各停の、しかも六両目に」

「それって！」

「そう、殺傷事件のあった地下鉄。親戚を訪ねる用があってね。南水王駅から二駅目で降りたから、事件には巻き込まれずにすんだけど。だから、池渕くんがそこにいなかったことも、あの親子がいなかったことも、最初から知ってた」

「だったらなんでそう言わなかったんだよ」

責めているのでなく、純粋に不思議だ。野江はめずらしく言いよどんだようだった。

「……あの電車で痴漢に遭ったの」

「え……」

「それ自体はたまにあることで、そのたび必ず駅員に突き出してやるんだけど、あの日は朝の電車でも痴漢に遭って、一日で二回目だった。最悪って思った。ちょうど虫の居所も悪かった。朝に続いてこれ？　なんで世の中ゴミみたいなやつがあふれてるの？　だから、その相手の顔を見て言ってやったの。死ねよ、って」

野江の口からそんな乱暴な言葉が出たことに、池渕は驚いた。今も口調は落ち着いたままだからなおさらだ。

「ニュースにその男の顔が出てきたときはびっくりした。名前は、向井正道」

「えっ、向井って……」

「地下鉄殺傷事件の被害者。妊婦をかばって死んだ人。私が死ねよって言った直後に、本当に死んじゃった」

それは――何と言ったらいいのだろう。

「向井さんって、危険を冒して他人を助けるようなタイプじゃなかったんだって。なんでそんなことをしたのかって遺族は首を傾げてたけど、もしかしたら私が死ねって言ったせいかもしれない」

暗い空の下、紺色の傘はゆっくりと回りつづけている。

「あの人、ひどく驚いたみたいだった。そのときは、被害者面でご自分が傷ついたつもりかよって、よけいにいらついたんだけど。でももしかしたら、私の体にさわったのはたんなる偶然で、痴漢なんかじゃなかったのかもしれない。いきなり見ず知らずの相手に理由もなく死ねって言われて、その言葉が彼を死に誘引したのかも。顔色も悪かったし。力のない老人が刃物を持った犯人の前に出ていくなんて、一種の自殺じゃない？」

「考えすぎだって！」

やっとはっきりした声が出て、野江の語りを遮ることができた。同時に傘の回転も止まった。

「そんなことわかりようもないし、考えたってしかたねーじゃん。向井さんを死なせたのは犯人だよ。野江じゃない」

「そうだよね、わかってる。でも、ずっと考えてた。私が正義面で発した言葉が彼を死に追いやったのかもしれない。私は人殺しかもしれない。そうじゃないとは証明できないでしょう。だって彼は死んでしまって、もう何も語れないんだもの」

人殺しという強い言葉を選んで口にする野江は、裏腹にひどく弱々しく見えた。自分の言葉で自分を傷つけたがっているようでもある。

「こんなこと誰にも言えない。ずっと自分だけの胸に秘めておくしかない。そう思ってた、池渕くんのドキュメンタリーを撮ることになるまでは」

野江の口もとに自嘲するようなほのかな笑みが浮かんだ。

「池渕くんが事件に巻き込まれたっていう嘘、というか実際には思い込みだったわけだけど、もともとはそれを追及する気はなかったの。人はいろんな理由で嘘をつく生き物だし、その先に断罪されるべき悪がなければ、嘘そのものは捨て置かれてもいいと私は思ってる。だけどあなたの取材をすることになったとき、欲が生まれた。私と同じように嘘をついてる人なら、その理由によっては、私の罪を打ち明けても黙っててくれるんじゃないかって。秘密を共有する、いわば共犯者になってくれるんじゃないかって。そのために、あなたの嘘の理由を知ろうとしたの。脅迫みたいなものだよね」

野江は傘を後ろに大きく傾けて空を仰いだ。髪が流れてあらわになった白い顔に、ほっそりとした喉に、細かい雨粒が降りかかる。

「私は自分で思い上がってたほど、強くも正しくもなかった。私の正義が、正義だと無邪気に信じてたものが、取り返しのつかない過ちを犯したかもしれないっていうことを、ひとりで抱えてはいられなかった」

野江がずっと泣いていたことに、池渕はようやく気がついた。涙を流してはいない。目もとを濡らしているのは雨だ。だが野江はたしかに、皮膚の下で泣いている。そして同時に怒っている。自分自身に対して。

「その話、乗るよ」

なるべく軽やかに聞こえるように、池渕は告げた。頭を起こした野江は、夢から覚めたばかりのように長い睫毛を上下させ、不思議そうに池渕を見た。

「難しそうに言ってるけど、要するに話を聞いてくれってことだろ。なるよ、共犯者。何でも聞くし、誰にも言わない。その代わり、おれと村山のことも誰にも言わないでほしいんだ。おれは今までどおり殺傷事件に巻き込まれたってことで。いつか真実を打ち明けるかもしれないけど、それは村山とちゃんと話をしてから決めることだと思う。でも、今はあいつとどう話せばいいのかわからない。テニスのこともどうするのか、どうしたいのか考えなきゃなんないし、要するにいっぱいいっぱいなんだわ」

「時間が欲しいってこと?」

「おれ、バカだからさ」

野江は口もとを緩め、髪をすくって耳にかけた。

「自分のキャパシティがわかってるって、評価されるべきことだと思う」

「それって褒めてる?」

「もちろん。私はそれができてなくて、ひとり相撲をとってた気がするから」

意味がよくわからなかったが、どうやら提案は受け入れられたらしい。

池渕と野江の共犯関係は、このときをもって成立した。


あれから一ヵ月ちょっと。

屋上での一件のあと、どういうわけか池渕の調子はぐんぐんよくなった。池渕は総体の出場枠を勝ち取り、その活躍によってチームはインターハイへの切符を手に入れた。滝田の評価を聞いて何かが吹っ切れたせいかもしれないし、たんに調整がうまくいったのかもしれない。

それを誰より喜んでくれるはずだった相手とは、いまだに話せていなかった。ふたりのあいだに距離が生じていることに、周囲はふれないでくれている。

あの日、殺傷事件の裏で起きていた出来事を知っているのは、池渕と野江と、そして村山だけだ。本人に自覚はなくとも、そういう意味では村山も共犯者と言えるのかもしれない。

スマホが振動して、見ると野江からのラインだった。

〈ドキュメンタリーの評判がいいから、インターハイ編も撮ろうかと思うんだけど〉

池渕はインターハイの舞台に立つ自分を想像した。照りつける太陽。満員の観客。そして勝利。

その喜びの瞬間に、あいつもいるはずだ。

顔を思い浮かべる。のっぺらぼうなんかじゃない、はじけるような笑顔を。

よし、と気合いを入れ、池渕は返信した。

最後の夏が始まろうとしている。

推理小説・二〇二〇年

末國善己《すえくによしみ》

二〇二〇年は、新型コロナウイルス感染症（ＣＯＶＩＤ－19）のパンデミックによる混乱が続いた年となった。四月七日に発出され、首都圏と北海道では五月二十五日まで続いた非常事態宣言は、「小説現代」「小説すばる」が五月の発売を延期し、翌月に六・七月合併号として刊行するなど、出版スケジュールにも影響を与えた。その一方、講談社の文芸ニュースサイト「ｔｒｅｅ」で、作家が日替わりで新型コロナ下の日常を描く小説、エッセイを連載する「Ｄａｙ　ｔｏ　Ｄａｙ」（五月一日～八月八日）が始まり、十一人の作家が参加したアンソロジー『ステイホームの密室殺人　1』『ステイホームの密室殺人　2』（共に星海社ＦＩＣＴＩＯＮＳ）が刊行されるなど、新型コロナを題材にした企画も生まれた。

〈チーム・バチスタ〉シリーズの田口、白鳥らが登場する海堂尊『コロナ黙示録』（宝島社）、新型コロナ禍の池袋を舞台にした収録作もある石田衣良『獣たちのコロシアム　池袋ウエストゲートパークXVI』（文藝春秋）、新型コロナでネット上での誹謗中傷が増している状況を反映させた下村敦史『同姓同名』（幻冬舎）、アニメ業界を舞台にしたお仕事小説で新型コロナの影響も活写されている塩田武士『デルタの羊』（ＫＡＤＯＫＡＷＡ）、新型コロナで町おこしが頓挫した町で殺人事件が起こる東野圭吾『ブラック・ショーマンと名もなき町の殺人』（光文社）、バブル期と新型コロナ禍の日本を対比しながら進む葉真中顕『そして、海の泡になる』（朝日新聞出版）、新型コロナ禍の警察捜査を描いた榎本憲男『インフォデミック　巡査長真行寺弘道』（中公文庫）、吉川英梨『月下蠟人　新東京水上警察』（講談社文庫）など、新型コロナがもたらした社会と価値観の変容をいち早く取り込んだ作品が相次いだ。

　執筆時期から考えて新型コロナを意識した訳ではないだろうが、貴志祐介『罪人の選択』（文藝春秋）所収の「赤い雨」、中山七里『ヒポクラテスの試練』（祥伝社）、穂波了『売国のテロル』（早川書房）、市川憂人『揺籠のアディポクル』（講談社）、伊岡瞬『赤い砂』（文春文庫）、五十嵐貴久『バイター』（光文社）、北里紗月『連鎖感染　ｃｈａｉｎ　ｉｎｆｅｃｔｉｏｎ』（講談社）などは感染症を題材にしており、結果的に時宜を得た刊行になったといえる。
「密」を避ける必要から、文学賞、新人賞は贈呈式、祝賀会の延期、縮小が相次いだ。第七十三回日本推理作家協会賞は、長編および連作短編集部門を呉勝浩『スワン』（ＫＡＤＯＫＡＷＡ）、短編部門を矢樹純「夫の骨」（『夫の骨』所収、祥伝社文庫）、評論・研究部門を金承哲『遠藤周作と探偵小説　痕跡と追跡の文学』（教文館）が受賞、第六十六回江戸川乱歩賞は佐野広実『わたしが消える』（講談社）が受賞したが、通常の贈呈式は開催されず、十二月九日に最小限の関係者とリモートで合同の簡易的な式が行われた。

続けて文学賞を概観すると、第一六二回直木賞を川越宗一『熱源』（文藝春秋）、第一六三回直木賞を馳星周『少年と犬』（文藝春秋）が受賞。第二十二回大藪春彦賞は大藪春彦新人賞出身の赤松利市『犬』（徳間書店）が受賞。第二十三回日本ミステリー文学大賞の大賞は、辻真先に贈られた。第五十四回吉川英治文学賞は第四十回以来の受賞作なし。第四十一回吉川英治文学新人賞は呉勝浩『スワン』と今村翔吾『八本目の槍』（新潮社）、第五回吉川英治文庫賞は小野不由美〈十二国記〉シリーズが受賞した。第三十三回柴田錬三郎賞は伊坂幸太郎『逆ソクラテス』（集英社）、第二十回本格ミステリ大賞の小説部門は相沢沙呼『ｍｅｄｉｕｍ《メディウム》　霊媒探偵城塚翡翠《じょうづかひすい》』（講談社）、評論・研究部門は長山靖生『モダニズム・ミステリの時代　探偵小説が新感覚だった頃』（河出書房新社）、第十一回山田風太郎賞は今村翔吾『じんかん』（講談社）が受賞した。

新人賞は、第二十三回日本ミステリー文学大賞新人賞を、選考委員の賛否がわかれたことも話題となった城戸喜由（受賞時は「城戸舞殊」）『暗黒残酷監獄』（光文社）が最年少で受賞。第十二回ばらのまち福山ミステリー文学新人賞は、雪深い山村で複雑な家系の相続をめぐって不可解な殺人が発生する森谷祐二『約束の小説』（原書房）、第二十七回松本清張賞は、唐代末期を舞台に武術の達人の美少女が活躍する千葉ともこ『震雷の人』（文藝春秋）、第四十二回小説推理新人賞は、高校を舞台にした日常の謎ものの藤つかさ「見えない意図」（「小説推理」二〇二〇年八月号）、第二回警察小説大賞は、肉体派と頭脳派の二人の刑事を主人公にした鬼田隆治『対極』（小学館）、第三十回鮎川哲也賞は、目撃者が犯人の服の色についてバラバラの証言をする千田理緒『五色の殺人者』（東京創元社）が受賞。第十七回ミステリーズ！新人賞は、ホラーと謎解きを融合した大島清昭「影踏亭の怪談」と高齢者介護をめぐる事件を描いた大和浩則（受賞時は「オオシマカズヒロ」）「噛む老人」（共に「ミステリーズ！」Vol.103）の同時受賞となった。第七回新潮ミステリー大賞は、ハードボイルド系の物語がファンタジーにシフトする荻堂顕『擬傷の鳥はつかまらない』（受賞時のタイトルは「私たちの擬傷」）（新潮社）、第四回大藪春彦新人賞は、女性だけの三人家族が死体隠蔽を迫られる野々上いり子「葱青」、第十回アガサ・クリスティー賞は、ロボット掃除機になった刑事を探偵役にしたそえだ信『地べたを旅立つ　掃除機探偵の推理と冒険』（早川書房）、第八回ハヤカワSFコンテストの優秀賞は、AI技術者が鉄壁の警備システムを破るケイパーものの竹田人造『人工知能で10億ゲットする完全犯罪マニュアル』（ハヤカワ文庫）、第十二回角川春樹小説賞は、女房を質に入れて姿を消した彰義隊員を浪人が捜す渋谷雅一『質草女房』（受賞時タイトル「すっきりしたい」）（角川春樹事務所）、第十一回小説野性時代新人賞は、江戸時代の歌舞伎に関する圧倒的な知識を謎解きにからめた蝉谷めぐ実『化け者心中』（ＫＡＤＯＫＡＷＡ）の受賞となった。ホラーとミステリを融合させた原浩『火喰鳥を、喰う』（受賞時タイトル「火喰鳥」）（ＫＡＤＯＫＡＷＡ）は、第四十回横溝正史ミステリ＆ホラー大賞に相応しい受賞作といえる。

ゲームとしての裁判と刑事裁判の二種類の法廷ミステリを描き、各種ミステリ・ベスト10の上位にランクインした五十嵐律人『法廷遊戯』（講談社）は、第六十二回メフィスト賞の受賞作。第十八回このミステリーがすごい！大賞は、大賞の歌田年『紙鑑定士の事件ファイル　模型の家の殺人』（宝島社）、優秀賞の朝永理人『幽霊たちの不在証明』、Ｕ－ＮＥＸＴ・カンテレ賞の貴戸湊太『そして、ユリコは一人になった』、隠し玉の久真瀬敏也『ガラッパの謎　引きこもり作家のミステリ取材ファイル』、藍沢今日『犬の張り子をもつ怪物』（すべて宝島社文庫）が刊行された。

二〇二〇年は本格の秀作が目に付いたが、まずは若い世代を刺激する作品を発表し続けている御大・辻真先『たかが殺人じゃないか』（東京創元社）を挙げたい。戦前は軍国主義を、戦後は民主主義を教えられた新制高校の生徒たちが、不可能犯罪の謎解きを通して社会の欺瞞を暴く展開は、戦中派の辻にしか書けなかったといえる。

二人以上を殺した人間が〝天使〟によって地獄に引きずり込まれるようになった世界で、連続殺人事件が発生する斜線堂有紀『楽園とは探偵の不在なり』（早川書房）、昭和史をゆるがせた凶悪犯が蘇り、かつての凶行を想起させる事件を起こす白井智之『名探偵のはらわた』（新潮社）、特異な設定を施した阿津川辰海の短編集『透明人間は密室に潜む』（光文社）、周囲の人間の推理力を向上させる男が登場する大山誠一郎『ワトソン力』（光文社）など特殊設定ものも多かった。その中でも〈Ａｎｏｔｈｅｒ〉シリーズの第三弾となる綾辻行人『Ａｎｏｔｈｅｒ ２００１』（ＫＡＤＯＫＡＷＡ）は、ベテランが確かな実力を発揮していた。

米澤穂信『巴里マカロンの謎』（創元推理文庫）は〈小市民〉シリーズの十一年ぶりの、谷川流『涼宮ハルヒの直観』（角川スニーカー文庫）はシリーズ九年半ぶりの、折原一『傍聴者』（文藝春秋）は〈○○者〉シリーズの六年ぶりの新作。深木章子『欺瞞の殺意』（原書房）は、書簡体形式を用いた多重解決もの。櫻田智也『蟬かえる』（東京創元社）は、ホワットダニットものの連作集。彩坂美月『向日葵を手折る』（実業之日本社）は、山村に引っ越した小学校六年生の少女が経験する事件と成長を追う青春ミステリ。ロンドンで見つかった鶴屋南北の未発表作品をめぐり連続殺人が起こる芦辺拓『鶴屋南北の殺人』（原書房）は、歌舞伎と江戸文化の膨大な情報を謎解きに結び付けていた。

社会的なテーマを取り上げた作品には、『希望が死んだ夜に』の続編で、トリッキーな展開の中に、児童虐待が起こり、それが連鎖するメカニズムを織り込んだ天祢涼『あの子の殺人計画』（文藝春秋）、東北地方の怨念を活写した赤松利市『アウターライズ』（中央公論新社）、轢《ひ》き逃げで懲役刑になった男を主人公に贖罪とは何かを問う薬丸岳『告解』（講談社）、自殺問題に迫った逸木裕『銀色の国』（東京創元社）、表現の自由に正面から切り込んだ桐野夏生『日没』（岩波書店）、大蔵省のエリート官僚がノーパンしゃぶしゃぶ店で接待を受けた事件をモデルに、日本が凋落した原点を見据えた月村了衛『奈落で踊れ』（朝日新聞出版）、外国人労働者、シングルマザー、原発、科学者の倫理などのテーマを俎《そ》上《じょう》に乗せた伊与原新『八月の銀の雪』（新潮社）、監視社会の恐怖を描く清水杜氏彦『少女モモのながい逃亡』（双葉社）が印象に残っている。

広島のマル暴刑事・大上と最凶の愚連隊を率いる沖の壮絶な戦いが繰り広げられる柚月裕子『暴虎の牙』（ＫＡＤ

ＯＫＡＷＡ）は、〈孤狼の血〉シリーズの完結編。深町秋生『煉獄の獅子たち』（ＫＡＤＯＫＡＷＡ）は、暴力団員になりすました刑事を主人公にした『ヘルドッグス　地獄の犬たち』（ＫＡＤＯＫＡＷＡ）の前日譚である。今野敏『清明　隠蔽捜査８』（新潮社）は、長く警視庁大森署の署長を務めた竜崎が、神奈川県警の刑事部長になり、新たな場所、新たな役職で難事件に挑んでいた。〈狩人〉シリーズの六年ぶりの新作となる大沢在昌『冬の狩人』（幻冬舎）は、Ｈ県で起きた兇悪事件を調べるため、新宿警察署の佐江が、ホームグラウンドを離れ戦うことになる。坂上泉『インビジブル』（文藝春秋）は、一九四九年から一九五四年まで実在した大阪市警視庁を舞台にした警察小説で、現代と共通する社会の闇を浮かび上がらせていた。最新の潜水調査船を積んだ母船がシージャックされる真保裕一『ダーク・ブルー』（講談社）は、深海を舞台にした海洋冒険小説。長浦京『アンダードッグス』（ＫＡＤＯＫＡＷＡ）は、イタリア人の富豪により世界中から集められた負け犬の素人たちが、香港返還前夜にプロを相手に危険な任務に挑む冒険小説である。

　二〇二〇年は、七年ぶりに池井戸潤の原作をドラマ化した『半沢直樹』の続編が放送され、それに併せ六年ぶりの新作『アルルカンと道化師』（講談社）も刊行された。芦沢央『汚れた手をそこで拭かない』（文藝春秋）は、ミスを隠そうとして事態を悪化させる主人公たちを描く連作集。逢坂剛『鏡影劇場』（新潮社）は、ドイツの幻想小説作家ホフマンをめぐるビブリオ・ミステリである。

　商売ものと捕物帖を結び付けた宮部みゆきの新シリーズ『きたきた捕物帖』（ＰＨＰ研究所）、十年ぶりの倒叙捕物帳シリーズの新作となる風野真知雄『同心亀無剣之介　やぶ医者殺し』（コスミック・時代文庫）、平安時代を舞台にした安楽椅子探偵ものの汀こるもの『探偵は御簾の中　検非違使と奥様の平安事件簿』（講談社タイガ）、アガサ・クリスティー『そして誰もいなくなった』の手法を用いて、本能寺の変の知られざる真相に迫る田中啓文『信長島の惨劇』（ハヤカワ時代ミステリ文庫）などが、時代ミステリの成果といえる。

　アンソロジーでは、〈異形コレクション〉シリーズが九年ぶりに復活し、第四十九巻『ダーク・ロマンス』と第五十巻『蠱惑《こわく》の本』（共に光文社文庫）が刊行されたのが最大の事件だろう。一九七三年から七四年にかけて全十二号が刊行された怪奇幻想小説の専門誌「幻想と怪奇」（新紀元社）が復活したのも、大きな驚きだった。復刊では、山村正夫『断頭台／疫病』、草上仁『キスギショウジ氏の生活と意見』、戸川昌子『くらげ色の蜜月』、生島治郎『頭の中の昏い唄』（すべて日下三蔵編、竹書房文庫）などが、ミステリ史の空白を埋める重要な仕事となっていた。

作家のエッセイ、インタビュー、対談は、北村薫『ユーカリの木の陰で』（本の雑誌社）、日下三蔵編『皆川博子随筆精華　書物の森を旅して』（河出書房新社）、森博嗣『森メトリィの日々』（講談社）、綾辻行人『シークレット　綾辻行人ミステリ対談集in京都』（光文社）、瀧井朝世『ほんのよもやま話　作家対談集』（文藝春秋）などが刊行された。作家研究には、松本清張と新聞小説を論じた山本幸正『松本清張が「砂の器」を書くまで　ベストセラーと新聞小説の一九五〇年代』（早稲田大学出版部）、山村美紗の謎に包まれた私生活を、夫と西村京太郎との関係からあぶり出した花房観音『京都に女王と呼ばれた作家がいた　山村美紗とふたりの男』（西日本出版社）、小野純一編『大阪圭吉　自筆資料集成』（盛林堂ミステリアス文庫）は、大阪圭吉の自筆資料の復刻に解説を加えた一冊。現代作家の「悪」の表現を論じた鈴村和成『笑う桐野夏生　〈悪〉を書く作家群』（言視舎）、二人の作家を比較し共通の問題意識を抽出した飯城勇三『数学者と哲学者の密室　天城一と笠井潔、そして探偵と密室と社会』（南雲堂）、河出書房新社編集部編『赤江瀑の世界　花の呪縛を修羅と舞い』（河出書房新社）、乱歩の表現を分析した今野真二『乱歩の日本語』（春陽堂書店）、本格ミステリ大賞の受賞作を論じた南雲堂編『本格ミステリの本流　本格ミステリ大賞20年を読み解く』（南雲堂）などがあった。

野崎六助『北米探偵小説論21』（インスクリプト）は、前作『増補改訂版　北米探偵小説論』から約二十年の社会の変遷を踏まえて大幅な増補改訂を加えた大著。海外のクラシック本格ミステリを縦横に論じた真田啓介『真田啓介ミステリ論集　古典探偵小説の愉しみⅠ　フェアプレイの文学』と『真田啓介ミステリ論集　古典探偵小説の愉しみⅡ　悪人たちの肖像』（共に荒蝦夷）も労作といえる。

荒俣宏監修・奈落一騎著『乱歩にまつわる言葉をイラストと豆知識で妖しく読み解く　江戸川乱歩語辞典』、木魚庵『名探偵にまつわる言葉をイラストと豆知識で頭をかきかき読み解く　金田一耕助語辞典』（共に誠文堂新光社）は、日本を代表する名探偵についてまとめたもので、初心者からマニアまで楽しめる内容に仕上がっていた。

新保博久『シンポ教授の生活とミステリー』（光文社文庫）は、ミステリの論集であると同時に、評論家人生を綴った自伝にもなっていた。新井久幸『書きたい人のためのミステリ入門』（新潮新書）は、長年ミステリ作家の担当編集を務めた著者が、ミステリの書き方を伝授する一冊だが、ミステリを面白く読むためのコツも満載だ。

最後にお悔やみを。一月に藤田宜永氏、二月に浦賀和宏氏、三月に誉田龍一氏、勝目梓氏、中村正軏氏、五月に野間美由紀氏、八月に桂千穂氏、九月に浅黄斑氏、十一月に小林泰三氏が逝去された。

藤田氏は、一九五〇年生まれ。早稲田大学中退後にフランスに渡り航空会社に勤務。翻訳家を経て、一九八六年に『野望のラビリンス』でデビュー、一九九五年に、日本人の青年が第二次大戦前夜のヨーロッパでグランプリレースの世界に飛び込む『鋼鉄の騎士』で第四十八回日本推理作家協会賞の長編部門、第十三回日本冒険小説協会の黄金の鷲部門大賞を受賞した。恋愛小説も手掛け、一九九九年に『求愛』で第六回島清恋愛文学賞、二〇〇一年に、『愛の領分』で第一二五回直木賞を受賞。二〇一七年に、大雪で閉ざされた町を舞台に六つの物語を紡いだ『大雪物語』で第五十一回吉川英治文学賞を受賞している。

一九七八年生まれの浦賀氏は、享年四十一の早過ぎる死だった。一九九八年に、ＳＦ、ミステリ、青春小説を融合させた『記憶の果て』で第五回メフィスト賞を受賞してデビュー、この作品に登場した安藤直樹の活躍はシリーズ化された。没後に遺稿の『殺人都市川崎』が刊行されている。

誉田氏は、一九六三年生まれ。早稲田大学中退後、学習塾講師を経て、榎本釜次郎（武揚）を探偵役にした「消えずの行灯」で第二十八回小説推理新人賞を受賞してデビュー。時代小説、時代ミステリの世界で活躍し、Ｐ・Ｄ・ジェイムズ『女には向かない職業』へオマージュを捧げた『よろず屋お市　深川事件帖』などを発表している。

勝目氏は、一九三二年生まれ。一九七四年に「寝台の方舟」で第二十二回小説現代新人賞を受賞。暴力とエロスを前面に押し出した『獣たちの熱い眠り』などで人気作家となる。晩年は『小説家』などの私小説でも話題を集めた。

中村氏は、一九二八年生まれ。学習院大学卒業後、日本航空に勤務。第八十四回直木賞受賞作『元首の謀叛』や、『貧者の核爆弾』など国際謀略小説の世界で活躍した。

野間氏は、一九六〇年生まれ。一九七九年に『トライアングル・スクランブル』でデビュー。一九八三年にスタートした『パズルゲーム☆はいすくーる』は、少女漫画雑誌におけるミステリの先駆けとなり、シリーズ化されてライフワークとして書き継がれたが絶筆となってしまった。

桂氏は、一九二九年生まれ。映画、テレビの脚本を手掛けながら、ブラム・ストーカー『ドラキュラの客』を翻訳するなど、海外の怪奇小説、怪奇映画の紹介を行った。

浅黄氏は、一九四六年生まれ。関西大学卒業。一九九二年に「雨中の客」で第十四回小説推理新人賞を受賞、『死んだ息子の定期券』『海豹亭の客』で第四回日本文芸家クラブ大賞を受賞した。その後、時代小説にシフトし『無茶の勘兵衛日月録』『胡蝶屋銀治図譜』などを残した。

小林氏は、一九六二年生まれ。大阪大学大学院基礎工学研究科修士課程修了。一九九五年に「玩具修理者」で第二回日本ホラー小説大賞短編賞を受賞してデビュー。『肉食屋敷』などのホラー、第四十三回星雲賞日本長編部門を受賞した『天獄と地国』、第四十八回星雲賞日本長編部門を受賞した『ウルトラマンF』などのSF、『密室・殺人』『アリス殺し』などのミステリと、三つのジャンルで活躍した。

推理小説関係 受賞リスト

探偵作家クラブ賞

第一回（一九四八年）
長編賞 「本陣殺人事件」 横溝 正史
短編賞 「新月」 木々高太郎
新人賞 「海鰻荘奇談」 香山 滋

第二回（一九四九年）
長編賞 「不連続殺人事件」 坂口 安吾
短編賞 「眼中の悪魔」他 山田風太郎
新人賞 受賞作品なし

第三回（一九五〇年）
長編賞 「能面殺人事件」 高木 彬光
短編賞 「私刑」他 大坪 砂男
新人賞 受賞作品なし

第四回（一九五一年）
長編賞 「石の下の記録」 大下宇陀児
短編賞 「社会部記者」他 島田 一男
新人賞 受賞作品なし

第五回（一九五二年）
「ある決闘」 水谷 準
「幻影城」 江戸川乱歩

第六回（一九五三年） 受賞作品なし

第七回（一九五四年） 受賞作品なし

日本探偵作家クラブ賞

第八回（一九五五年）
「売国奴」 永瀬 三吾

第九回（一九五六年）
「狐の鶏」 日影 丈吉

第十回（一九五七年）
「顔」（短編集） 松本 清張

第十一回（一九五八年）
「笛吹けば人が死ぬ」 角田喜久雄

第十二回（一九五九年）
「四万人の目撃者」 有馬 頼義

第十三回（一九六〇年）
「黒い白鳥」「憎悪の化石」 鮎川 哲也

第十四回（一九六一年）
「海の牙」 水上 勉
「人喰い」 笹沢 左保

第十五回（一九六二年）
「細い赤い糸」 飛鳥 高

日本推理作家協会賞

第十六回（一九六三年）
「影の告発」 土屋 隆夫

第十七回（一九六四年）
「夜の終る時」 結城 昌治
「殺意という名の家畜」 河野 典生

第十八回（一九六五年）
「華麗なる醜聞」 佐野 洋

第十九回（一九六六年）
「推理小説展望」 中島河太郎

第二十回（一九六七年）
「風塵地帯」 三好 徹

第二十一回（一九六八年）
「妄想銀行」 星 新一

第二十二回（一九六九年） 受賞作品なし

第二十三回（一九七〇年）
「玉嶺よふたたび」「孔雀の道」 陳 舜臣

第二十四回（一九七一年） 受賞作品なし

第二十五回（一九七二年） 受賞作品なし

第二十六回（一九七三年）
「腐蝕の構造」 森村 誠一
「蒸発」 夏樹 静子

第二十七回（一九七四年）
「日本沈没」　小松　左京
第二十八回（一九七五年）
「動脈列島」　清水　一行
第二十九回（一九七六年）
長編部門　受賞作品なし
短編部門「グリーン車の子供」　戸板　康二
評論その他の部門
「日本探偵作家論」権田　萬治
第三十回（一九七七年）
長編部門　受賞作品なし
短編部門「視線」　石沢英太郎
評論その他の部門
「わが懐旧的探偵作家論」　山村　正夫
第三十一回（一九七八年）
長編部門「事件」　大岡　昇平
「乱れからくり」　泡坂　妻夫
短編部門　受賞作品なし
評論その他の部門
「SFの時代」　石川　喬司
「課外授業　ミステリにおける男と女の研究」　青木　雨彦
第三十二回（一九七九年）
長編部門「大誘拐」　天藤　真
「スターリン暗殺計画」　檜山　良昭
短編部門「来訪者」　阿刀田　高
評論その他の部門
「ミステリの原稿は夜中に徹夜で書こう」　植草　甚一
第三十三回（一九八〇年）
三部門とも受賞作品なし
第三十四回（一九八一年）
長編部門「終着駅《ターミナル》殺人事件」西村京太郎
短編部門「赤い猫」　仁木　悦子
「戻り川心中」　連城三紀彦
評論その他の部門
「闇のカーニバル」中薗　英助
第三十五回（一九八二年）
長編部門「アリスの国の殺人」　辻　真先
短編部門「木に登る犬」「鶯を呼ぶ少年」　日下　圭介
評論その他の部門　受賞作品なし
第三十六回（一九八三年）
長編部門「天山を越えて」　胡桃沢耕史
短編および連作短編集部門　受賞作品なし
評論その他の部門　受賞作品なし
第三十七回（一九八四年）
長編部門「ホック氏の異郷の冒険」　加納　一朗
短編および連作短編集部門
「傷ついた野獣」（連作短編集）　伴野　朗
評論その他の部門　受賞作品なし
第三十八回（一九八五年）
長編部門「渇きの街」　北方　謙三
「壁　旅芝居殺人事件」　皆川　博子
短編および連作短編集部門　受賞作品なし
評論その他の部門
「金属バット殺人事件」　佐瀬　稔
「乱歩と東京」　松山　巖
第三十九回（一九八六年）
長編部門「チョコレートゲーム」　岡嶋　二人
「背いて故郷」　志水　辰夫
短編および連作短編集部門　受賞作品なし
評論その他の部門
「怪盗対名探偵」　松村　喜雄
第四十回（一九八七年）
長編部門「カディスの赤い星」　逢坂　剛
「北斎殺人事件」　高橋　克彦
短編および連作短編集部門　受賞作品なし

評論その他の部門
「明治の探偵小説」伊藤　秀雄
第四十一回（一九八八年）
長編部門「絆」　小杉　健治
短編および連作短編集部門　受賞作品なし
評論その他の部門　受賞作品なし
第四十二回（一九八九年）
長編部門「伝説なき地」　船戸　与一
「雨月荘殺人事件」和久　峻三
短編および連作短編集部門
「妻の女友達」　小池真理子
評論その他の部門
「87分署グラフィティ」　直井　明
第四十三回（一九九〇年）
長編部門「エトロフ発緊急電」
佐々木　譲
短編および連作短編集部門　受賞作品なし
評論その他の部門
「夢野久作」　鶴見　俊輔
第四十四回（一九九一年）
長編部門「新宿鮫」　大沢　在昌
短編および連作短編集部門
「夜の蟬」（連作短編集）
北村　薫
評論その他の部門
「百怪、我ガ腸ニ入ル」
竹中　労
「横浜・山手の出来事」
徳岡　孝夫
第四十五回（一九九二年）
長編部門「時計館の殺人」　綾辻　行人
「龍は眠る」　宮部みゆき
短編および連作短編集部門　受賞作品なし
評論その他の部門
「北米探偵小説論」野崎　六助
第四十六回（一九九三年）
長編部門「リヴィエラを撃て」
髙村　薫
短編および連作短編集部門　受賞作品なし
評論その他の部門
「欧米推理小説翻訳史」
長谷部史親
「文政十一年のスパイ合戦」
秦　新二
第四十七回（一九九四年）
長編部門「ガダラの豚」　中島　らも
短編および連作短編集部門
「ル・ジタン」　斎藤　純
「めんどうみてあげるね」
鈴木輝一郎
評論その他の部門
「冒険小説論　近代ヒーロー像100年の変遷」北上　次郎
第四十八回（一九九五年）
長編部門「沈黙の教室」　折原　一
「鋼鉄の騎士」　藤田　宜永
短編および連作短編集部門
「ガラスの麒麟」　加納　朋子
「日本殺人事件」（連作短編集）
山口　雅也
評論その他の部門
「チャンドラー人物事典」
各務　三郎
第四十九回（一九九六年）
長編部門「ソリトンの悪魔」梅原　克文
「魍魎の匣」　京極　夏彦
短編および連作短編集部門
「カウント・プラン」
黒川　博行
評論その他の部門
受賞作品なし
第五十回（一九九七年）
長編部門「奪取」　真保　裕一
短編および連作短編集部門　受賞作品なし
評論その他の部門
「沈黙のファイル」
共同通信社社会部
第五十一回（一九九八年）

長編部門「鎮魂歌」　馳　星周
「ＯＵＴ」　桐野　夏生
短編および連作短編集部門　受賞作品なし
評論その他の部門
「本格ミステリの現在」　笠井　潔
「ホラー小説大全」風間　賢二
第五十二回（一九九九年）
長編部門「秘密」　東野　圭吾
「幻の女」　香納　諒一
短編および連作短編集部門
「花の下にて春死なむ」（連作短編集）　北森　鴻
評論その他の部門
「世界ミステリ作家事典［本格派篇］」　森　英俊
第五十三回（二〇〇〇年）
長編および連作短編集部門
「永遠の仔」　天童　荒太
「亡国のイージス」福井　晴敏
短編部門「動機」　横山　秀夫
評論その他の部門
「ゴッホの遺言」　小林　英樹
第五十四回（二〇〇一年）
長編および連作短編集部門
「残光」　東　直己
「永遠の森」　菅　浩江
短編部門　受賞作品なし
評論その他の部門
「20世紀冒険小説読本（日本篇）（海外篇）」　井家上隆幸
「推理作家の出来るまで」　都筑　道夫
第五十五回（二〇〇二年）
長編および連作短編集部門
「ミステリ・オペラ」　山田　正紀
「アラビアの夜の種族」　古川日出男
短編部門「都市伝説パズル」　法月綸太郎
「十八の夏」　光原　百合
評論その他の部門　受賞作品なし
第五十六回（二〇〇三年）
長編および連作短編集部門
「石の中の蜘蛛」　浅暮　三文
「マレー鉄道の謎」有栖川有栖
短編部門　受賞作品なし
評論その他の部門
「幻影の蔵」　新保　博久
山前　譲
第五十七回（二〇〇四年）
長編および連作短編集部門
「葉桜の季節に君を想うということ」　歌野　晶午
「ワイルド・ソウル」　垣根　涼介
短編部門「死神の精度」　伊坂幸太郎
評論その他の部門
「水面の星座　水底の宝石」　千街　晶之
第五十八回（二〇〇五年）
「夢野久作読本」　多田　茂治
長編および連作短編集部門
「硝子のハンマー」貴志　祐介
「剣と薔薇の夏」　戸松　淳矩
短編部門　受賞作品なし
評論その他の部門
「不時着」　日高恒太朗
第五十九回（二〇〇六年）
長編および連作短編集部門
「ユージニア」　恩田　陸
短編部門「独白するユニバーサル横メルカトル」　平山　夢明
評論その他の部門
「松本清張事典決定版」　郷原　宏
「下山事件　最後の証言」　柴田　哲孝

第六十回（二〇〇七年）
長編および連作短編集部門
「赤朽葉家の伝説」桜庭　一樹
短編部門　受賞作品なし
評論その他の部門
「私のハードボイルド　固茹で玉子の戦後史」小鷹　信光
「論理の蜘蛛の巣の中で」巽　昌章

第六十一回（二〇〇八年）
長編および連作短編集部門
「果断　隠蔽捜査2」今野　敏
短編部門「傍聞き」長岡　弘樹
評論その他の部門
「幻想と怪奇の時代」紀田順一郎
「星新一　一〇〇一話をつくった人」最相　葉月

第六十二回（二〇〇九年）
長編および連作短編集部門
「カラスの親指」道尾　秀介
「ジョーカー・ゲーム」柳　広司
短編部門「熱帯夜」曽根　圭介
「渋い夢」田中　啓文
評論その他の部門
「『謎』の解像度《レゾリューション》　ウェブ時代の本格ミステリ」円堂都司昭
「〈盗作〉の文学史」栗原裕一郎

第六十三回（二〇一〇年）
長編および連作短編集部門
「粘膜蜥蜴」飴村　行
「乱反射」貫井　徳郎
短編部門「随監」安東　能明
評論その他の部門
「英文学の地下水脈　古典ミステリ研究〜黒岩涙香翻案原典からクイーンまで〜」小森健太朗

第六十四回（二〇一一年）
長編および連作短編集部門
「隻眼の少女」麻耶　雄嵩
「折れた竜骨」米澤　穂信
短編部門「人間の尊厳と八〇〇メートル」深水黎一郎
評論その他の部門
「遠野物語と怪談の時代」東　雅夫

第六十五回（二〇一二年）
長編および連作短編集部門
「ジェノサイド」高野　和明
短編部門「望郷、海の星」湊　かなえ
評論その他の部門
「近代日本奇想小説史　明治篇」横田　順彌

第六十六回（二〇一三年）
長編および連作短編集部門
「百年法」山田　宗樹
短編部門「暗い越流」若竹　七海
評論その他の部門
「『マルタの鷹』講義」諏訪部浩一

第六十七回（二〇一四年）
長編および連作短編集部門
「金色機械」恒川光太郎
短編部門　受賞作品なし
評論その他の部門
「殺人犯はそこにいる　隠蔽された北関東連続幼女誘拐殺人事件」清水　潔
「変格探偵小説入門　奇想の遺産」谷口　基

第六十八回（二〇一五年）
長編および連作短編集部門
「土漠の花」月村　了衛
「イノセント・デイズ」

短編部門　早見　和真
評論その他の部門　受賞作品なし

第六十九回（二〇一六年）
長編および連作短編集部門
「本棚探偵最後の挨拶」　喜国　雅彦
「アガサ・クリスティー完全攻略」　霜月　蒼

第六十九回（二〇一六年）
長編および連作短編集部門
「孤狼の血」　柚月　裕子
短編部門「おばあちゃんといっしょ」　大石　直紀
「ババ抜き」　永嶋　恵美
評論その他の部門
「マジカル・ヒストリー・ツアー」　門井　慶喜

第七十回（二〇一七年）
長編および連作短編集部門
「愚者の毒」　宇佐美まこと
短編部門
「黄昏」　薬丸　岳
評論その他の部門　受賞作品なし

第七十一回（二〇一八年）
長編および連作短編集部門
「いくさの底」　古処　誠二
短編部門
「偽りの春」　降田　天
評論その他の部門
「昭和の翻訳出版事件簿」　宮田　昇

第七十二回（二〇一九年）
長編および連作短編集部門
「凍てつく太陽」　葉真中　顕
短編部門「学校は死の匂い」　澤村　伊智
評論その他の部門
「日本ＳＦ精神史【完全版】」　長山　靖生

第七十三回（二〇二〇年）
長編および連作短編集部門
「スワン」　呉　勝浩
短編部門「夫の骨」　矢樹　純
評論その他の部門
「遠藤周作と探偵小説　痕跡と追跡の文学」　金　承哲

第七十四回（二〇二一年）
長編および連作短編集部門
「インビジブル」　坂上　泉
「蝉かえる」　櫻田　智也
短編部門「＃拡散希望」　結城真一郎
評論その他の部門
「真田啓介ミステリ論集　古典探偵小説の愉しみⅠ　フェアプレイの文学」
「真田啓介ミステリ論集　古典探偵小説の愉しみⅡ　悪人たちの肖像」　真田　啓介

江戸川乱歩賞（第三回より公募）

第一回（一九五五年）
「探偵小説辞典」　中島河太郎
第二回（一九五六年）
「ハヤカワ・ポケット・ミステリ」の出版　早川書房
第三回（一九五七年）
「猫は知っていた」　仁木　悦子
第四回（一九五八年）
「濡れた心」　多岐川　恭
第五回（一九五九年）
「危険な関係」　新章　文子
第六回（一九六〇年）　受賞作品なし
第七回（一九六一年）
「枯草の根」　陳　舜臣
第八回（一九六二年）
「大いなる幻影」　戸川　昌子
「華やかな死体」　佐賀　潜
第九回（一九六三年）
「孤独なアスファルト」　藤村　正太

第十回（一九六四年）
「蟻の木の下で」　西東　登
第十一回（一九六五年）
「天使の傷痕」　西村京太郎
第十二回（一九六六年）
「殺人の棋譜」　斎藤　栄
第十三回（一九六七年）
「伯林――一八八八年」　海渡　英祐
第十四回（一九六八年）　受賞作品なし
第十五回（一九六九年）
「高層の死角」　森村　誠一
第十六回（一九七〇年）
「殺意の演奏」　大谷羊太郎
第十七回（一九七一年）　受賞作品なし
第十八回（一九七二年）
「仮面法廷」　和久　峻三
第十九回（一九七三年）
「アルキメデスは手を汚さない」　小峰　元
第二十回（一九七四年）
「暗黒告知」　小林　久三
第二十一回（一九七五年）
「蝶たちは今……」　日下　圭介
第二十二回（一九七六年）
「五十万年の死角」　伴野　朗

第二十三回（一九七七年）
「透明な季節」　梶　龍雄
「時をきざむ潮」　藤本　泉
第二十四回（一九七八年）
「ぼくらの時代」　栗本　薫
第二十五回（一九七九年）
「プラハからの道化たち」　高柳　芳夫
第二十六回（一九八〇年）
「猿丸幻視行」　井沢　元彦
第二十七回（一九八一年）
「原子炉の蟹」　長井　彬
第二十八回（一九八二年）
「黄金流砂」　中津　文彦
「焦茶色のパステル」　岡嶋　二人
第二十九回（一九八三年）
「写楽殺人事件」　高橋　克彦
第三十回（一九八四年）
「天女の末裔」　鳥井加南子
第三十一回（一九八五年）
「モーツァルトは子守唄を歌わない」　森　雅裕
「放課後」　東野　圭吾
第三十二回（一九八六年）
「花園の迷宮」　山崎　洋子

第三十三回（一九八七年）
「風のターン・ロード」　石井　敏弘
第三十四回（一九八八年）
「白色の残像」　坂本　光一
第三十五回（一九八九年）
「浅草エノケン一座の嵐」　長坂　秀佳
第三十六回（一九九〇年）
「剣の道殺人事件」　鳥羽　亮
「フェニックスの弔鐘」　阿部　陽一
第三十七回（一九九一年）
「ナイト・ダンサー」　鳴海　章
「連鎖」　真保　裕一
第三十八回（一九九二年）
「白く長い廊下」　川田弥一郎
第三十九回（一九九三年）
「顔に降りかかる雨」　桐野　夏生
第四十回（一九九四年）
「検察捜査」　中嶋　博行
第四十一回（一九九五年）
「テロリストのパラソル」　藤原　伊織

第四十二回（一九九六年）
「左手に告げるなかれ」　渡辺　容子
第四十三回（一九九七年）
「破線のマリス」　野沢　尚
第四十四回（一九九八年）
「果つる底なき」　池井戸　潤
「Twelve Y.O.」　福井　晴敏
第四十五回（一九九九年）
「八月のマルクス」　新野　剛志
第四十六回（二〇〇〇年）
「脳男」　首藤　瓜於
第四十七回（二〇〇一年）
「13階段」　高野　和明
第四十八回（二〇〇二年）
「滅びのモノクローム」　三浦　明博
第四十九回（二〇〇三年）
「マッチメイク」　不知火京介
「翳りゆく夏」　赤井　三尋
第五十回（二〇〇四年）
「カタコンベ」　神山　裕右
第五十一回（二〇〇五年）
「天使のナイフ」　薬丸　岳
第五十二回（二〇〇六年）
「東京ダモイ」　鏑木　蓮
第五十三回（二〇〇七年）
「三年坂　火の夢」　早瀬　乱
第五十四回（二〇〇八年）
「沈底魚」　曽根　圭介
第五十五回（二〇〇九年）
「誘拐児」　翔田　寛
「訣別の森」　末浦　広海
第五十六回（二〇一〇年）
「プリズン・トリック」　遠藤　武文
第五十七回（二〇一一年）
「再会」　横関　大
第五十八回（二〇一二年）
「完盗オンサイト」　玖村まゆみ
「よろずのことに気をつけよ」　川瀬　七緒
第五十九回（二〇一三年）
「カラマーゾフの妹」　高野　史緒
第六十回（二〇一四年）
「襲名犯」　竹吉　優輔
第六十一回（二〇一五年）
「闇に香る嘘」　下村　敦史
第六十二回（二〇一六年）
「道徳の時間」　呉　勝浩
「ＱＪＫＪＱ」　佐藤　究
第六十三回（二〇一七年）　受賞作品なし
第六十四回（二〇一八年）
「到達不能極」　斉藤　詠一
第六十五回（二〇一九年）
「ノワールをまとう女」　神護かずみ
第六十六回（二〇二〇年）
「わたしが消える」　佐野　広実

小説推理新人賞

第一回（一九七九年）
「感傷の街角」　大沢　在昌
第二回（一九八〇年）　受賞作品なし
第三回（一九八一年）
「第九の流れる家」　五谷　翔
第四回（一九八二年）　受賞作品なし
第五回（一九八三年）　受賞作品なし
第六回（一九八四年）　受賞作品なし
第七回（一九八五年）
「手遅れの死」　津野　創一
「カウンター　ブロウ」　長尾　健二
第八回（一九八六年）　受賞作品なし
第九回（一九八七年）
「湾岸バッド・ボーイ・ブルー」　横溝　美晶

第十回（一九八八年）
「グラン・マーの犯罪」　相馬　隆
第十一回（一九八九年）　受賞作品なし
第十二回（一九九〇年）
「夜の道行」　千野　隆司
第十三回（一九九一年）
「ハミングで二番まで」　香納　諒一
第十四回（一九九二年）
「雨中の客」　浅黄　斑
第十五回（一九九三年）
「砂上の記録」　村雨　優
第十六回（一九九四年）
「眠りの海」　本多　孝好
第十七回（一九九五年）
「ボディ・ダブル」　久遠　恵
第十八回（一九九六年）
「隣人」　永井するみ
第十九回（一九九七年）
「退屈解消アイテム」　香住　泰
第二十回（一九九八年）
「ツール＆ストール」　円谷　夏樹
第二十一回（一九九九年）
「見知らぬ侍」　岡田　秀文
第二十二回（二〇〇〇年）
「影踏み鬼」　翔田　寛
第二十三回（二〇〇一年）
「風の吹かない景色」　山之内正文
第二十四回（二〇〇二年）
「過去のはじまり未来のおわり」　西本　秋
第二十五回（二〇〇三年）
「真夏の車輪」　長岡　弘樹
第二十六回（二〇〇四年）
「キリング・タイム」　蒼井　上鷹
第二十七回（二〇〇五年）
「竜巻ガール」　垣谷　美雨
第二十八回（二〇〇六年）
「消えずの行灯」　誉田　龍一
第二十九回（二〇〇七年）
「聖職者」　湊　かなえ
第三十回（二〇〇八年）
「寿限無」　浮穴　みみ
第三十一回（二〇〇九年）
「通信制警察」　耳　目
第三十二回（二〇一〇年）
「遠田の蛙」　深山　亮
第三十三回（二〇一一年）
「ジャッジメント」　小林　由香
第三十四回（二〇一二年）
「慕情二つ井戸」　加瀬　政広
第三十五回（二〇一三年）
「マグノリア通り、曇り」　増田　忠則
「スマートクロニクル」　悠木シュン
第三十六回（二〇一四年）
「鬼女の顔」　蓮生あまね
第三十七回（二〇一五年）
「電話で、その日の服装等を言い当てる女について」　清水杜氏彦
第三十八回（二〇一六年）
「エースの遺言」　久和間　拓
第三十九回（二〇一七年）　受賞作品なし
第四十回（二〇一八年）
「五年後に」　松沢くれは
第四十一回（二〇一九年）
「濡れ衣」　上田　未来
第四十二回（二〇二〇年）
「見えない意図」　藤　つかさ

横溝正史ミステリ＆ホラー大賞

（第二十一回に横溝正史賞を改称、第三十九回に横溝正史ミステリ大賞と日本ホラー小説大賞を統合）

第一回（一九八一年）
「この子の七つのお祝いに」　斎藤　澪

第二回（一九八二年）
「殺人狂時代ユリエ」　阿久　悠

第三回（一九八三年）
「脱獄情死行」　平　龍生

第四回（一九八四年）　受賞作品なし

第五回（一九八五年）
「見返り美人を消せ」　石井　竜生
井原まなみ

第六回（一九八六年）　受賞作品なし

第七回（一九八七年）
「時のアラベスク」　服部まゆみ

第八回（一九八八年）　受賞作品なし

第九回（一九八九年）
「消された航跡」　阿部　智

第十回（一九九〇年）　受賞作品なし

第十一回（一九九一年）
「動く不動産」　姉小路　祐

第十二回（一九九二年）
「レプリカ」　羽場　博行

第十三回（一九九三年）
「恋文」　松木　麗

第十四回（一九九四年）　受賞作品なし
「ヴィオロンのため息の　高原
のDデイ」　五十嵐　均

第十五回（一九九五年）
「ＲＩＫＯ　女神《ヴィーナス》の永遠」
柴田よしき

第十六回（一九九六年）　受賞作品なし

第十七回（一九九七年）　受賞作品なし

第十八回（一九九八年）
「直線の死角」　山田　宗樹

第十九回（一九九九年）
「Ｔ．Ｒ．Ｙ．」　井上　尚登

第二十回（二〇〇〇年）
「ＤＺ《ディーズィー》」　小笠原　慧
「葬列」　小川　勝己

第二十一回（二〇〇一年）
「長い腕」　川崎　草志

第二十二回（二〇〇二年）
「水の時計」　初野　晴

第二十三回（二〇〇三年）　受賞作品なし

第二十四回（二〇〇四年）
「風の歌、星の口笛」　村崎　友

第二十五回（二〇〇五年）
「いつか、虹の向こうへ」　伊岡　瞬

第二十六回（二〇〇六年）
「ユグドラジルの覇者」　桂木　希

第二十七回（二〇〇七年）
「首挽村の殺人」　大村友貴美
「ロスト・チャイルド」　桂　美人

第二十八回（二〇〇八年）　受賞作品なし

第二十九回（二〇〇九年）
「雪冤」　大門　剛明

第三十回（二〇一〇年）
「お台場アイランドベイビー」　伊与原　新

第三十一回（二〇一一年）
「消失グラデーション」　長沢　樹

第三十二回（二〇一二年）
「さあ、地獄へ堕ちよう」　菅原　和也

第三十三回（二〇一三年）
「デッドマン」　河合　莞爾

第三十四回（二〇一四年）
「見えざる網」　伊兼源太郎

「神様の裏の顔」　藤崎　翔
第三十六回（二〇一六年）　受賞作品なし
第三十七回（二〇一七年）
「虹を待つ彼女」　逸木　裕
第三十八回（二〇一八年）　受賞作品なし
第三十九回（二〇一九年）　受賞作品なし
第四十回（二〇二〇年）　受賞作品なし
「火喰鳥」　原　浩
第四十一回（二〇二一年）
「虚魚《そらざかな》」　新名　智

鮎川哲也賞

第一回（一九九〇年）
「殺人喜劇の13人」　芦辺　拓
第二回（一九九一年）
「不連続線」　石川　真介
第三回（一九九二年）
「ななつのこ」　加納　朋子
第四回（一九九三年）
「凍える島」　近藤　史恵
第五回（一九九四年）
「化身」　愛川　晶
第六回（一九九五年）
「狂乱廿四孝」　北森　鴻
第七回（一九九六年）
「海賊丸漂着異聞」　満坂　太郎
第八回（一九九七年）
「未明の悪夢」　谺　健二
第九回（一九九八年）
「殉教カテリナ車輪」　飛鳥部勝則
第十回（一九九九年）　受賞作品なし
第十一回（二〇〇〇年）
「建築屍材」　門前　典之
第十二回（二〇〇一年）
「写本室《スクリプトリウム》の迷宮」　後藤　均
第十三回（二〇〇二年）
「千年の黙」　森谷　明子
第十四回（二〇〇三年）
「鬼に捧げる夜想曲」　神津慶次朗
第十五回（二〇〇四年）
「密室の鎮魂歌」　岸田るり子
第十六回（二〇〇五年）　受賞作品なし
第十六回（二〇〇六年）
「ヴェサリウスの柩」　麻見　和史
第十七回（二〇〇七年）
「雲上都市の大冒険」　山口　芳宏
第十八回（二〇〇八年）
「七つの海を照らす星」　七河　迦南
第十九回（二〇〇九年）
「午前零時のサンドリヨン」　相沢　沙呼
第二十回（二〇一〇年）
「ボディ・メッセージ」　安萬　純一
「太陽が死んだ夜」　月原　渉
第二十一回（二〇一一年）
「眼鏡屋は消えた」　山田　彩人
第二十二回（二〇一二年）
「体育館の殺人」　青崎　有吾
第二十三回（二〇一三年）
「名探偵の証明」　市川　哲也
第二十四回（二〇一四年）
「Ｂ《ビリヤード》ハナブサへようこそ」　内山　純
第二十五回（二〇一五年）　受賞作品なし
第二十六回（二〇一六年）
「ジェリーフィッシュは凍らない」　市川　憂人
第二十七回（二〇一七年）
「屍人荘の殺人」　今村　昌弘
第二十八回（二〇一八年）
「学校に行かない探偵」　川澄　浩平

第二十九回（二〇一九年）
「時空旅行者の砂時計」　方丈　貴恵
第三十回（二〇二〇年）
「誤認五色」　千田　理緒
第三十一回（二〇二一年）　受賞作品なし

日本ミステリー文学大賞

第一回（一九九七年）
大　賞　佐野　洋
新人賞「クライシスF」　井谷　昌喜
第二回（一九九八年）
大　賞　中島河太郎
新人賞「パレスチナから来た少女」　大石　直紀
第三回（一九九九年）
大　賞　笹沢　左保
新人賞「サイレント・ナイト」　高野裕美子
第四回（二〇〇〇年）
大　賞　山田風太郎
新人賞　受賞作品なし
第五回（二〇〇一年）
大　賞　土屋　隆夫
新人賞「太閤暗殺」　岡田　秀文
第六回（二〇〇二年）
大　賞　都筑　道夫
特別賞　鮎川　哲也
新人賞「アリスの夜」　三上　洸
第七回（二〇〇三年）
大　賞　森村　誠一
新人賞　受賞作品なし
第八回（二〇〇四年）
大　賞　西村京太郎
新人賞「ユグノーの呪い」　新井　政彦
第九回（二〇〇五年）
大　賞　赤川　次郎
新人賞　受賞作品なし
第十回（二〇〇六年）
大　賞　夏樹　静子
新人賞「水上のパッサカリア」　海野　碧
第十一回（二〇〇七年）
大　賞　内田　康夫
新人賞「霧のソレア」　緒川　怜
第十二回（二〇〇八年）
大　賞　島田　荘司
新人賞「プラ・バロック」　結城　充考
第十三回（二〇〇九年）
大　賞　北方　謙三
新人賞「ラガド　煉獄の教室」　両角　長彦
第十四回（二〇一〇年）
大　賞　大沢　在昌
新人賞「煙が目にしみる」　石川　渓月
「大絵画展」　望月　諒子
第十五回（二〇一一年）
大　賞　高橋　克彦
新人賞「クリーピー」　前川　裕
「茉莉花《サンパギータ》」　川中　大樹
第十六回（二〇一二年）
大　賞　皆川　博子
新人賞「ロスト・ケア」　葉真中　顕
第十七回（二〇一三年）
大　賞　逢坂　剛
新人賞「代理処罰」　嶋中　潤
第十八回（二〇一四年）
大　賞　船戸　与一
特別賞　連城三紀彦
新人賞「十二月八日の幻影」　直原　冬明
第十九回（二〇一五年）
大　賞　北村　薫
新人賞「星宿る虫」　嶺里　俊介
第二十回（二〇一六年）
大　賞　佐々木　譲
新人賞「木足の猿」　戸南　浩平
第二十一回（二〇一七年）

大賞　　夢枕　獏
新人賞「沸点桜《ボイルドフラワー》」　北原　真理
第二十二回（二〇一八年）
大賞　　綾辻　行人
特別賞　　権田　萬治
新人賞「インソムニア」　辻　寛之
第二十三回（二〇一九年）
大賞　　辻　真先
新人賞「暗黒残酷監獄」　城戸　喜由
第二十四回（二〇二〇年）
大賞　　黒川　博行
新人賞「オリンピックに駿馬は狂騒《くる》う」　茜　灯里

本格ミステリ大賞

第一回（二〇〇一年）
小説部門「壺中の天国」　倉知　淳
評論・研究部門
「日本ミステリー事典」　権田　萬治
新保　博久
特別賞　鮎川　哲也
第二回（二〇〇二年）
小説部門「ミステリ・オペラ」　山田　正紀
評論・研究部門
「乱視読者の帰還」　若島　正
第三回（二〇〇三年）
小説部門「オイディプス症候群」　笠井　潔
「ＧＯＴＨ　リストカット事件」　乙　一
評論・研究部門
「探偵小説論序説」　笠井　潔
第四回（二〇〇四年）
小説部門「葉桜の季節に君を想うということ」　歌野　晶午
評論・研究部門
「水面の星座　水底の宝石」　千街　晶之
特別賞　宇山日出臣
戸川　安宣
第五回（二〇〇五年）
小説部門「生首に聞いてみろ」　法月綸太郎
評論・研究部門
「天城一の密室犯罪学教程」　天城　一
第六回（二〇〇六年）
小説部門「容疑者Xの献身」　東野　圭吾
評論・研究部門
「ニッポン硬貨の謎」　北村　薫
第七回（二〇〇七年）
小説部門「シャドウ」　道尾　秀介
評論・研究部門
「論理の蜘蛛の巣の中で」　巽　昌章
第八回（二〇〇八年）
小説部門「女王国の城」　有栖川有栖
評論・研究部門
「探偵小説の論理学」　小森健太朗
特別賞　島崎　博
第九回（二〇〇九年）
小説部門「完全恋愛」　牧　薩次
評論・研究部門
「『謎』の解像度《レゾリューション》　ウェブ時代の本格ミステリ」　円堂都司昭
第十回（二〇一〇年）
小説部門「密室殺人ゲーム2.0」　歌野　晶午
「水魑の如き沈むもの」　三津田信三
評論・研究部門
「戦前戦後異端文学論」　谷口　基
第十一回（二〇一一年）

小説部門「隻眼の少女」　麻耶　雄嵩
評論・研究部門
「エラリー・クイーン論」　飯城　勇三
第十二回（二〇一二年）
小説部門「虚構推理　鋼人七瀬」　城平　京
「開かせていただき光栄です」　皆川　博子
評論・研究部門
「探偵小説と叙述トリック」　笠井　潔
第十三回（二〇一三年）
小説部門「密室蒐集家」　大山誠一郎
評論・研究部門
「本格ミステリ鑑賞術」　福井　健太
第十四回（二〇一四年）
小説部門「スノーホワイト　名探偵三途川理と少女の鏡は千の目を持つ」　森川　智喜
評論・研究部門
「ロジャー・アクロイドはなぜ殺される？　言語と運命の社会学」　内田　隆三
第十五回（二〇一五年）
小説部門「さよなら神様」　麻耶　雄嵩
評論・研究部門
「アガサ・クリスティー完全攻略」　霜月　蒼
第十六回（二〇一六年）
小説部門「死と砂時計」　鳥飼　否宇
評論・研究部門
「ミステリ読者のための連城三紀彦全作品ガイド　増補改訂版」　浅木原　忍
第十七回（二〇一七年）
小説部門「涙香迷宮」　竹本　健治
評論・研究部門
「本格力　本棚探偵のミステリ・ブックガイド」　喜国　雅彦　国樹　由香
第十八回（二〇一八年）
小説部門「屍人荘の殺人」　今村　昌弘
評論・研究部門
「本格ミステリ戯作三昧　贋作と評論で描く本格ミステリ十五の魅力」　飯城　勇三
第十九回（二〇一九年）
小説部門「刀と傘　明治京洛推理帖」　伊吹　亜門
評論・研究部門
「乱歩謎解きクロニクル」　中　相作
第二十回（二〇二〇年）
小説部門「ｍｅｄｉｕｍ《メディウム》　霊媒探偵城《じょう》塚翡翠《づかひすい》」　相沢　沙呼
評論・研究部門
「モダニズム・ミステリの時代　探偵小説が新感覚だった頃」　長山　靖生

『このミステリーがすごい！』大賞
第一回（二〇〇二年）
「四日間の奇蹟」　浅倉　卓弥
第二回（二〇〇三年）
「パーフェクト・プラン」　柳原　慧
第三回（二〇〇四年）
「果てしなき渇き」深町　秋生
「サウスポー・キラー」　水原　秀策
第四回（二〇〇五年）
「チーム・バチスタの栄光」　海堂　尊
第五回（二〇〇六年）
「ブレイクスルー・トライアル」

伊園　旬
第六回（二〇〇七年）
「禁断のパンダ」　拓未　司
第七回（二〇〇八年）
「臨床真理」　柚月　裕子
「屋上ミサイル」　山下　貴光
第八回（二〇〇九年）
「トギオ」　太朗想史郎
「さよならドビュッシー」　中山　七里
第九回（二〇一〇年）
「完全なる首長竜の日」　乾　緑郎
第十回（二〇一一年）
「弁護士探偵物語　天使の分け前」　法坂　一広
第十一回（二〇一二年）
「生存者ゼロ」　安生　正
第十二回（二〇一三年）
「警視庁捜査二課・郷間彩香　特命指揮官」　梶永　正史
「一千兆円の身代金」　八木　圭一
第十三回（二〇一四年）
「女王はかえらない」　降田　天

第十四回（二〇一五年）
「神の値段」　一色さゆり
「ザ・ブラック・ヴィーナス　投資の女神」　城山　真一
第十五回（二〇一六年）
「がん消滅の罠　完全寛解の謎」　岩木　一麻
第十六回（二〇一七年）
「オーパーツ　死を招く至宝」　蒼井　碧
第十七回（二〇一八年）
「怪物の木こり」　倉井　眉介
第十八回（二〇一九年）
「模型の家、紙の城」　歌田　年
第十九回（二〇二〇年）
「元彼の遺言状」　新川　帆立

ミステリーズ！新人賞

第一回（二〇〇四年）　受賞作品なし
第二回（二〇〇五年）
「漂流巌流島」　高井　忍
第三回（二〇〇六年）
「殺三狼」　秋梨　惟喬
「田舎の刑事の趣味とお仕事」　滝田　務雄
第四回（二〇〇七年）
「夜の床屋」　沢村　浩輔
第五回（二〇〇八年）
「砂漠を走る船の道」　梓崎　優
第六回（二〇〇九年）　受賞作品なし
第七回（二〇一〇年）
「強欲な羊」　美輪　和音
第八回（二〇一一年）　受賞作品なし
第九回（二〇一二年）
「かんがえるひとになりかけ」　近田　鳶迩
第十回（二〇一三年）
「サーチライトと誘蛾灯」　櫻田　智也
第十一回（二〇一四年）
「消えた脳病変」　浅ノ宮　遼
第十二回（二〇一五年）
「監獄舎の殺人」　伊吹　亜門
第十三回（二〇一六年）　受賞作品なし
第十四回（二〇一七年）　受賞作品なし
第十五回（二〇一八年）
「屍実盛」　齊藤　飛鳥
第十六回（二〇一九年）
「ツマビラカ〜保健室の不思議な先生〜」　床品　美帆

第十七回（二〇二〇年）
「影踏亭の怪談」　大島清昭
「嚙む老人」　オオシマカズヒロ

アガサ・クリスティー賞

第一回（二〇一一年）
「黒猫の遊歩あるいは美学講義」　森晶麿
第二回（二〇一二年）
「カンパニュラの銀翼」　中里友香
第三回（二〇一三年）
「致死量未満の殺人」　三沢陽一
第四回（二〇一四年）
「しだれ桜恋心中」　松浦千恵美
第五回（二〇一五年）
「うそつき、うそつき」　清水杜氏彦
第六回（二〇一六年）　受賞作品なし
第七回（二〇一七年）
「窓から見える最初のもの」　村木美涼
第八回（二〇一八年）
「入れ子の水は月に轢かれ」　オーガニックゆうき
第九回（二〇一九年）
「月よりの代弁者」　穂波了
「それ以上でも、それ以下でもない」　折輝真透
第十回（二〇二〇年）
「地べたを旅立つ」　そえだ信

新潮ミステリー大賞

第一回（二〇一四年）
「サナキの森」　彩藤アザミ
第二回（二〇一五年）
「レプリカたちの夜」　一條次郎
第三回（二〇一六年）
「夏をなくした少年たち」　生馬直樹
第四回（二〇一七年）　受賞作品なし
第五回（二〇一八年）
「名もなき星の哀歌」　結城真一郎
第六回（二〇一九年）　受賞作品なし
第七回（二〇二〇年）
「私たちの擬傷」　荻堂顕

＊紙幅の制約上、推理小説限定の賞で、現在継続中のものに限った。また、地方主催の賞も省略した。日本推理作家協会賞、本格ミステリ大賞、日本ミステリー文学大賞（新人賞を除く）以外は公募である。受賞者には、その後に改名、あるいは別名の場合もあるが、受賞時の筆名とした。

収録作品初出

#拡散希望　結城真一郎
「小説新潮」２０２０年２月号（新潮社）

風ヶ丘合唱祭事件　青崎有吾
「ミステリーズ！」Vol.100　（東京創元社）

九月某日の誓い　芦沢央
「小説すばる」２０２０年５月号（集英社）

ピクニック　一穂ミチ
「小説現代」２０２０年11月号（講談社）

夫の余命　乾くるみ
「オール讀物」２０２０年７月号（文藝春秋）

推《すい》理《り》小《しょう》説《せつ》年《ねん》鑑《かん》
ザ・ベストミステリーズ２０２１

２０２１年６月28日　第１刷発行

すべての別れを終えた人　北山猛邦
『ステイホームの密室殺人1
コロナ時代のミステリー小説アンソロジー』（星海社）

彼方の甲虫　櫻田智也
『蟬かえる』（東京創元社）

顔　降田天
「小説すばる」2020年6・7月合併号（集英社）

※各作品の扉に掲載した著者紹介は、
（K）佳多山大地氏、
（S）新保博久氏、
（N）西上心太氏、
（Y）吉田伸子氏
が執筆しました。

編者　日《に》本《ほん》推《すい》理《り》作《さっ》家《か》協《きょう》会《かい》
発行者　鈴木章一
発行所　株式会社　講談社
郵便番号　112-8001
東京都文京区音羽2-12-21
電話　出版　03（5395）3505
販売　03（5395）5817
業務　03（5395）3615

本文データ制作　講談社デジタル製作

印刷所　豊国印刷株式会社

製本所　株式会社国宝社

ISBN 978-4-06-523419-8　N.D.C.913 270p 19cm